KB133475

아무것도
아닌 관계처럼
아는 사람

아무것도
아닌 관계처럼
아는 사람

도 학 회

종문화사

차 례

둥지에서 떨어진 멧새

제기랄! 눈을 뜨니 벌써 아침 7시가 넘었다. 늦을지도 모르 겠다. 조회시간 개인별 성과발표에서 반드시 좋은 평가를 받아 야 하는데. 아침을 먹으려고 집사람을 찾았지만 새벽같이 어디 에 갔는지 불러도 대답이 없다. 마음이 급하여 아침도 먹지 않 고 주차장으로 가서 내 차를 찾았으나 집사람이 몰고 갔는지 보이지 않는다. 집사람에게 전화를 해도 받지 않는다. 할 수 없 이 도로에 나가 발을 동동 구르며 택시를 기다렸다. 간신히 시 간에 늦지 않게 사무실에 도착했다고 생각했다. 어? 그런데 뭐 가 좀 이상하다. 사무실에 들어가니 아무도 없다. 내가 날짜를 잘못 알고 있는 걸까? 내 자리로 가서 앉으려는데 책상 위에 아무것도 없고 앉을 의자도 없다. 도대체 무슨 일인가? 마음이 불안하여 어쩔 줄 모르고 있는데 갑자기 문이 열리고 직원들이 우르르 들어온다. 벌써 회의가 끝났냐고 물으니 아무도 대답을 하지 않는다. 심지어 내가 그들 중 한 명의 팔을 잡으려 하는데 잡히지 않는다. 마음이 불안하면서도 울렁거린다. 평소 친하게 지냈던 김부장의 얼굴이 보인다.

"이봐! 김부장, 도대체 무슨 일인가? 말 좀 해봐."

" …… " 김부장은 아무 반응이 없다.

그대로 복도를 관통하여 서울 본사에 있는 전무이사의 방으로 갔다.

"전무이사님, 제 자리가 없는데요? 어떻게 된 일입니까?"

" …… "

의자를 돌려 앉은 전무이사는 나에게 아무런 대꾸도 않고 돌아보지도 않는다. 몇 번을 불러도 반응이 없다. 직접 대면해서 따지려고 그에게 가니 그제야 돌아앉는데 이런! 사람이 아니다. 분명히 나에게 등을 보이고 뒤돌아 앉아 있는 전무이사는 와이셔츠를 입고 있었는데 돌아본 그의 얼굴은 동물의 내장을 파먹었는지 입가에 벌겋게 피를 묻히고 썩은 미소를 짓는 하이에나의 모습이다. 너무나 두려워서 소리도 못 지르고 도망을 가는데 하이에나 특유의 어기적 걸음으로 잘도 따라온다. 바로 잡힐 것만 같다. 나는 숨을 헐떡이며 다시 내 사무실이 있는 곳으로 갔다. 직원들이 사무실을 왔다 갔다 하는데 모습이 꼭 유령 같다. 바삐 왔다 갔다 하는데 발자국소리 하나 들리지 않는다. 다시 김부장을 찾았다.

"김부장! 김부장!"

" …… " 김부장의 대답이 없다.

도대체 이것들이 언제부터 나를 무시했지? 내 앞을 지나가는 직원을 불러 세웠다. 그는 평소에 나에 대해 악감정을 많이 가지고 있는 직원이다. 그가 나를 쳐다보는데 너무나 차가운 두려움이 엄습한다. 얼굴에 이목구비는 없는데 이상하게 비웃는 표정은 있는 것 같다. 귀신이다. 소름이 쫙 끼쳤다.

"악!" 나는 소리를 쳤다. 머리털이 곤두서고 두려움이 가시지 않은 침묵이 나를 기다린다. 침대가 울렁거리고 검은 천장이 빙빙 도는 것 같다. 가슴이 두근거리고 이마에선 식은땀이 난다. 또 악몽을 꾸었다. 회사를 그만둔 후 악몽을 자주 꾼다.

시간을 보니 새벽 두 시다. 집사람이 깨지 않게 조용히 일어나 화장실에 가서 소변을 보고 주방으로 가서 신경을 안정시키는데 좋다는 여러 가지 약초를 넣어 끓인 물을 한잔 마셨다. 지금 깨서 아침까지 자지 않고 있으면 온종일 컨디션이 찌부드드하기 때문에 억지로라도 다시 자야 한다. 악몽에 놀란 가슴을 쓸어내리고 이번에는 좋은 꿈을 꿀 것이라고 주문을 외우면서 잠자리에 들었지만 좀체 다시 잠에 들지 못한다. 침대에서 한 시간을 뒤척거려도 잠이 오지 않는다. 거실로 나갔다. 한 시간 정도 인터넷 서핑을 했다. 두 시간 밖에 못자서 눈이 따갑고 목덜미가 뻑뻑하다. 다시 잠을 청하려고 집사람이 깨지 않게 조용조용 침대로 들어갔다.

이번엔 반드시 좋은 꿈을 꿀 거야. 그러면 낮에 진짜로 생각지 못한 좋은 일이 일어날지 모르니까. 하지만 잠은 오지 않는다. 침대맡에 놓아둔 휴대폰의 시계를 보니 다섯 시가 지나고 있다. 잠이 너무 안 와 신경질이 난다. 이러다가 좋은 꿈은커녕 또 그냥 꼬박 밤을 새우는 것 아닌가? 마음을 진정시키며 계속 잠을 청하는데 잠자는 것도 아니고 깨어있는 것도 아닌 비몽사몽의 상태가 된다.

그러다 스르륵 잠이 든 것 같다. 갑자기 어떤 감미로운 음악이 들리고, 아주 좋은 향수냄새가 코를 간질이더니 꽃을 한 바구니 가득 담은 아름다운 여성이 다가왔다. 어디서 본 듯한데 누군지 기억이 나지 않는다. 그녀가 나에게 다가오더니 뺨을 부빈다. 여자의 살결이 매끈해서 기분이 너무 좋다. 비록 내가 나이는 좀 먹었지만 여자를 안는 것은 언제나 기분이 좋은 일이다. 이미 그녀가 나를 원하므로 그녀의 옷을 벗기고 나도 옷을 벗고 그녀와의 황홀한 관계를 상상하며 본격적으로 신체를 밀착시키려는 결정적인 순간, 이런! 꿈에서 깨어나 버렸다. 그래도 이런 꿈이라도 있어 앞서 꾼 악몽에 대한 보상을 받았다고 스스로 위로를 한다.

벌써 2년이 넘었다. 그날의 기억이 너무나 뚜렷하다. 본사에서 전국의 부서장들이 모두 모이는 연말 성과평가 및 전략회의 후 전무이사가 나를 자기 사무실로 불렀다. 그날따라 전무이사 사무실 분위기는 굉장히 무겁게 느껴졌다. 사실 전날 꿈자리가

몹시 뒤숭숭하여 뭔가 좋지 않은 일이 일어날까 불길한 예감이
마음을 억누르고 있던 터였다. 내가 어떤 다리를 건너가려는데
괴상하게 생긴 남자와 여자가 건너가지 못하게 막는 꿈이었다.

"조이사, 오늘 내가 조이사를 보자고 한 것은 내년 상반기 인
사를 앞두고 알려줄 것이 있어서요."

"인사라면 … "가슴이 덜컥 내려앉았다.

"이번에 젊은 3세 경영체제를 본격적으로 구성하기 위하여
조이사보다 2년 아래 연배까지 일괄 사표를 받으라는 회사의
방침이 있어서 보자고 한 것이요."

"저보다 2년이나 아래까지라면 저는 당연히 … "눈앞이 노
래지고 온몸에 힘이 빠져서 입에서 말이 나오지 않았다.

"조이사는 지금까지 영업부분에서 워낙 능력이 탁월하여 다
른 사람들보다 오래 회사에 있었지만 그 위 단계로의 진급이
누락되어서 부득이 이번 구조조정을 피할 수 없게 됐어요. 회
사의 방침이니 이해해주시오."

"그동안 전국 여러 도시의 지점장을 하면서 가는 곳마다 최
상위 매출을 기록하였고, 정상화 시킨 사고 지점도 몇 개인데
어떻게 회사가 저에게 이럴 수 있습니까?"

"요즘 우리 분야 경기도 그렇고 지금 구조조정을 하지 않으
면 더 큰 어려움이 닥칠 것이 뻔하니 어쩌겠소. 조이사의 그동
안의 실적은 뛰어나지만 불미스런 인사고가도 반영된 부분이
있어요."

"인사고가라니요?"

"지방에 근무할 때 여직원이 성희롱으로 고소를 한 사건과 남자직원이 조이사에 대해서 거래업체와 담합했다는 투서를 한 사건이 이번에 감안이 되었다오."

"성희롱 건은 그 여직원이 자신의 근무시간 편의를 봐주지 않는다고 고의로 꾸민 무고로 판명이 났고, 담합 건은 그 남자직원의 실적이 동료들에 비해 너무 부족하여 승진점수가 낮게 나와서 어쩔 수 없이 진급연기를 한 것에 대한 앙심으로 정상적인 관행거래에 대해 모함을 꾸민 것인데 저는 인정할 수가 없습니다."

"그런 일이 일어난 것도 유감이지만 어째든 조이사의 자기관리 부족이고, 무엇보다 이번에 회사가 구조조정을 하지 않으면 큰 위기에 봉착하기 때문이오. 이 사정은 조이사도 잘 알지 않소. 양해를 부탁드리오. 의원퇴직 형식으로 사표를 제출해주세요. 구조조정에 의한 강제면직으로 처리하여 실업급여는 받을 수 있도록 회사는 성의를 표하겠소."

"명예퇴직, 정리해고 … "

" …… "

"지금까지 죽어라 회사만 위해서 일했는데 너무합니다. 그리고 저는 결혼이 늦어서 아직 아이들도 고등학교와 중학교에 다니는데 어떡하라고요. 다시 생각해주세요. 그동안 정말로 회사를 위해서 몸이 부서져라 일만 했고 변변한 노후준비도 못했습니다. 회사가 저한테 어찌 이렇게 잔인할 수 있습니까? 저보고 죽으라는 것과 같습니다."

"아이들 학비용으로 퇴직금에 조금 더 주기로 했어요. 그리고 조이사는 주식분야에 해박하니 어쩌면 그쪽에서 성공하면 지금보다 더 큰 수익을 올릴 수도 있잖아요."

"그럼, 월급을 낮추고 임금피크제로라도 방법이 없겠습니까? 저는 정말 막막합니다."

"조이사, 정부에서야 임금피크제를 시행하라고 하지만 지금 그것을 본격적으로 시행하는 사기업이 얼마나 있습니까? 그리고 큰 회사일수록 인사의 큰 원칙이 한번 정해지면 바꾸기 어렵다는 것은 조이사도 잘 알면서 그러세요. 솔직히 회사임원회의에서 조이사의 진퇴에 대한 건 때문에 이견이 많았어요. 아주 어렵게 결정을 한 것입니다. 회사의 고민도 많았다는 것을 이해해 주길 부탁하오."

그렇게 나는 크게 저항도 못해보고 회사에서 쫓겨났다. 고용안전센터에 실업자 등록을 하고 실업급여를 탔다. 처음 만져보는 비교적 두둑한 퇴직금 때문인지, 아무리 실업자이지만 새로운 도전에 대한 희망이 상대적으로 컸었기 때문인지, 초기에는 실업이 절박하게 와 닿지 않았고 약간은 장난스럽게 실업급여를 탔다. 게다가 전무이사의 말대로 주식을 해서 큰돈을 만져볼 생각으로 포트폴리오를 만들어 투자를 하니 의외로 수익률이 괜찮아서 정말로 어떤 달은 회사의 봉급보다 나을 때도 있었다. 하지만 주식에서 개미가 꾸준히 성공하기가 어려운 것이 거의 정설이듯 6개월이 지나고부터는 수익이 뚝 떨어지더니 지금은 퇴직금의 원금마저 많이 줄어든 상태여서 주식이 두렵기까지 하다.

　2016년 11월 4일 금요일 오전, 아침을 먹었지만 무기력한 몸은 자동적으로 다시 침대로 향했다. 침대 매트리스 위에 누워 있지만 마음은 불안하기 그지없다. 몸을 일으켜 거실로 나가 소파에 앉았다. TV 리모콘을 들었다. 역시 오늘도 각 방송국들은 최순실과 박근혜 대통령의 국정농단 특별 생방송을 보도하고 있다. 여러 토론 패널들이 나와서 각자의 관점을 이야기하기 때문에 보는 재미가 쏠쏠하다. 오십대 중반의 여느 남자들처럼 반쯤은 정치에 중독이 되어 있다.

　참으로 허망하게 국민을 농락한 어리석은 대통령이다. 조만간 국민들에 의해 끌려 나갈 것 같다. 10월 29일 시작된 광화문 촛불집회는 주말마다 퇴진시위를 예고하고 참여하는 사람들이 점점 늘어날 것 같다. 마침 이곳 시위장소가 집 근처여서 나도 나가 보았다. 어떤 사람은 이번 광화문 촛불이 동방의 나라에서 다시 촛불이 타오르면 한국이 세계의 모범국이 될 것이라는 타고르의 시를 인용하기도 한다. 그리고 이 와중에 포퓰리즘적 막말 같지만 사이다처럼 시원하게 국민들의 마음을 대변하는 입지전적 젊은 정치인이 두각을 나타내면서 차기 대선후보로 급부상하고 있다. 너무나 모순이 많고 불합리한 우리나라의 현실에 지쳐서인지 그에게서 새로운 대한민국의 출현이라는 희망을 기대하는 사람들이 많아진 것 같다.

그런데 아무리 촛불에서 대한민국 미래의 희망을 기대해도 직장에서 명퇴를 당한지 2년이 지난 지금의 나에게는 탄핵 당하고 쫓겨날 바보 같은 대통령만큼이나 이 현실이 암울하다. 다른 점이 있다면 내게는 많은 사람들로부터 비난을 당할 정도로 밝혀진 업보가 없다는 것일 뿐이다. 또 하나는 비슷한 동료가 주위에 많다는 것이다. 거리에는 어디로 갈지 방향도 모르고 영혼 없는 걸음을 옮기는 나와 같은 명퇴자들이 넘친다. 몇 번의 재취업을 시도했으나 인연이 닿는 곳이 없다. 씨발! 입에서 저절로 욕이 나온다.

 여느 때처럼 책상에 올라 컴퓨터 앞에 앉았다. 쥐꼬리만큼 투자한 주식의 시세를 보기 위함이다. 명퇴 후 처음 몇 달은 퇴직금으로 받은 목돈을 주식에 투자하여 대박을 꿈꾸었고 그런대로 가능성을 보기도 했으나 이어지는 불운에 곧 꿈을 접었다. 그 다음에는 한 달 생활비라도 벌기를 원했으나 역시 무지개일 뿐이었고, 지금은 간혹 몇십만 원이라도 버는 행운이라도 있는 날이면 가까이 있는 친구들과 소주나 한 잔 기울일 수 있는 것이 큰 즐거움이다.
 가슴 설레는 미래에의 기대가 바짝 말라버린 지 오래되었지만 그래도 오늘은 어떤 행운이 있을까 컴퓨터의 스위치를 눌렀다. 돈이 없어 오래된 컴퓨터를 계속 쓰다 보니 부팅되는데 담배 한 개비 피울 정도의 시간이 걸린다. 바로 주식시황을 보려다가 또 습관적으로 인터넷 뉴스로 들어가 정치 이슈들을 들락거린다. 마우스를 이리저리 움직이다가 약간 야한 사진이 붙은 코너가 있기에 마우스를 올렸다. 이런! 클릭을 하지 않았는데도 자동으로 플레이가 된다. 눈에 들어오는 살냄새 나는 장면이 가관이다. 마침 이 시간에는 아이도 학교에 갔고, 집사람도 각박한 생활고를 견디다 안 되겠다며 가까운 마트에 알바 하러 나가고 없다. 이제는 육체적 흥분이 무의미하게 느껴지지만 그래도 에로틱한 사진을 보니 저 깊숙한 곳에서 죽지 않고 살아 있는 이상한 놈이 꿈틀거리려 한다. 하지만 집안 곳곳에서 느껴지는 식구들의 채취가 나를 부끄럽게 만들어 살아나려던 성적 욕망이 깨갱하고 소리를 낸다.

처량한 한숨을 쉬고 주식시장을 들여다보니 역시나이다. 다시 한숨이 나와서 담배나 피울까 자리에서 일어나 호주머니를 주섬주섬 거렸다. 벽에 붙은 큼지막한 거울에 비친 내 모습을 보니 참으로 불쌍하게 보인다. 아직 세수도 하지 않아 얼굴은 꽤재재하고 새치가 가득한 머리는 빗지도 않았다. 츄리닝 바지를 입고 옷걸이에 걸린 며칠 입은 티셔츠에 냄새가 나는 지 코로 킁킁 그려보고는 그냥 입었다. 지저분하다는 것을 사람들이 눈치 채지 못하게 안경을 쓰고 모자를 푹 눌러쓰고 현관을 나왔다.

아파트 입구를 나서니 늦가을의 청명한 날씨가 눈을 찌르고 들어온다. 아파트 단지 구석진 곳 쓰레기통 옆에서 지나가는 사람들을 보고, 늦가을 담벼락 장미넝쿨에 붙은 바짝 쪼그라든 잎새를 보고, 고개를 들어 높은 건물들 사이로 보이는 파란 하늘을 보며 밝은 햇살에 눈살을 찌푸린다. 건물들 틈새로 보이는 작은 하늘을 반짝거리는 무언가 지나간다. 긴 구름꼬리를 달고 가는 것으로 보아 비행기이다. 어디로 가는 비행기일까? 저기에 얼마나 많은 사람들이 어떤 희망과 꿈을 가지고 날고 있을까?

담배를 한 대 피우고 바깥 공기를 쐬어서인지 조금 가뿐한 기분으로 집에 들어왔다. 나갈 때 입었던 옷들을 벗어버리고 난닝구 팬티 바람으로 컴퓨터 앞에 앉았다. 그런데 담배를 피러 나간 사이 사고가 났다. 분명히 아까는 눈여겨 두고 생활비를 벌기 위해 투자해둔 제약회사의 종목이 조금 오르는 보합세를 유지하고 있었는데 지금은 거의 서킷브레이크가 걸릴 정도로 곤두박질치고 있다. 왜 이런가? 또 외국놈들이 장난을 치는 건가? 우리나라 주식시장은 다른 나라와 다르게 외국인에게 유리하게 되어있다. 특히 남의 주식을 빌려서 마음대로 장난을 칠 수 있는 공매도 제도 때문에 내국인 개미들이 허망하게 당하는 경우가 얼마나 많은지. 잠깐 환기되었던 기분이 다시 엉망이 되었다.

띠띠띠띠, 누군가 현관문 비밀번호 누르는 소리가 난다. 이 시간에 누굴까? 이제 고등학생인 둘째 녀석이 올리는 없고, 지금 쯤 마트의 매장을 한창 정리할 집사람이 올 리도 없다. 대학에 입학하자 집안이 어렵다고 바로 지원해서 군에 간 첫째가 갑자기 휴가라도 온 것인가?

"아이고 허리야!"

"아니, 어떻게 벌써 왔어?"

"왜, 나는 지금 오면 안 되나?"

집사람이 찌푸린 얼굴로 들어오며 신발도 벗기 전에 시비 걸 듯이 쏘아붙인다. 옛날에는 집사람이 바가지를 긁으면 지지 않고 대들었지만 지금은 가슴이 철렁 내려앉아서 감히 대꾸할 용기가 나지 않는다.

"아 아니, 그게 아니고."

"염병할, 물건 치우다가 옆 매대 모서리에 허리를 세게 부딪쳤는데 얼마나 아픈지 숨도 쉴 수 없네. 아! 씨발, 재수 더럽게 없는 일진이네. 니미럴!"

원래 집사람은 욕을 할 줄 몰랐는데 요즘에는 입에 욕을 달고 산다. 이유는 뻔하다. 먹고사는 문제가 어려워지면 모든 동물은 사나워지기 마련이다. 원래 몸이 그리 튼튼하지 못했던 집사람인데 고된 마트 일을 하고부터는 신경질이 더욱 많아졌다. 쾅! 하고 갑자기 싱크대에서 굉음이 들린다. 아차, 아직 설거지를 하지 않았다.

"그냥 둬, 내가 할게."

"내 눈에 보이지 않게 해야지! 일하느라 힘들어 죽겠는데, 남편이라고 있는 것이 도움 되는 게 없어. 아이고! 내 팔자야. 허리가 부러져도 온갖 허드렛일은 이년이 다 해야 되니, 아이고 더러운 내 팔자야!"

"그냥 놔둬. 내가 한다잖아."

"아이고! 아이구! 내가 죽어야지!"

집사람은 내 말은 들은 체도 않고 악을 쓰면서 설거지를 한다. 사실은 아침식사는 간단하기 때문에 설거지할 양이 많지 않아서 혼자서 점심을 먹고 한꺼번에 하려고 했는데 집사람이 뜻하지 않게 일찍 들어와서 문제가 터진 것이다. 내 가슴에 총알을 퍼붓듯이 요란하게 그릇 부딪히는 소리를 내며 설거지를 마친 집사람이 안방으로 들어가더니 침대 위에 엎어져서 온갖 세상의 불평은 다한다. 그러다 입이 아픈지 화가 가라앉았는지 겁먹어 숨죽이고 있는 나를 부른다.

"이리 와 봐!"

"왜?" 눈치를 살피던 나는 잽싸게 달려갔다.

"이쪽 옆구리가 아무래도 탈이 난 것 같아. 아파 죽겠다."

"병원에 가봐야 하지 않겠어."

"그 정도는 아닌 것 같은데, 조금 그냥 쉬어 보고. 아까는 정말로 숨도 못 쉴 정도로 아파 미치겠더라구."

"어디, 내가 한 번 볼까?" 집사람의 스웨터를 젖혔다. 부딪히면서 긁혔는지 옆구리가 벌겋게 변해있다. 나는 재빨리 약통을 들고 와서 상처에 약을 발랐다.

"일찍 온 김에 쉬어. 내가 안마라도 해줄까?"

"됐어."

"안마를 받으면 조금 더 시원할건데."

" ...... "

나는 다친 곳을 피해 부드럽게 안마를 시작했다. 이제 막 오십 줄에 들어선 마누라의 속 살결이 아직은 곱다. 얼굴 눈가에는 주름이 가 있고 윗 눈꺼풀이 조금 처지기는 했지만 속살을 만지면 따뜻이 전해오는 살결의 온기에 마음의 온기까지 함께 전해온다. 그 온기를 느끼면 입에서 내뱉는 험한 표현들이 진심이 아니라는 것을 알게 해준다. 젊은 시절 친구들과 때로는 접대를 위해서 다녔던 안마방의 경험을 살려 목이며 어깨, 허리, 엉덩이, 다리 그리고 발까지 부드러우면서도 강하게 안마를 해주니 집사람도 기분이 풀리는지 아무소리 없이 엎드려 있다. 사실 이것도 나의 생존전략이다.

"병원에 가지 않아도 되겠어?"

"조금 더 있어보고. 지금은 많이 괜찮아진 것 같아."

집사람의 목소리가 누그러지니 졸였던 내 마음도 풀린다.

"휴～"

갑자기 집사람 입에서 긴 한숨이 나온다. 내 입에서도 거의 같이 나왔다.

"왜?" 역시 동시에 같이 물었다.

"오늘 주식시장은 어때?" 집사람이 물었다.

"나는 왜 이리 재수가 없지. 내 주식 경력도 만만치 않은데."

"우리 재물복이 그렇지 뭐."

"정말로 재물운이 다한 건가? 아직 돈 들어갈 일이 태산인데."

"말하지 마. 머리 아파."

띠리리~ 띠리리~ 책상에 놓아둔 휴대폰이 울린다. 최근에는 거의 울리지 않는 휴대폰이다. 요즘은 대부분 SNS로 소식을 주고받아서 웬만해선 직접 전화를 걸지 않는데 전화가 울렸다. 전화 화면을 확인하고는 바로 수신거부를 눌렀다. 광고성 번호가 찍혔기 때문이다. 휴대폰을 다시 책상 위에 놓고 일어서는데 깨톡! 문자음이 들어온다.

　'머하셔' 친구한테서 온 문자이다.

　'마누라 안마'

　'먼일?'

　'마트에서 사고났음'

　'마니 다치셨나?'

　'몰라'

　'걱정 되것다'

　'조금'

　'잘 간호해 드리셔'

　'무슨 일로?'

　'그냥'

　'집에 완나?'

　'좀 전에'

　'집에 왔으면 마나님 잘 도와드려야지'

　'저녁에 한잔 어렵겠구만?'

　'글쎄'

　'난 집에 잇으니 마나님 괜찬느면 문자'

'ㅇㅋ'

"누구야?"
"금교수"
"저녁에 한잔하게?"
"응, 근데 당신 몸이 불편하니 … "
"괜찮은 것 같으니 가서 한잔하셔. 하루 종일 무료할 텐데."
"괜찮아. 몸에 좋은 술도 아닌데."
"정말 괜찮은 것 같으니 간단하게 하고 와. 몸이 아파 저녁하기도 귀찮으니."
"그래도 될까?"

'마나님 허락해씀'
'잘됏네 몇시 어디서 보까?'
'6시 남해집'
'ㅇㅋ 간단히 막걸리 각 1병'
'안주는?'
'파전?'
'아무거나'
'이따보자'

금교수는 근처 아파트 단지에 사는 고등학교를 같이 나온 친구다. 미술을 전공하는데 대학교수다. 학교가 멀리 있어서 주중에는 학교에 있다가 주말에 온다. 주말에 오면 가끔 같이 한잔 하면서 이런저런 세상 살아가는 이야기를 나누는 사이이다. 금 교수와 자주 찾는 남해집은 해물을 전문으로 하는 집인데 굴국 이 시원하고 파전도 맛이 좋다. 특히 지금처럼 날씨가 쌀쌀해 지면 이른 초저녁부터 손님들로 북적거린다.

"오늘 일찍 왔나?"

"응, 며칠을 학교에서 보내니 피곤하고 짜증이 나서 수업 끝 나자마자 왔다."

"너네 학교는 문제없나? 요즘 지방대학은 학생이 부족해서 힘들다는데."

"맨날 하는 말이지만 많이 힘들지. 이번 입시에서는 고등학 교 졸업생이 원체 줄어드니 어찌 어렵지 않겠나? 짤릴지도 모 르겠다."

"참, 큰일이다. 나라가 엉망이니. 그동안 쌓인 적폐가 워낙 심하니."

"오십 년 쌓인 적폐가 금방 고쳐지겠나?"

"왜 하필 요때 이런 사고가 터지나. 우리 세대가 한창 물러날 때인데. 준비도 못하고 떠밀려 나오는 사람들이 너무 많은데. 씨부랄!"

"그러게, 이상하게 나라의 고비는 항상 우리 세대랑 같이 가 네. 베이비붐 세대의 비애다. 염병할!"

"그래도 지금이라도 곪은 것이 터졌으니 나라가 새로 태어날 전기를 마련한 것이 아니겠나. 어리석은 사람이지만 온 국민이

의식을 새롭게 할 기회를 마련해 주었으니 어찌 보면 역설적으로 참 고마운 사람이야."

"에고~, 그런 면도 없잖아 있지."

"작은 놈은 공부 잘 하나?"

"몰라. 제 딴에는 학교갔다 학원갔다 바쁜 것 같은데 성적은 잘 모르겠다."

"대학은 무슨 전공으로 가고 싶데?"

"몰라. 일단은 이과계열로 가는 것이 좋지 않을까 싶다."

"그렇겠지. 앞으로는 인문계보다는 실질적 가치가 있는 이과가 아무래도 직장 잡는데도 도움이 되겠지."

"적성도 맞아야 하고."

"적성 무지 중요하지."

"의대 다니는 너네 큰 애는 지금 몇 학년인가?"

"4학년"

"전공은 정했나?"

"몰라."

"요즘은 의사가 되어도 옛날과 달라서 쉽지 않을 거야 아마."

"걱정이 많다. 시내 빌딩이란 빌딩은 다 병원들뿐이니. 뿐인가, AI로봇기술이 인간보다 월등한 진료능력을 보인다고 하니 의대를 나와도 앞으로 참 걱정이다."

"그래도 다른 분야보다는 가능성이 많겠지. 그러니 적성과 관계없이 수능 탑 클라스는 모조리 의대로 진학하잖아."

"진정한 의술의 구현이라면 똑똑한 학생들이 의대에 가는 것이 맞는 말이지만 요즘은 오로지 돈을 위해서 가지 않나? 사람들이 모조리 돈만 밝히는 세상이니 모두 천하게 되는 것 같아. 돈 잘 번다는 성형외과에서 고쳐 놓은 예쁜 얼굴들이 하나같이 천하게 보이니, 세상이 문제인지 내 눈이 문제인지 모르겠다."

"자본주의는 기본적으로 천민자본주의의 속성을 가지고 있지."

"어디, 세상 확 뒤집어져서 사람다운 사람이 살아갈 수 있는 그런 세상 오지 않나?"

"그런 세상이 있겠나? 혹 모르겠다. 완전히 패기 넘치는 젊은 대통령이 나오면 바뀔지도."

"아무리 새로운 정책이 시행되어도 가진 놈들이 자기 기득권을 내려놓는 건 쉽지 않을 게야. 지금도 법의 허점을 이용해 빠져나가는 미꾸라지들 뉴스가 얼마나 많아."

"우리가 아무리 얘기해도 소용없다. 세상은 가진 자들의 것이야."

"반드시 그렇지는 않을 거야. 아무리 돈이 중요해도 … 쩝."

"어찌되었건, 다른 건 몰라도 교육과 의료만이라도 국가가 책임지는 사회가 되었으면 원이 없겠다. 그러면 저출산 문제도 해결될 건데."

"이상적인 생각이지. 그리 되면 좋기야 하겠지만 사람들이 게을러진다고 난리일 텐데."

"옛날에 토요일을 휴무일로 하자고 할 때도 가진 자들은 노동자들이 게을러진다고 평계되며 거부했고, 대체 휴일제도 그런 명분으로 거부했었지."

"정말로 교육과 의료를 국가가 책임지면 아이 낳는 사람들도 많아지겠다."

"뿐이겠나. 내 경험으로 삶의 기초적 공포인 교육과 의료가 해결되면 돈 때문에 극도로 억압된 심리상태에서 벗어난 국민들의 창의적 사고, 도전적 활동이 많아져서 우리나라가 훨씬 역동적으로 변할 것 같아."

"네가 대통령 되면 좋을 텐데. 나가 봐. 내가 밀어줄게."

"다 마셨네. 한 병 더?"

"여기서는 그만하고 우리 집에 가서 한잔 더하자. 위스키가 있는데."

"너무 과하지 않나?"

"입가심으로 조금만 하자. 맥주 몇 병 사가서 폭탄주로 말자."

"막걸리 양주 맥주, 내일 골 때리겠다."

"조금만 하지 뭐."

"행여나."

"진짜로."

"오케이 콜!"

금교수가 마나님에게 허락을 맡기 위해 전화를 거는데 표정이 썩 밝지는 않은 것으로 보아 부인이 싫어하는 것 같다.

"마나님이 싫어하지?"

"크게 반대도 안 해. 얌전히 간단하게 하면 돼."

"그러지 말고 차라리 노래방이나 가자."

"무슨 소리. 비용이 얼만데. 도우미 한 명만 불러도 경제가 휘청해. 담에 공돈이라도 생기면 한번 생각해 보자."

금교수의 집 현관에 들어서니 마나님이 인사를 하는데 그렇게 싫은 내색은 아닌 것 같아 마음에 부담이 사라진다. 나도 옛날 잘 나갈 때에는 직원들을 떼로 데리고 새벽에 들어가도 집사람이 술상을 내오곤 했는데 지금은 언감생심이다. 다 그렇다. 남자는 돈을 잘 벌 때는 집에서 대우를 받지만 돈 떨어지면 꼴이 말이 아니다. 그래서 '남자는 주머니에 돈 떨어지면 힘도 떨어진다'는 명언이 있다. 금교수는 아직 현직에 있으니 대접을 받는 것이다. 게다가 언제 그만두든지 연금이 착착 나오니 부인으로부터 괄시받을 일은 없겠다. 그래서인가. 금교수는 요즘 자기 이름을 금연금으로 바꾸었다는 농을 자주한다. 연금을 받아 노년을 행복하게 보내는 사람들을 보면 축하도 해주지만, 쥐꼬리같은 국민연금이라도 받으려면 아직도 10년이나 기다려야 하는 내 입장에서는 배가 아픈 것도 사실이다. 그래도 주변 사람들이 연금을 받는 것이 좋다. 그들이 술값이라도 내주니.

금교수가 미술을 해서인지 집안 벽 곳곳에 작품이 걸려있다. 화랑에서 제값을 치른다면 보통사람으로서는 어림도 없을 크기의 작품도 있고, A4 크기의 작은 스케치도 있다. 얼마 전에 '돈 많이 벌어라'며 황금산이란 제목의 작품을 나에게도 연말 선물로 한 점 주어서 집에 걸어 놓고 있다. 작품을 소장할 정도의 집이면 가구며 가전제품이며 삐까번쩍한 것이 정상일 수도 있으나 금교수의 집 가구는 많이 낡은 것도 있고 MDF짝퉁도 있는 그냥 보통의 수준이다. 하지만 마나님의 성격이 깔끔해서 인지 소박한 살림에 잘 정돈된 느낌이 드는 정도이다.

간단한 술상이 준비되고 다시 정치가 어떠니, 교육이 저떠니, 경제가 어쩌구, 노년이 저쩌구 늘상 하는 이야기가 이어졌다. 아무리 먹어도 질리지 않는 술안주들이다. 위스키 병이 삼분의 일쯤 비워졌을까 맥주와 섞어 폭탄주로 마시다보니 약간 취기가 돈다. 시계를 보니 10시가 다 되었다. 그렇게 늦은 시간은 아니다.

"집에 사모님이 기다리지 않으셔요?" 거실 소파에서 종편 토크쇼방송을 보던 마나님이 묻는다.

"아직 늦은 시간이 아닌데요. 제가 사라져 줄까요?"

"아니, 그게 아니라 사모님이 걱정하실까봐 … "

"괜찮습니다. 가라면 사라지겠습니다."

"그런 뜻이 아닌데요."

"야, 몇 잔만 더 하고 끝내자." 옆에서 금교수가 중재를 한다. 마나님은 별 뜻 없이 한 말이지만 듣는 나는 서운한 기분이 드는 것은 어쩔 수 없다.

"안주 더 드릴까요?"

내 기분을 눈치 챘는지 마나님이 맛있어 보이는 붉은색의 유럽형 치즈 몇 조각과 과일을 내온다. 나는 짭쪼름하고 고소한 맛이 나는 유럽형 치즈를 좋아하기에 금방 기분이 풀려서 마나님도 같이 마시자고 한잔 권했지만 뱃속이 불편하다며 사양을 하신다.

다시 시계를 보니 시계바늘의 위치가 눈에서 가물거리는데 11시를 지난 것 같다. 약간 취한 것 같다. 금교수도 취했는지 목소리가 점점 커진다. 그때 현관문이 열리며 금교수 둘째 아들이 들어온다. 중학생인데 학원갔다가 옆 동 친구 집에 가서 공부하고 이제 온단다. 무엇보다 공부하는 학생에게 방해가 되면 안 되기에 이제는 일어서서 집에 가야 한다. 현관을 나서는데 거실 소파 옆 하얀색 좌대 위에 작품이 하나 놓여있다. 술이 취해서 가물거리는 눈을 부릅뜨고 보니 불꽃이 일렁이는 듯한 꽤 복잡한 모양인데 그 속에 사람이 다소곳이 앉아있는 형상이다.

"금교수, 이거 뭔가?"

"왜?"

"이쁘게 생겼네. 금교수가 만든 거야?"

"응, 하나 사려고? 싸게 줄게."

"하이고, 내가 무슨 돈이 있어서. 그런데 정말로 잘 만들었네. 제목이 뭔가?"

"제목은 없고, 에밀레종에 있는 비천문양 알지? 그것을 이렇게 입체로 만들어 본 거야."

"그렇구나! 비천이네 비천!"

금교수 집에서 우리 집까지는 걸어서 10분이 채 걸리지 않는
다. 술에 몸이 달았지만 늦가을 깊은 밤 목덜미에 스치는 바람
이 꽤 차다. 담배를 한 대 피우면서 휘적휘적 걸어가는데 마음
이 왠지 모르게 긴장이 된다. 아파트 입구에 도착했다. 집 안에
서는 담배를 피울 수 없어서 다시 한 대를 입에 무는데 휴대폰
이 울렸다. 집사람 전화번호가 찍혀있다. 긴장이 된다.

"어디야?" 목소리에 가시가 돋아있다.

"집 앞"

"빨리 기어 들어와."

"한 대만 피고 들어갈게."

"몸에 좋지도 않은 담배를 왜 자꾸 피워대나? 제발 좀 끊어!"

"알았어. 금방 들어갈게."

아까는 나가서 한잔해도 좋다고 허락했지만 이제 집에 들어
가면 평소 쌓인 스트레스 때문에 늦게까지 어디서 술을 퍼 마
셨냐? 마누라는 아파서 누워있는데 걱정도 안 되더냐 등등 잔
소리가 이어질 것이다. 혹시 지금은 술에 취해 있어서 그냥 자
라고 할지 모르지만 내일은 반드시 늦게까지 술 마신 죄과를
물을 것이다. 술을 마셔도 집 앞에만 오면 집사람에게 의무적
으로 비난을 받아야 한다는 긴장감 때문에 본능적으로 위축되
어야 하는 이 현실이 지금의 내 처지이다.

"아빠, 뭐하세요?"

"응, 이제 오냐. 힘들지?"

"괜찮아요. 술 드셨어요?"

"응, 쪼~금, 엄마가 용돈은 잘 주지?"

"돈 쓸 일이 별로 없으니 괜찮아요."

중학생 때까지는 지지리도 말을 듣지 않고 공부도 안 하더니 고등학생이 되니 마음을 잡은 건지 눈빛이 꽤 달라진 둘째가 어디 가서 늦게까지 공부를 하고 이제 오는 것이다. 아들을 보니 금방 우울함이 사라지고 기분이 좋아진다. 요즘 녀석이 열심히 공부하는 태도를 보여서인지, 그냥 내 새끼라서인지 보기만 해도 기분이 좋고 어깨동무해서 같이 걸어가고 싶다.

벚꽃이 만개했던 청춘의 밤

'머하노'

'그냥잇다'

'어제 잘 들어갓나?'

'기럼 안맞아죽었다.'

'오늘은 무사한가?'

'모르지 아직 오늘이 다가지않앗으니'

'그럼 맞아죽기 전에 도망가자'

'무슨 도망? 아직 아침설거지도 안햇다.'

'빨랑 설거지하고 바람 쐬러가자'

'어데?'

'시립미술관'

'미술관? 난 재미없슴'

'혼자 가려니 심심해서'

'그래도 싫소'

'내가 아지매 둘 맞춰낫다.'

'그럼 더 싫음'

'뭔일? 여자를 싫어하고'

'힘빠지고 돈떨어지니 그리되얐슴'

'부담가질 필요 없음. 일땜에 만나는 사람들임. 전시회 보고 차나 한잔 하면서 잠깐 일보면 됨'

'몇시 약속?'

'2'

'아직 시간있네 생각해 볼게'

'뭘 생각이 필요해 그냥 같다 오자. 디지털 미술전인데 강의 자료 준비하고, 전시기획 문제로 화랑관장 만나는 거임'

'접수'

주섬주섬 옷을 입고 외출을 준비하는데 어부인께서 역시나 한소리 하신다.

"어디 나가려고?"

"응, 금교수가 시립미술관에 일이 있어 가는데 같이 가자는 구만."

"백수가 바쁘네."

"백수가 과로사 한다는 말도 있잖아."

"주식벌이도 시원찮은데 어디 가서 일자리나 좀 알아보지 그래."

"휴~"

"왜, 듣기 싫어?"

"에휴~"

"한숨 그만 쉬고. 빨리 갔다 와. 오늘 또 술 퍼마시고 늦게 들어와 봐라, 내가 그냥 두는가."

"알았어 알았어."

금교수 차를 타고 시립미술관으로 향했다. 미술관까지는 집에서 10분이면 도착하는 가까운 거리다. 미술관 주차장에 도착해서 금교수가 어디론가 전화를 한다.

"여성분들이 조금 늦는다고 먼저 전시를 보고 있으라네. 우리 먼저 들어가자."

"미술관에 온지가 언제인지 기억도 없네."

"요즘엔 사람들이 생활이 각박하고 환경 자체가 말초적인 것들이 많아서 문화라는 고답적인 곳은 싫어하지만 그래도 일부러 이런 곳을 찾아서 문화적 소양을 키우는 애호가들도 남아있어."

"미술은 돈 많은 사람들이 돈 장난하는 것 아닌가?"

"그런 사람들도 있지. 수억, 수십억, 수백억 억 소리가 자주 나지."

"금교수 작품은 억 소리 나지 않나?"

"나도 그래 봤으면 좋겠다."

이 전시가 특별기획전인지 미술관 마당에서부터 홍보용 깃발이 펄럭인다. 〈디지털이 만들어 낸 미술의 새로운 지평〉, 어떨까? 궁금함이 생긴다. 금교수가 초대권을 두 장 꺼낸다. 입장권이 꽤 비싼데 덕분에 공짜입장이다. 역시 영양가가 있는 친구다.

한국이 낳은 세계적인 작가 백남준의 거북선 작품이 번쩍번쩍 불빛을 내면서 입구에 거대하게 버티고 있다. 나는 무슨 내용인지 모르겠는데, 금교수가 이 작품은 원래 여기에 고정 설치되어 있는데 보통 때는 전기장치를 꺼두기도 하는데 이 '디지털이 만들어 낸 미술의 새로운 지평전'이 텔레비전을 활용한 전자기술을 포함하고 있으므로 이 전시회를 위해서 특별히 모든 전기장치를 작동시켜서 이렇게 휘황찬란하다고 했다. 그래도 무슨 뜻인지 모르겠다.

전시장에 들어가니 입구 흰 벽에 전시 의의를 설명하는 글이 붙어있고, 널찍한 홀을 칸막이로 여러 개로 나누어 놓은 곳에는 컴퓨터를 이용한 온갖 그림들이 실시간으로 그려지고 있는데 그림의 주제가 자연풍경, 꽃, 여인 등이 있고 또, 이미 전 세계적으로 알려진 명화들을 소재로 하는 것도 있다. 그리고 어떤 코너에는 약간 어설프다는 느낌을 주지만 컴퓨터 스스로 그리는 것이라는 설명이 붙은 AI그림이라는 것도 작동되고 있었는데 컴퓨터가 사람을 대신하여 예술을 창조할 수 있다는 미래의 가능성을 앞당겨 보여주는 것 같다. 캔버스에 붙은 고정된 물감의 색감이 발하는 채색감보다는 시시각각 변하는 빛이 연출하는 디지털 그림은 창의성을 떠나 눈을 부시게 한다. 이것도 새로운 시도라면 언젠가는 백화점의 광고판이나 유행을 리드하려는 건물과 쇼윈도우의 자리를 이들이 차지할 것 같다. 이미 여러 곳에서 본 듯하다.

그중에 가장 마음에 드는 것은 전시장 중앙 큰 벽에 걸린 백 인치는 족히 될 것 같은 꽃잎의 향연을 주제로 한 것이다. 스토리는 하나의 씨앗이 땅에 떨어져 싹이 나고, 줄기가 성장하고, 가지가 뻗어가고, 꽃이 피고, 나무 전체에 만개한 꽃잎이 마침내 바람에 떨어져 하늘 가득 날아간다는 보통의 내용이지만 작가가 구성해 가는 변화무쌍한 화면은 보는 이로 하여금 환상의 세계에 들어가게 한다. 특히 하늘로 날아간 꽃잎들이 검은 하늘에서 별이 되고, 그 별들이 다시 꽃이 되어 피어나 깊은 공간 감을 주는 거대한 크기의 우주적 화면에서 어떤 음악적 리듬에 따라 군무를 추듯 일렁이는 모습은 보는 이로 하여금 극적 오르가즘의 분출 지점에서 마침내 우주와 내가 하나가 되는 깨달음의 세계를 보여주는 것 같다. 게다가 화면전개의 중간 중간에 희미한 밝기로 삽입한 마치 유령처럼 지나가는 어떤 형상들은 작가의 숨은 의도를 상징하는 것 같은데 눈치 채지 못할 정도로 빠르거나 숨겨져 지나간다. 대개 이런 경우 전면에 등장하는 화면보다 작가의 내면세계를 상징하는 경우가 많기에 유심히 살펴보았다. 흑백으로 된 산의 이미지, 기와집과 초가집의 이미지, 농부의 이미지가 있는가 하면 도시적인 이미지도 지나간다. 벌거벗은 남자도 있고, 벗은 몸이 부끄러운지 몸을 웅크린 젊은 여자의 이미지도 있다. 그 외에도 내가 알지 못하는 작가의 개인적 경험과 철학적 관조가 담긴 것들이 꽃잎들의 뒤로, 앞으로, 바람처럼, 물처럼 지나간다. 이 모든 것을 작가가 하나하나 명령어를 입력하여 제작했다니 그 작가의 의지가 대단하게 느껴졌다.

"뭘 그리 열심히 보나? 넋이 나가셨구만."

"야! 참 대단하다. 디지털로 표현할 수 있는 세계가 이 정도라니, 기술도 대단하지만 작가의 상상력과 표현력 그리고 한마디로 말할 수 없지만 그 뭐랄까 던져주는 메시지가 대단한 것 같다."

"하! 사람들이 이렇게 디지털 예술로 관심을 돌리면 나 같은 구닥다리 작가는 어떻게 살아가나?"

"자네는 이미 자네의 시대에서 위치를 차지하고 있지 않나. 그리고 몇몇 사찰에 설치한 자네 작품은 미래 보물의 위치를 선점한 것이 아닌가?"

"누가 그걸 알 수 있나. 미래는 아무도 몰라."

부르르~ 부르르~ 금교수 휴대전화에서 진동음이 울린다.

"오셨나 보네."

"누구?"

"아지매들!"

"나이가 어떻게 되나?"

"싫다며. 맘이 변했나?"

"그냥 궁금해서 그래."

"우리보다 너 댓살 적을 걸."

"그러면 이미 할머니들이네?"

"글쎄다, 나이는 있지만 내가 보기에는 고와보이던데. 섹시하다는 느낌도 들었어."

"그 나이에 섹시해봤자 지."

"그건 몰라. 인연에 따라 달리 보일 수 있어."

전시관 입구 한 켠에 위치한 카페로 들어갔다. 아이스크림, 빵, 커피 등 간식을 파는 곳인데 30여 평 됨직한 곳곳에 테이블들이 있고 테이블마다 의자들이 4-6개씩 놓여 있다. 금교수는 커피를 주문하고 기다리는 동안 늦은 오후의 햇살이 따뜻하게 드는 창가에 앉아 차를 마시고 있는 두 명의 여자들에게 다가가더니 뭐라 하고는 커피를 받으러 다시 왔다. 커피는 금방 나왔다. 여자들이 앉아있는 곳으로 갔다. 처음 보는 여자들이라는 생각이 들어서인지 발걸음에 어색한 느낌이 든다. 50대 중반인데도 모르는 이성을 만나면 몸이 긴장한다는 것이 생소하게 느껴진다.

우리를 맞은 여성들은 단정하면서도 캐주얼한 옷을 입었다.

두 사람 다 두껍지 않은 갈색체크무늬 스카프를 두르고 있는데 한 사람은 챙이 있는 모자를 쓰고 있다. 모자를 쓰지 않은 한 명은 얼굴이 둥근 느낌이 들고 한 명은 계란형이다. 우리가 다가가자 커피의 온기를 놓지 않으려는 듯 커피잔을 손으로 감싼 채로 일어서서 가볍게 목례를 한다.

"안녕하세요. 만나서 반갑습니다." 인사를 나누고

"이쪽은 제 친구 조민준입니다." 금교수가 나를 소개했다.

"어머! 별에서 온 도민준 아니세요?" 약간 둥근 얼굴을 한 사람이 쾌활하게 웃으며 묻는다.

"도씨가 아니고 조가입니다." 어색하게 해명을 했다.

"이쪽은 화랑을 운영하는 이소영 관장님이고, 이쪽은 미술관 도슨트를 하시는 손정원 선생입니다."

"세 분 다 미술에 종사하시네요. 저는 지금 가사업을 하고 있습니다."

"가사업이 무슨 업종입니까?"

"다른 말로 백수라고 합니다."

"백수 하시기에는 조금 이른 나이 같은데 … "

"이르지 않습니다. 제 친구들 중에는 매일 등산하는 사람들이 꽤 많아요."

"매일 등산하면 건강에 좋겠습니다." 계란형 얼굴의 손정원 씨가 말했다.

"다 백수들이란 뜻이지요."

" …… " 무안한지 여자들은 말이 없다.

"처음부터 어찌 프라이버시를 침해하는 그런 어색한 말들을 하십니까. 하하하!" 금교수가 서먹한 분위기를 깨려는 듯 너털웃음 터트린다.

나도 처음에는 이런 이야기를 꺼내고 싶지는 않았지만 빨리 말해버림으로서 대화의 도중에 감추어두고 느껴야 하는 자격지심 비슷한 감정을 깨버리고 싶은 마음도 있어서였다. 그래야 다음 대화부터 격의가 없어지기 때문이다. 혼자만의 착각인가?

"전시를 보신 소감은 어땠습니까?" 손정원씨가 내게 물었다.

"문외한이어서 의미는 모르지만 느낌이 나쁘진 않았습니다."

"아까 이 친구가 넋을 잃고 보고 있는 것으로 보아 상당히 관심이 있어 보였습니다. 그런데 도착하셨다는 전화가 와서 다 보지 못하고 나와서 아쉬운 부분도 있을 것 같은데 … "

"대충 다 봤어요."

"필요하면 다음에 다시 와. 아직 나한테 초대권이 남아있으니 원하면 줄게."

"금교수님, 내년 개인전의 주제는 정하셨어요?" 이소영 관장이 대화의 주제를 바꾼다.

"어떻게 해야 할 지 아직 모르겠어요. 대충은 정했는데."

"내년 4월이면 거의 다 되었는데 아직 못 정했어요?"

"대충은 정했다고 했잖습니까? 그런데 막상 결정지으려고 하니 주춤하는 것이지요."

"하긴, 작가선생들이 시간 질질 끄는 것은 어쩔 수 없지. 아마 전시 한 달 전이나 되어야 답이 나오겠지.”

“내년 4월이면 여섯 달이나 남았는데 시간 널널한데요 뭐. 별 걱정을 다하십니다.”

“대강의 주제는 정해졌고 모르긴 해도 이미 상당수 전시작품은 완성되었을 것 아닙니까?” 손정원씨가 물었다.

“다음 주 평론가 박영수 선생님을 제 작업실로 모셨는데, 대화를 나누어 보고 판단을 해보려고요.”

“무슨 판단을 하시려고요? 혹시 평론가 선생님이 뭐라 하시면 전시를 취소할 생각은 아니지요?” 이관장이 묻는다.

“모르지요. 저 같은 작가들이야 혼자의 세계에 빠져 있지만 평론가들은 객관적인 안목을 가졌을 테니. 정말로 아니다 싶으면 취소도 생각해야지요. 괜히 돈 낭비 시간 낭비 말고.”

“그러기 없어요. 금교수님이 일정을 펑크 내면 저희 화랑 손해가 큽니다.” 이관장이 손사래를 치며 반대한다.

“제가 설마 진짜로 펑크 내겠어요? 말이 그렇다는 것이지.”

“금교수, 작품에 목숨을 거는 작가가 자기 작품에 대해 그렇게 자신이 없으면 어떻게 하나. 그리고 평론가의 시각도 오류가 있을 수 있는데.” 나도 한마디 거들었다.

“나는 작품에 목숨을 걸 수 없어. 내 욕심만 차리다가는 처자식 다 굶어죽어.”

“그래도 작가는 세상만사 다 잊고 자기 작품에 목숨 걸어야 진정한 작가지.”

“난 그런 작가가 못 되니 미안해. 그냥 연구 실적이나 쌓고

학교에 빌붙어서 살아가는 3류 따라지라고 해도 어쩔 수 없어."

"금교수님, 정말로 작가로서 성공하고 싶은 욕망이 없으세요?" 손정원씨가 물었다.

"저라고 왜 욕망이 없겠습니까. 하지만 이제 목숨을 걸만한 정력과 의지가 부족하고 시간이 얼마 없는 것 같아요. 힘이 떨어져가는 현실을 인정하자는 것이지요."

"루이스 부르조아처럼 나이 육십이 넘어서야 비로소 성공한 작가들도 있는데 벌써 늦었다는 말씀은 좀 그렇네요."

"이상과 현실은 다릅니다. 성공이라는 것도 다 허망한 것 아닙니까?" 금교수는 체념한 사람처럼 말한다,

"사람은 죽을 때까지 노력해야지, 예술가들은 늙어서도 자기세계를 개발할 수 있다는 장점이 많은 전공이잖아." 내가 말했다.

"작가들은 저마다 자기의 독특한 세계관과 예술관을 가지고 있지만 금교수님의 작품은 다른 사람들과 다른 독특한 부분이 있어요. 현대라는 시대적 표피에 영합하는 것이 아니라 역사적 관조의 시각에서 접근하는 특징이 있어요. 요즘 상당수 작가들은 소비자의 요구에 영합하기 위해 유행의 흐름을 따르고 심지어는 남이 개발한 표현방법조차도 아무렇지 않게 자기 것인 양 사용하는 작가들이 꽤 있어요. 그런 면에서 금교수님은 시류에 전혀 타협하지 않고 자신의 예술관을 개척하는 특징이 있습니다. 금교수님이 말씀하신 현실의 어려움은 모든 예술가들이 겪는 예술과 현실의 모순을 말씀하신 것이지 금교수님 자신께서

좌절했다는 것은 아니에요. 정말로 그렇다면 제가 왜 굳이 저희 화랑에서 금교수님 작품전을 열려고 하겠습니까?"이관장이 금교수의 속마음을 안다는 듯 말한다.

"에고, 하늘에서 10억이 툭 떨어지지 않나, 그러면 직장이고 뭐고 다 때려치우고 작품만 하겠는데."

"정말로 10억이 떨어지면 금교수님은 아무것도 할 수 없을지도 몰라요. 힘들게 현실을 살아가면서 작품을 하려는 몸부림이 10억보다 훨씬 강력한 작가적 생명력의 바탕이라는 생각도 드네요."손정원씨가 말했다.

"그럴지도 모르지요. 부족함이 없으면 문제의식도 없으니 숨쉬고 밥만 축낼지도."금교수가 손정원씨의 말을 인정한다는 듯 답한다.

"예술가들은 사고도 치고, 괴벽이 있어야 성공한다는데 금교수는 그런 사람들하고는 다른 부류 같은데요."내가 물었다.

"네 말이 맞다. 나도 젊었을 때는 누구 못지않게 고뇌하고, 작가로서 성공하고픈 욕망도 강해서 무모한 도전도 많이 해보았어. 하지만 시간이 지날수록 현실 특히, 가정이라는 굴레는 나를 옴짝달싹 못하게 했지. 그래도 결혼 초창기에는 꼴난 수입 전부를 쏟아 부으면서 호기롭게 작품에 매진하기도 했지만 아이가 생기고 생활이 점점 쪼들리게 되면서 나는 가장으로서의 내 위치를 내팽개칠 수 없었어. 어떤 친구들은 예술가는 가정을 버리는 경험도 해보아야 한다며 기행을 권했지만 나는 사고 칠 용기도 없고 현실의 많은 관념의 틀을 부술 용기도 없었어. 그래서 아직 요 모양 요 꼴인지도 모르지."

"종교가들의 구도의 과정과 예술가들의 미의 탐색은 일정 부분 세상의 모순과 충돌에서 바탕을 두고 있는 것은 알지만 사고를 치거나 괴벽에 의해서 해답을 구해야 한다는 것은 동의하기가 어렵습니다. 사람에게 원래 선한 기질이 있듯이, 자신의 처지와 관계없이 세상을 긍정적으로 보고 자신의 책임을 다하면서 문제를 해결하려는 사람들도 많다고 봐요. 모든 사람들이 세상을 탓하고 괴벽으로 문제를 해결하려 한다면 사회는 금방 혼란의 도가니가 될 것입니다. 특히 자신의 책임을 다하지 못하고 자신의 미숙한 행위를 그런 변명으로 합리화하는 것은 죄악이라고 생각합니다." 손정원씨가 말했다.

"손정원 선생 얘기도 일리가 있지만 모든 사람들이 세상에 던져지고 그 속에서 살아가기 위해 발버둥 치듯이 세상의 고뇌를 예술적으로 표현하기 위한 일정한 부분의 괴벽은 예술가에게 필요한 것일 수도 있다고 봐요." 이소영 관장이 예술가들을 많이 이해한다는 듯 말한다.

"세상의 아픔이 있어야 예술이 만들어지는 것이네요." 내가 말하자

"반드시는 아니지만 고통은 우리 인생에서 새로운 창조의 밑거름인 것은 부정할 수 없지요." 손정원씨가 말했다.

"모두 일리 있는 말씀입니다만 그러한 형식의 틀을 조건으로 내세우는 것 자체가 웃기는 것이지요. 이런 저런 고민 이미 다 겪었습니다. 지나고 보니 다 팔자소관입니다. 하하하"

"팔자소관이라니, 금교수 점점 의지가 약한 말씀을 하시네."
내가 말하자

"팔자소관이 어때서. 팔자소관이 무슨 뜻인 줄 아나?" 나무라듯 되묻는다.

"팔자타령은 체념이 아닌가?"

"체념으로 생각하는 사람은 체념이지만 나는 그리 생각 안해."

"뭐 고상한 깨달음이라도 있는가?"

"고상한 것은 아니지만 필연적으로 알게 되는 것이지."

"뭔가? 그 필연적인 것이."

"천명."

"뭔 천명? 어떤 정치인은 운명이니 하면서 떠들어대더만 어려워서 모르겠다."

"뭘 몰라. 하늘이 주신 명이 천명이지. 공자님이 오십이 되면 알게 되는 것이라고 했잖아."

"그래도 모르겠다."

"말하고 보니 나도 모르겠다."

"금교수님, 내년 전시까지 천명이 무엇인지 답을 찾으면 저에게도 말씀해주세요. 호호호"

"제가 말은 이렇게 하지만 이 가슴에는 여전히 예술을 향한 열의는 아직 식지 않았습니다. 만약, 제가 정말로 열의가 없다면 여러분들 하고 예술에 대한 논의 자체를 하지 않을 겁니다. 그런데 나이가 들어서 생각하는 예술과 젊었을 때의 예술관은 달라요."

"어떻게 다른가?" 나도 궁금해서 물었다.

"대개의 예술관은 예술가들이 인간과 자연을 바탕으로 창조해낸 형식으로 볼 수도 있지만 역으로 보면 사회가 만들어낸 관념이라는 생각도 듭니다. 보통사람들은 예술가에게 그들의 관념에 맞추어 예술을 요구하기 때문에 그들의 시각에서 있어서의 예술가의 모습은 일정한 패턴을 가질 수밖에 없어요. 하지만 세상만물에 같은 것이 하나도 없듯이 세상의 예술가는 같은 사람들이 하나도 없습니다. 그래서 관념의 시각으로 특정한 예술가형을 제시하는 사회적 요구는 예술가에게는 굴레이지요. 심지어 이 굴레를 부수어야 할 대학의 교수들도 학생들에게 이런 것을 강요하기도 해요. 사람들을 서로 비교하고, 삶의 형식이나 도덕적 가치의 실현을 요구하는 것과 같은 관념적 압박이 사람들에게 강박관념을 갖게 하여 개인의 참다운 자기 가치의 발견을 방해하듯이 예술가에게 있어서 성공한 모델의 관념은 오히려 예술가를 망치는 길이지요. 제가 천명이라고 하는 것은 그러한 모든 관념에서 벗어나 진정한 자기 자신을 관조할 때 비로소 한 인간으로서, 한 예술가로서의 자신을 발견하는 것이 아닌가 하는 것입니다."

"금교수, 나약해진 줄 알았는데 그게 아니고 한 차원을 넘어서 한 소식 한 사람 같다."

"나이가 드니 말하는 재주만 늘은 게야."

만남을 끝내고 카페 문을 나서는데 예술을 전공하는 느낌을 주는 눈에 띄게 잘생긴 젊은 커플이 팔짱을 끼고 매우 밝은 표정으로 대화를 나누며 전시장으로 들어가고 있었다. 얼마나 잘생겼는지 주위에 빛이 날 정도이다.

"우와! 정말 잘생긴 커플이다. 쥑인다!" 금교수가 감탄을 한다.

"그러게. 정말 잘 생겼다. 두 사람 다 부모님에게 감사해야겠다."

"두 분은 젊고 잘생긴 여자 많이 감상하세요. 저희 먼저 가겠습니다." 손정원씨의 말에서 약간 찬바람이 분다.

"잘생긴 사람보고 잘생겼다는데 왜 그래요?"

"하여간 남자들이란."

"저희들은 여자만 보지 않았어요. 남자도 너무 잘생겨서 칭찬한 겁니다. 우리도 한때는 저렇게 좋은 젊은 시절이 있었겠지만 지금은 … "

"오늘은 이만 헤어지지요."

"그래요. 다음에 또 뵙겠습니다."

"민준아, 저 아줌씨들 어때?"

"무슨 뜻? 네 전시 때문에 만난 거잖아."

"그렇기는 한데, 두 사람 다 돌싱이거든. 이관장은 오래전 남편과 사별했지만 성격이 너무 화통해서 민준이와는 어울리지 않고, 손정원 선생은 조용조용한 편이라 너하고 괜찮을 것 같은데. 얼굴도 단아하고 몸매도 받쳐주는데."

"잘못하다간 금교수 얼굴에 먹칠하는 일만 생겨."

"누가 뭐래나? 시간 나면 가끔 만나 커피만 마시면 되지."

"나 같은 돈도 없는 백수를 만나 주겠니? 부담만 될 텐데."

"넌 왜 쓸데없이 백수라는 말을 미리 해가지고 초장부터 김을 빼나? 나중에 적당한 기회를 봐서 말해도 늦지 않은데."

"내가 주제넘게 흑심이 생길까 봐 일부러 그런 거야."

"손정원 선생은 이혼한지 꽤 되었어. 이혼한 남편이 엄청 부자여서 위자료로 받은 재산이 많은 것으로 알아. 아들이 하나 있었는데 시댁에 빼앗겼다고도 하고, 하여간 아직 혼자 사는데, 돈은 많고 무료해서인지 미술관에서 도슨트 봉사를 하면서 지내고 있어. 원래는 미술을 했었다고 하는데, 나도 잘은 몰라 차차 알아가야지."

"도슨트를 하려면 인문학과 미술에 상당한 지식이 있어야 할 텐데, 사람 보는 눈도 엄청 높겠다."

"사람 인연은 모르는 것이다. 솔직히 저런 사람이 우리 남자들의 로망이잖아. 돈 많은 과부, 거시기 능력만 받쳐주면 인생 땡잡은 것이지, 안 그래?"

"내 거시기는 맛이 갔다."

"여자에게 굵고 오래 가는 것만 좋은 것은 아니라더라. 거 뭐랄까 서로 교감이 일어나면 거시기는 자동으로 해결된데."

"금교수는 많이 해봤어?"

"아, 이 사람아. 이 나이에 그 정도 모르면 쓰나!"

"도슨트는 미술관에서 일반인에게 그림을 설명하는 사람이라는 것은 대충 알겠는데, 화랑을 운영하는 사람들은 도대체 어떤 사람들인지 잘 모르겠더라. 그 세계는 묘한 것 같던데."

"나도 잘 모르는데, 아마 일반인들은 감히 생각할 수 없는 세계가 아닐까 생각해."

"아는 것 조금만 말해주라."

"일단, 미술이라는 자체가 가치를 책정하는 것이 굉장히 추상적이잖아, 가치를 책정할 수 없는 애매모호한 것에 어떤 실질적 기준을 마련한다는 것이 얼마나 어렵겠나."

"가치가 애매모호한 것에 값을 책정하는 것이 어렵기도 하겠지만 한편으로 반 사기꾼이 되어야 할 것 같은데?"

"반 사기꾼? 내 생각에는 완전사기꾼들의 세계 같은데. 거간꾼들 중에서도 가장 솜씨좋은 사람들이 화랑을 운영하는 사람들 같아."

"어떻게?"

"없는 가치를 비싸게 만들어 제시해놓고, 고객들에게 이것은 앞으로 얼마까지 가치가 치솟을 것이고 이것을 사야만 비로소 당신은 부유한 계층에서 교양수준이 있는 사람으로 인정받는다고 정신적 압박을 가하거든."

"그러려면 사람들의 허영심을 건드리는 기술이 발달해야겠다. 화랑을 하려면 지도층, 부자들과의 인맥도 많이 넓어야겠다."

"예술가에게 새로운 미를 찾는 것이 처절한 전쟁이듯 모르긴 해도 화랑주인들에게 인맥을 만드는 것은 더 치열한 전쟁일 걸."

"모든 사업은 인간관계에서 비롯되는데 보통의 얼굴로는 낯 간지러워서 못하겠다."

"얼굴이 두꺼워야지, 경우에 따라서는 양심에 털도 나야 하겠지."

"그러면 화랑 하는 사람들은 사기꾼이라기보다는 예술이 사회에서 가치를 발휘하는데 일조를 하는 중요한 사람들이네."

"작가들에게 사기를 치지 않으면 그렇다고 봐야지."

"화랑주인과 작가들과의 관계는 어떤 것인가?"

"가게주인과 물건 납품업자?"

"그런 관계라면 자본주의 사회에서 작가는 화랑주인들에게 거의 을의 관계에 놓일 수밖에 없을 것인데?"

"물건만 좋으면 꼭 그렇지도 않아. 좋은 물건이 있으면 서로 달라고 난리잖아."

"그렇기도 하군."

"하지만 대개의 작가들은 돈, 권력과 같은 것에 대해 속으로는 열나 원하지만 겉으로 드러내놓고 밝히지는 않으니 화랑주인들이 대리인 역할을 하지. 예술가의 좋은 점만 홍보하고 나쁜 점은 감추는, 게다가 예술가들은 자기의 내면으로 깊이 파고드는 특성이 있기 때문에 대체로 대인관계가 원활하지 못하니 고도의 사교능력이 필요한 예술시장에서 화랑주인들의 역할이 예술가들에게는 꼭 필요한 것일 수 있지. 물론 능력 있고 스스로 사교능력이 있는 예술가들에게는 화랑주인은 물건을 팔아주는 가게의 주인일 뿐이지만 그렇지 않은 대부분의 작가에게는 스포츠의 구단주와 같은 우위의 위치에 있다고 보면 되."

"금교수 너는 이관장과 어떤 관계야? 가게주인? 구단주?"

"인간관계를 칼로 무 자르듯 딱 구분 지을 수는 없잖아. 이관장과 나는 같이 미술을 했고, 동시대를 같이 살았고, 미술작품을 통해서 서로의 이윤을 추구할 수 있으니 공생관계에 있는 친구 같은 사이라고 보는 것이 맞겠다."

"다르게 보면 금교수 자네 작품이 시장에서 먹히니 이관장이 금교수를 대접하는 것일 수 있겠네."

"사람이 꼭 돈으로만 사는 것은 아니잖아."

"그건 그렇고. 전시회 초대권 남아있다고 했지. 한 장 더 줄 수 있나?"

"왜?"

"나중에 다시 한 번 보려고. 내가 살아가는 이 시대의 미술이 어떻게 변하고 있는지 좀 더 이해하고 싶어서. 아까는 대충대충 봐서."

"언제 다시 오려고? 담에 같이 올까?"

"같이 오면 정신 사나워져서 또 대충 볼 것 같아. 혼자서 조용히 천천히 감상하려고."

"그래라. 아! 혹시 모르겠다. 손정원 선생 도슨트 하는 날 오면 좋겠네."

"그런 소리 말고. 그러면 두 장 줘, 집사람하고 오게."

"그러면 한 장밖에 없어."

금교수가 저녁을 먹자고 했지만 그러면 또 늦어지고 집사람에게 야단맞을 것이 뻔하기에 저녁식사 전에 집 현관 앞에 섰다. 내 집에 왔다는 안심이 들지만 또한 이 가정은 능력 없는 내가 지고가야 할 짐이기에 마음이 편하지는 않다. 현관문을 열고 들어서니 집사람이 청소기를 끌고 다니며 청소를 하다가 싸늘한 얼굴로 힐끗 쳐다본다. 다시 주눅이 든다.

"오늘은 늦지 않았네."

"빨리 들어온다고 했잖아. 몸은 다 나았나?"

"전화는 왜 안 받고, 누굴 만났는데?"

"미술관에 간다고 했잖아. 전시장에서 휴대전화를 매너모드로 했는데 다시 전환하는 것을 깜빡했네."

"시골에서 전화 왔어."

"무슨 일 있으시데?"

"아버님이 편찮으셔서 병원에 가셨데."

"많이 편찮으시데?" 가슴이 덜컥 내려앉는다.

"몰라. 아휴! 병원비라도 많이 나오면 큰일인데."

"병원비 보태드릴 능력은 되잖아. 우리가 조금 더 아끼면 되지."

"여기서 아낄 것이 뭐가 있는데? 지난달에도 내가 버는 쥐꼬리 알바비가 한 달 수입의 전부였는데."

"있는 돈에서 조금 빼 드려야지 어쩌겠나?"

"어쩌긴 어째! 굶어야지. 둘째 학원비 내야지, 대학가면 등록금 내야지, 매달 들어가는 돈이 얼마나 많은데. 그 꼴난 국민연금이라도 받으려면 아직 세월이지. 아이구! 내가 못살아!"

눈앞이 캄캄해진다. 다 맞는 말이고 어찌할 방법도 없다. 주식은 하는 족족 손해보고, 허드렛일을 해도 좋은데 받아주는 곳도 없다. 다시 현관을 나서는데 집사람이 어딜 가냐고 소리치지만 대꾸도 않고 그냥 나왔다. 늘 가던 아파트 단지 구석진 곳으로 가서 담배를 꺼내 물었다. 이런 일이 생길 때마다 절망에 죽고 싶은 마음도 들지만 부모님, 자식들, 마누라 어느 것 하나 먼 곳으로 편안히 떠날 수 있게 놔주질 않는다. 한창 잘나갈 때는 자랑스런 아들이었고 잘난 남편이었는데.

창문 밖에서 아이들이 몰려가는 소리가 아파트 단지에 울리는 것을 보니 월요일이다. 둘째 놈은 거의 새벽에 학교에 갔다. 집사람은 식탁에 내가 먹을 간단한 아침을 차려놓고 침대에 누워있는 내게 설거지와 집안청소 그리고 몇몇 임무를 명령한 후 마트로 알바를 나간다. 집에서는 거의 얼굴을 찌푸리는데 비록 작은 월급의 알바이지만 밖에 나가 일하는 것이 좋은지 가볍게 화장한 얼굴에 화색이 돈다. 금교수는 월요일 아침에 수업이 있어서 일요일 저녁이면 학교로 간다. 나는 오라는 곳이 없다. 침대에 누워 뒤척거리고 있는 이른 아침부터 밴드 신호, 카톡

소리, 광고메세지가 줄줄이 울린다. 내 휴대폰에서 울리는 소리지만 나를 찾는 소리는 거의 없다는 것을 알지만 그래도 뭔가 궁금해 열어보게 된다.

집안일을 끝내고, 언제나 그렇듯 밖으로 나가 담배를 피우고 아무 생각 없이 다시 들어와 컴퓨터 앞에 앉아 주식상황을 보았다. 미국은 대선이 끝난 직후 자국 산업 육성을 강조한 트럼프 당선자의 공약에 따른 새로운 기대감이 부풀어서인지 주식시세가 오르는데 한국은 정치현실처럼 암울하다. 더 보고 있어야 눈만 아프다. 인터넷 서핑이나 할까 했지만 흥이 나지 않아 컴퓨터를 껐다. TV를 켜고 소파에 앉아서 종편을 보았다. 왼쪽으로 누웠다가 왼쪽 어깨가 저려오면 오른쪽으로 누워서 종편을 보았다. 같은 내용이지만 계속보고 있다. 심심해서 휴대폰을 잡았다. 어디라도 전화를 걸어볼까 했지만 반길 사람이 없는 것 같아서 인터넷뉴스만 조금 보다가 휴대폰을 닫았다. 눈을 돌려 문이 열린 아이들 공부방을 보니 책꽂이에 꽤 많은 책이 꽂혀있다. 아이들 책도 있지만 내가 읽었던 책들도 꽤 많다. 젊어서는 책을 좋아해서 여러 가지 책을 많이도 사서 읽었다. 지금은 거의 책을 보지 않는다. 간만에 책이나 읽을까 하는 마음이 일어 책꽂이로 갔다. 세계문학, 경제관련 서적, 소설, 인문학 등등 종류도 많다. 그중에 『현대미술 백배 감상하기』라는 책이 있다. 예전에 읽었지만 내용이 생각이 나지 않는다. 엊그제 미술관에서 본 전시가 생각이 나서 읽어볼까 빼서 소파로 갔다. 소파에 누워 머리의 쿠션 각도를 조절하고 책을 열었다. 유명한 미술평론가가 다년간 경험한 것을 토대로 난해한 현대미술을 일반인들도 쉽게 이해할 수 있도록 저술했다는 책의 소개 글을 읽고 본문을 열었다. 그리고 순간 갑자기 몸이 찌뿌드드해져서 기지개를 한 번 크게 펴고는 책을 펼친 채 얼굴 위에 올려놓았다. 바로 잠이 들었다. 얼마나 잤을까? 눈을 뜨고 벽에 걸린 시계를 보니 벌써 12시 반이다. 점심시간이다. 버는 것은 없어도 먹어야 산다. 집사람이 마트에서 싸게 가지고 온 라면을 먹으면 돈이 절약된다.

저녁때가 다 되어 다른 조와 임무를 교대한 집사람이 왔다. 반가우면서도 긴장이 된다. 저녁을 먹은 후에 소파에 앉아 TV를 본다. 또 종편 정치토론이다. 집사람은 정치가 지겨운지 리모콘을 뺏어갔다. 지상파 드라마를 보다가 따분한지 종편 잡담 프로그램 재방을 다시 본다. 나도 어쩔 수 없이 따라서 보는데 꽤 재미있다. 밤11시가 되어서 둘째가 공부를 마치고 돌아왔다. 집사람이 얼른 깎은 과일을 간식으로 내어준다. 아이는 후다닥 간식을 먹은 후 공부방으로 들어가 다시 공부를 한다. 아이 공부에 방해가 될까 집사람이 얼른 TV를 껐다.

집사람과 나는 좁은 소파를 서로 비집고 누워서 각자의 휴대폰으로 인터넷을 본다. 빨간 속보 글자가 있어서 눌러보니 '일부 여당 의원들 탈당 중대고비'이다. 다들 예상하고 있는 것이다. 12시가 넘어서도 둘째는 방에서 열공 중이다. 나는 자야겠다며 안방으로 들어갔지만 집사람은 아이가 잘 때까지 자지 않는다. 침대에 누웠지만 낮잠 때문인지 운동량이 부족해서인지 잠이 잘 오지 않는다.

화
수
목
금, 그렇게 시간이 지났다.
토요일 오전, 카톡이 울렸다.
'머하노'
'그냥잇따'
'미술관 갓다왔나?'
'아직'
'오늘 가능?'
'아마'
'2시 오케이?'
'ㅇㅋ'

원래 토요일은 식구들과 야외로 나가야 되는데 요즘은 둘째 공부가 급하다. 아이가 집에서 공부하는 날은 집사람이나 나 둘 중 하나가 옆에 있어야 한다. 마침 집사람이 오늘은 비번이어서 나는 금교수와 미술관으로 나갈 수 있는 것이다. 집사람의 불만어린 눈빛을 뒤로하고 밖으로 나왔다. 바깥은 화창하게 맑은 날이다.
"금교수는 왜 다시 미술관을 찾은거야?"

"지난번 못 본 다른 기획전을 보려고."

"어떤 전시?"

"도자기전"

"나는 지난번 보았던 전시 다시 봐야겠다."

"그래라. 네가 전시는 혼자 보고 싶다고 했지? 난 도자기전 보고 넌 그 전시 보고 이따 카페에서 만나자."

"같이 와서 따로 보면 이상하잖아."

"실은 나도 혼자 관람해야 제대로 볼 수 있어."

"오케이, 이따 카페에서 보자."

입구에서 검표원에게 초대권을 제시하고 전시장에 입장하였다. 전시장 초입에 꽃이 피어나는 것을 아주 느린 슬로우 타임으로 촬영해서 거의 변화를 느끼지 못하는 화면 앞에 섰다가 너무 변화가 느려서 바로 다음 작품으로 이동했다. 조선시대 윤두서라는 작가의 자화상을 디지털로 그리는데 동작을 더하여 아무리 생동감이 있어도 정지된 원작 초상화의 기운을 따르지는 못하는 것 같다. 다양한 소재를 다룬 여러 작품들을 지나 예의 지난번 그 작품 앞에 다시 섰다. 이번에는 제대로 보겠다며 정 자세를 하고 유심히 화면을 살폈다.

화려한 꽃잎이 날리고 그 속에 어둡게 처리된 수많은 편린들에 숨겨진 작가의 의도는 무엇일까? 작품명이 궁금하여 살펴보니 작품 옆 오른쪽 하단에 '천공에 잠들다'라고 자그맣게 쓰여 있다. 천공에 잠들다, 천공이야 이해가 되지만 이렇게 화려하고 변화무쌍한 것이 '잠들다'라니 무엇을 잠들게 한다는 뜻일까? 아무리 보아도 모르겠다. 내가 한동안 그림 앞에 서있는데 한 무리의 40대 중반으로 보이는 아주머니들이 그림을 설명하는 사람을 따라서 온다. 그런데 설명을 하는 사람이 지난주에 만났던 도슨트 손정원씨다. 안면이 있어서 반가운 마음이 들었지만 선뜻 다가가 인사를 할 용기는 없다. 주저주저하고 있는데 그들이 내가 보고 있는 작품 앞에 왔다. 손정원씨도 내가 기억났는지 가볍게 고개를 숙여 내게 인사를 하고는 작품 설명을 계속했다.

"이 작품은 작가가 4월의 만발한 꽃잎이 바람에 날리듯이 우주의 별들이 생동하는 모습을 표현하였고, 감지가 힘들 정도로 어둡게 처리되어 그림들 사이사이를 스쳐가는 것들은 작가가 인생의 궤적에서 만난 것들을 상징하는 것들로 채웠는데, 그것들은 단순한 상징의 편린들이 아니라 불교그림 탱화에서 보살상들을 꾸밀 때 많이 이용되는 영락처럼 아름다운 보석이라고 합니다."

"산, 집, 남자, 여자 등등인데 어떻게 보석입니까?"

"그것들이 작가에게는 보석과 같은 기억이란 듯이지요."

"선생님, 보석은 몸에 걸쳐야 제 값을 하는데 왜 공중에 뿌립니까?" 한 중년부인이 질문했다.

"맞습니다. 영락장식은 고대 인도인들의 화려한 보석치장에서 비롯되었습니다. 뿌리는 것은 하늘을 난다는 표현인 것이지요. 여러분, 영락으로 치장한 불교의 인물들은 누구누구 있습니까?"

"부처님, 보살님, 신장님 등등 많지요." 불교에 관심이 있는 사람처럼 보이는 아주머니가 답했다.

"네, 영락은 불교에서 존귀한 사람들을 장식하는데 많이 쓰이지만 부처님에게는 거의 사용하지 않습니다."

"왜요?"

"부처님은 완전하게 깨달은 분, 진리 그 자체이기 때문에 치장이 필요 없지요."

"아하, 그렇구나." 사람들이 고개를 끄덕인다.

"또, 영락을 사용하는 인물은 누구지요?"

"종에 새겨진 비천에도 주렁주렁 뭐가 많이 달렸던데요." 내가 말했다.

"그렇습니다. 사실 한국불교미술만큼 비천에 영락을 많이 사용하는 나라도 드물어요. 다들 잘 아시는 성덕대왕신종과 오대산 상원사종의 비천은 영락을 하늘로 뿌리듯이 표현한 가장 대표적 비천이지요." 손정원 선생은 자신만만한 소리로 설명을 이어갔다.

"도슨트 선생님, 그런데 이 작품에서 비천은 찾을 수가 없어요. 어디에 있습니까?" 내가 질문했다.

"정말로 중요한 질문을 하셨습니다. 비천은 어디에 숨겨져 있을까요?"

여러 사람들이 작품을 자세히 살펴보지만 아무도 찾지 못한다. 그러자 손정원씨가 웃으며 한 아주머니를 지목하며 작품

앞에 서게 했다. 화면이 100인치가 넘을 정도로 거대해서 앞에 선 아주머니가 아이처럼 작아 보인다.

"여러분 다시 찾아보세요."

"알았다! 저 아주머니가 비천이네." 내가 말했다.

"빙고! 정답입니다. 이 작품 앞에 선 관객이 바로 비천입니다. 작가는 우리 모두가 우리 삶의 온갖 편린들을 영락처럼 귀한 보석으로 만들어 비천처럼 천공을 날아가기를 원한다고 합니다."

"도슨트 선생님, 비천이 무엇입니까?" 내가 물었다.

"비천은 … , 음 … , 설명하려면 꽤 시간이 걸리는데."

"됐습니다. 제가 인터넷에서 찾아보겠습니다."

"인터넷에 소개된 비천에 대한 정보는 간단한 소개로 되어있는데 …, 이분들께 다른 작품들 마저 설명하고 나서 조금 있다 설명 드려도 될까요?"

"괜찮습니다."

"조금만 기다리세요."

"예쁜 도슨트 선생님이 특별 설명을 해주신다니 아저씨는 복도 많으시네." 어떤 아주머니가 웃으며 말한다.

손정원 선생이 작품 설명을 하며 아주머니들을 이끌고 다른 작품으로 이동한 후, 나는 손정원 선생의 설명처럼 내가 비천이다 생각하고 화면 앞에 서 보았다. 큰 화면에 다가서니 TV화면의 열기가 느껴진다. 화면을 배경으로 성덕대왕신종의 비천처럼 손을 모아보았다. 두 손이 모아지니 저절로 기도하는 마음이 생긴다. 무엇을 기도할까? 쓸데없는 짓이다 생각하고 이번에는 눈을 감고 얼굴을 화면에 바짝 대었다. 열기가 더 느껴지고 화면의 밝은 빛이 눈꺼풀을 뚫고 들어오며 화면의 움직임에 따라 망막에 느껴지는 감각이 요동을 친다.

"조선생님 뭐하세요?" 언제 왔는지 손정원 선생이 웃으며 서 있다.

"아우, 창피해."

"작품을 즐기려는 자세가 된 것 같아요."

"문외한입니다."

"지난주에 보시지 않았어요?"

"이 작품을 다시 감상하려고 왔습니다."

"혼자 오셨어요?"

"금교수는 밑에 있는 다른 전시실에서 도자기를 구경하고 있습니다."

"마침 오늘 제가 도슨트 하는 날이어서 또 만나게 되네요."

"네, 인연이 있나보네요."

"제가 비천에 대해 말씀드린다고 했지만 비천에 대한 저의 지식이 충분할지는 모르겠습니다."

"저보다는 낫겠지요."

"비천, 한자는 아시지요?"

"날 비 하늘 천 하늘을 날다. 그런데 비천은 하늘을 나는 행위를 의미하는데 어째서 인물을 지칭하는 고유명사가 되었나요?"

"불교에서는 하늘도 33천으로 나누어 있는데 최고의 경지인 절대 깨달음, 즉 완전한 깨달음의 경지에 들지 않으면 윤회를 반복한다고 하지요."

"그렇지요."

"그래서 하늘의 단계가 많고 그곳에 속해 있는 존재들이 많지요. 비천은 하늘 존재 중에서는 거의 가장 낮은 단계에 있습니다."

"가장 낮은 단계면 사람하고 많이 가깝겠네요?"

"그건 정확히 모르겠습니다."

"사람보다 조금 나은 단계라면 눈을 들어 하늘을 자세히 보면 공중을 나는 비천을 볼 수 있을지도 모르겠네요."

"그런 세상이 오면 우리 사는 세상이 천국이겠지요."

"네?"

"그런 세상은 우리 인간의 심성이 맑아지고 하늘의 신계와 땅의 인간계, 세상만물이 감응해야만 가능한 것이니 그게 천국이 아니고 무엇이겠습니까. 기독교 미술에서도 천국을 표현한 것을 보면 천사가 악기를 연주하고 노래를 하지 않습니까. 똑같다고 보면 되요."

"그렇긴 하네요. 그런데 비천의 원래 명칭은 무엇입니까?"

"기원은 여러 가지가 있습니다. 대표적인 것은 불교 이전의 인도 고대경전 리그베다에 나오는 건달바와 압사라스인데 숲의 요정이고 이슬을 먹고사는 정령들을 의미하지요. 그리고 새와 인간의 몸이 합성된 아름다운 노래를 하는 긴나라와 가릉빈가도 비천의 성격과 어느 정도 연관이 될 수 있습니다."

"건달바, 어느 깡패 영화에서 건달의 원래 명칭이 그렇다고 하던데."

"네, 그 건달입니다. 일은 안 하고 놀고먹는 족속들이지요. 건달은 남성성을 가지고 음악과 연관이 많습니다. 생김새는 털이 많은 원숭이를 닮았다고도 합니다."

"털 많은 원숭이가 하늘을 날다. 그건 손오공이네요."

"네, 손오공은 삼장법사가 가지고 간 인간의 교만한 속성을 상징하는 것이라고는 하지만 그 형태적 모델은 어쩌면 건달바일 수도 있지요."

"압사라스는 무엇입니까?"

"여성이고 구름과 안개를 상징하지요."

"비천문양 옆에 구름이 있는 것이 많이 있던데 그것이 압사라스라는 것을 의미하는 것인가요?"

"글쎄요. 압사라스라기보다는 하늘이라는 천계를 표현하는 방법이 아닐까요? 그리고 압사라스도 아름다운 소리를 낸다고 하여 음악과 연관이 있습니다."

"건달바와 압사라스는 남과 여이고 음악신들이네요."

"네, 그래서 이들이 발전해서 형성된 비천은 부처님 말씀이 이루어지는 곳에서 꽃을 뿌리고 음악을 연주하는 축하사절단과 같은 존재들인 것이지요."

"남과 여의 관계라면 아무래도 성적인 부분도 연관이 있을 것 같은데요."

"당연하지요. 요가의 수련단계에서 차크라의 상승이라는 것이 있지 않습니까. 건달바와 압사라스는 남녀의 육체적 사랑을 통한 정신적 승화를 의미하기도 하는데 우리가 생각하는 그런 육체적 관계의 뜻도 있지만 텔레파시를 통한 순수한 정신적 교감이라고 보면 됩니다."

"어떤 불교미술에서는 부처님처럼 보이는 존재가 여자를 허벅지에 앉히고 자신의 성기와 여자의 성기를 결합시켜 놓은 것들이 많던데, 그리고 육체적 성관계도 깨달음에 이르는 중요한 과정이라는 말은 저도 어디에서 많이 들었어요."

"타락과 깨달음을 해탈을 위한 과정으로 말하는 사람들도 있어요. 연꽃은 시궁창에서 피어난다고 하여 깨달음을 이루기 위해서 세속의 경험이 꼭 필요하다는 말도 있기는 하지만 상당수의 실패한 수련자들은 이를 곡해하여 자기변명으로 쓰기도 합니다."

"건달바와 압사라스가 연주하는 음악은 어떤 것일까요?"

"숲의 소리, 바람의 속삭임, 새들의 소리 자연의 온갖 아름다운 소리를 말하는 것이지요."

"제가 궁금한 것은 건달바와 압사라스가 정말로 성적 교감을 했을 때 내는 소리는 … , 아차! 제가 농이 지나쳤다면 죄송합니다."

"농이 지나치군요. 아직 그 정도로 친하지는 않은데."

"죄송합니다. 순간적으로 실례를 했습니다."

"아니, 두 사람 뭐하고 계셔요?" 금교수가 전시실에 들어오며 소리친다.

"도자기 전시 다 봤어?"

"벌써 다 봤지. 오랫동안 나오지 않아서 왔더니 두 사람이 이렇게 만나서 이야기하고 있네. 무슨 이야길 하셨어요?"

"응, 이 작품이 비천과 연관이 있다고 해서 비천에 대한 설명을 부탁했지."

"제가 별로 아는 것도 없는데 주제넘게 아는 척 했어요." 손정원 선생이 겸손을 표한다.

"우리 손선생님은 예술에는 워낙 해박한 분이니 분명히 도움이 되었을 것이야."

"금교수, 자네 집에 비천 작품이 있던데 자네도 비천이라면 한 가닥 하겠네."

"조금은 알아. 실은 오래전이지만 비천에 대한 논문도 썼지."

"금교수님, 저도 금교수님의 논문을 보았어요. 비천 논문 중에서 제일 훌륭한 것 같던데. 작품도 하시고 논문도 쓰시고 굉장히 기본이 탄탄한 분이세요."

"제 논문을 어떻게 보셨어요?"

"비천에 대한 궁금증이 있어서 인터넷에서 다운 받아서 봤어요. 금교수님이 만든 비천 작품은 어떤지 궁금하네요." 손정원 선생이 물었다.

"이쁘게 생겼어요. 에밀레종의 비천상을 입체로 했어요."

"비천은 굉장히 복잡해서 만들기가 여간 까다롭지 않을 것인데요."

"복잡한 것은 큰 문제가 아닙니다. 비용이 문제지."

"금교수, 자네는 어느 정도 지명도가 있으니 작품값도 괜찮잖아. 비천을 팔면 꽤 돈이 될 것 같은데."

"모르는 소리, 작품이 잘 안 팔려 매달 마이너스다. 괴롭다."

"금교수님 비천 작품은 크기가 어느 정도입니까?"

"높이가 약 60센티 정도 됩니다."

"재료는 요?"

"브론즈."

"무겁겠네요?"

"한손으로 가볍게 들 수 있습니다."

"보고 싶군요."

"어떡하나. 사진이 없는데."

"사진 말고 실물 요."

"저희 집에 가시기는 좀 그런데요."

"구 도심에 제 작업실이 있는데 혹시 그곳으로 가져오실 수 있습니까? 제가 너무 무리한 부탁을 드렸나요? 제가 맛있는 것 대접하겠습니다."

"손선생님은 작업실이 있으세요?"

"조그만 주택을 개조해서 작업실로 쓰고 있습니다."

"알겠습니다. 그러면 당연히 가야지요. 술도 한잔 가능합니까?"

"많이는 못하지만 조금은 마실 수 있습니다."

"오케이! 오늘 시간이 되시면 당장 가지고 가겠습니다."

"금교수, 뭐 이리 서둘러? 다음에 시간이 많은데."

"아냐, 이런 일은 빨리 해야 시원해. 오늘 저녁 손선생님 작업실에서 간단히 한잔하자."

"손선생님, 저희가 너무 피해를 주는 것은 아닙니까?" 아무래도 나도 따라가야 할 것 같아서 물었다.

"괜찮습니다."

손정원 선생의 작업실에서 만나자고 약속하고 전시실을 나섰다. 전시실을 들어올 때 처음 보았던 아주 천천히 피던 한 송이 꽃이 어느덧 큰 벚나무로 바뀌어 화면 가득 꽃이 활짝 피어 있다. 갑자기 학창시절 창경원에서 야간 벚꽃 미팅하던 기억이 떠올랐다.

카페가 있는 언덕 위의 풍경

　　손정원 선생의 작업실은 시내 구 도심 근처의 언덕 위, 새로 들어선 아파트 단지를 마주하는 대부분 2층짜리인 단독주택들이 모여 있는 동네이다. 주택들 사이로 24시 편의점과 운치 있어 보이는 카페가 두어 곳 있는 골목 안의 작은 주택을 개조해서 만든 것이었다. 집은 아담하고 예뻤으나 곳곳에 감시카메라가 설치되어 있어 혼자 지내는 여성의 긴장된 방어심리가 느껴진다.

　　"어서 오세요. 저의 작업실에 오신 것을 환영합니다. 어때요?"

　　"멋있습니다. 저도 이런 집에서 살아보는 것이 소원인데, 저희 집사람은 단독주택을 무지 싫어합니다." 금교수가 부러운 시선으로 집을 둘러본다.

"대부분 주부들은 그래요. 잡일이 많고, 겨울에 춥고, 방범이 두렵기도 하고." 손정원 선생도 금교수의 말에 동의한다.

"손선생님은 왜 이렇게 따로 작업실을 하십니까? 아파트에서 해도 될 텐데요."

"아파트에서 하면 게을러져서요. 살림하는 곳에서는 이상하게 일을 못해요."

"맞습니다. 저도 학교에서 계속 지내다보면 지겨워지는데, 집에 와서 일해야지 마음먹고 하던 일을 싸가지고 집에 오면 웬걸 아무것도 못해요. 가져왔던 것 그대로 싸가지고 다시 학교에 가요. 정말로, 집은 쉬는 곳이지 일하는 곳이 아닌 것 같아요."

"사람마다 다르겠지만 집에서는 일하지 못한다는 점에서는 저와 금교수님은 공통점이 있네요."

"나는 가져갈 일이 있으면 집이 아니라 화장실에서라도 하겠다." 내가 말하자

"우리 조선생 빨리 일자리를 찾아야 하는데." 금교수가 걱정을 해준다.

"손선생님은 여기서 주로 무슨 일을 하세요?" 내가 물었다.

"도슨트를 하려면 계속해서 문화적 소양을 길러야 하므로 부족한 분야의 책도 읽고, 또 직접 예술가가 되어 그들의 심리를 이해하기 위해서 사정이 허락하는 범위에서 작품을 하기도 합

니다."

"대학에서 미술을 전공하셨나요?"

"아니요. 사회학."

"저도 경영학과를 나왔지만 사회학 관련 서적을 많이 읽긴
했습니다."

"그렇군요."

손정원 선생은 우리를 데리고 작업실 이곳저곳을 구경시켜
준다. 1층에는 부드러운 융모가 가득한 천으로 덮힌 응접세트
가 놓인 거실이 있고, 안방이었던 곳은 엄청나게 많은 책이 꽂
혀있는 책꽂이가 방을 빙 둘러있고 창문이 있는 구석에 흑과
백이 조화를 이룬 책상이 있는데 멋진 최신식 컴퓨터가 있는
것으로 보아 주로 글을 쓰는 공간인 것 같다. 또 다른 방의 문
을 여니 유화물감 냄새가 확 풍긴다. 물감과 화구가 잔뜩 놓인
큰 탁자가 있고 크고 작은 이젤들이 세워져 있어서 척 보아도
그림을 그리는 방이다. 집의 뒤로 통하는 부엌과 마주보는 또
다른 방에는 조각용 돌림판 위에 놓인 판자에서 흙으로 어떤
남자의 초상을 만들고 있는데 비닐로 쌓여있어서 누구인지는
모르겠다. 구석에는 끌로 조각 중인 통나무 덩어리와 떨어져
나간 나무찌꺼기가 늘려있고, 벽에 설치된 선반에는 각종 작업
도구들이 잘 정돈되어 있다.

"손선생님 볼수록 부럽습니다. 저는 겨우 8평짜리 연구실에
서 글 쓰고, 그림 그리고, 조각하고 다 하는데." 금교수는 정말

로 부러운 표정으로 손정원 선생의 작업실을 둘러보았다.

"공간만 좋으면 뭐합니까. 실력이 있어야지."

"손선생님은 사회학을 하셨다는데 그림, 조각 다 하시네요."

"원래 고등학교 때 미술반 활동을 했습니다. 꽤 소질이 있었어요."

"대학은 왜 사회학을 선택하셨어요?"

"우리가 고등학생 때 한창 민주화 데모가 있었잖습니까. 자연히 사회변혁에 대해 눈을 뜨게 되었습니다. 그래서 미술은 혼자서 공부하자 이렇게 결정이 되었지요."

"참말, 그때 나도 아무것도 모르고 데모 엄청 했다. 한창 데모가 심했을 때는 제대로 이루어진 수업도 드물었던 거 같다."

"그렇게 수업을 하지 않고도 지금 우리 세대가 사회를 이끌고 세계와 경쟁하는 것을 보면 참 불가사의야." 금교수가 지난 시절을 회고하듯 한다.

"손선생님, 2층은 무엇입니까?" 내가 물었다.

"여자의 비밀공간입니다."

"그러니 더 궁금해지네." 금교수가 히죽거리며 말한다.

"손선생님은 일주일에 며칠 정도 여기서 지내세요?"

"일정치 않습니다. 많을 때는 일주일 내내, 어떤 주일은 아예 못 올 때도 있습니다."

"친구들이 많이 놀러 오겠네요?"

"가끔 오지만 많지는 않습니다."

"둘러보니 작품을 많이 하시던데 작품전 경험은 있으세요?"

"그냥 혼자 하는 것입니다. 아직 전시회를 할 용기는 없어요."

"저 뒤에 있는 방에 어떤 사람의 두상을 만들고 있던데 모델이 누구입니까? 비닐 사이로 비치는 모습이 어린이 같던데." 눈썰미가 있는 금교수가 물었다.

"비밀입니다. 음~, 사실은 친구의 아들입니다. 그건 그렇고 금교수님 비천조각은 어디 있습니까?"

손정원 선생이 금교수의 질문에 약간 당황하며 갑자기 대화의 방향을 바꾸는 것으로 보아 어떤 비밀이 있는 것 같다. 아! 생각났다. 필시 그녀의 아들일 것이다. 흙으로 아들을 만들면서 진짜 아들을 쓰다듬듯 만들고 있을 것이다. 비닐속의 얼굴을 보고 싶은 마음이 생겼지만 손정원 선생에게 너무 큰 실례가 될 것 같아 말을 꺼내지 않았다.

잠시 뒤, 금교수가 자동차에서 신문지로 싼 비천조각을 가지고 왔다. 미리 눈여겨 두었다는 듯 흰색으로 깨끗이 칠해진 벽 앞에 놓인 탁자 위에 비천을 올려놓고 신문지를 벗겼다.

"와! 예쁘다." 손정원 선생의 입에서 바로 탄성이 나왔다.

"꽤 예쁘지요?" 금교수가 겸손스런 말투로 답했다.

"네네네, 너무너무 예뻐요. 금교수님 표현력 과연 듣던 대로 대단합니다. 그렇게 복잡한 평면부조를 이렇게 질서 있는 입체로 전환시켜 내다니, 금교수님 아니면 아무도 못할 것 같아요."

"이 앞에 있는 등잔의 뚜껑을 열고 작은 초를 올리거나 기름을 붓고 뚜껑의 심지에 불을 붙이면 그것도 나름 괜찮아요."

"아! 그렇군요. 정말 좋아요."

"손선생님 말로만 자꾸 좋다면 뭐합니까. 여성 특유의 애교를 부려서 선물로 달라고 하세요." 내가 말하자

"조선생, 대신 네가 돈 내라." 금교수는 선물하라는 내말에 깜짝 놀라는 눈치다.

"요즘 제가 조그만 사업을 하나 구상하고 있는데 금교수님 작품을 보니 영감이 오네요." 손정원 선생이 어떤 아이디어가 떠오른 표정으로 말한다.

"무슨 사업인데 제 작품을 보고 영감을 받았습니까?"

"여자 혼자 무슨 큰 사업을 하겠습니까. 그냥 찻집을 하나 할까 하는데 가게 이름을 뭐로 할까 고민 중이었습니다. 이 비천 작품을 보니 가게 이름을 비천으로 하고 금교수님의 비천 작품을 가게의 상징으로 하면 좋겠다는 생각이 듭니다."

"손선생님께서 그래주신다면 저는 무한 영광입니다. 가게 위치는 어디입니까?"

"요 다음 골목입구 약간 언덕진 곳에 있는 주택이 매물로 나와서 그걸 사 두었는데 찻집으로 꾸미려고요."

"언덕 위 비천이 있는 찻집, 의미가 서로 잘 어울리는 것 같군요."

"그런데 비천이라는 이름은 조금 구시대적이고 종교적 느낌이 드는데요?" 내가 말했다.

"그러면 무슨 좋은 이름이 있으면 말씀해주세요."

"음~, 뭐가 좋을까? 비천과 연관된 단어들 중에 건달바, 압사라스, 하늘을 날다, 향기와 꽃, 또 뭐가 있을까? 금교수도 의견을 내어봐라."

"이름 자체도 중요하지만 손선생님이 지향하는 찻집의 성격이 제일 중요할 것 같은데."

"비천의 의미에는 아름다운 음악과 향기, 하늘을 날고 싶은 인간의 소원, 천사, 요정 등등 많은데 저는 무엇보다 찻집에서 좋은 사람들이 따스한 정을 나눌 수 있는 그런 곳이 되었으면 하는데요."

"비천이라는 용어가 한계가 있다고 생각되면 아예 같은 의미인 천사를 넣어서 작명을 해요."

"프렌차이즈 찻집인 엔제리너스는 우리 속의 천사라는 의미인데 이미 선점을 해버렸으니."

"압사라스를 이용한 좋은 명칭이 없을까요?"

"압사라스, 이름은 특이하지만 손선생님의 뜻이 적합할지는 모르겠네."

"압사라스를 아는 사람들도 거의 없을 것 같고."

"비천을 풀어 쓴 '하늘을 날다'는 자칫 종교적 승화가 강조되고 별다른 느낌이 없어요."

"손선생님이 생각하시기에 이곳에서 오고가는 사람들의 정서랄까 인정이랄까, 어떤 대화가 오가면 좋을까요?"

"고객의 성향을 제가 판단할 수는 없지요. 누구든지 이곳에서 따뜻한 마음을 가지고 갈 수 있으면 좋겠죠."

"음, 참 쉽지가 않네요."

"저는 비천이 약간 종교적 냄새가 있지만 천사에 대한 동양의 보편적 개념이고 우리 주위의 많은 이들이 현실적 고뇌를 벗어나는 상징적인 용어로도 적합한 것 같아서 비천이 좋을 것 같습니다. 비천이란 말이 보편적으로 사용되어서 특이한 점은 없지만 찻집이라는 용어를 붙여서 비천찻집으로 고유명사화 시켰으면 합니다."

"비천찻집, 비천카페, 어느 것이 좋지?"

"비천카페는 어감이 이상해. 비천찻집이 낫다."

"비천찻집으로 해요. 이름도 중요하지만 제가 찻집의 문화를 어떻게 만들어 가느냐가 더 중요하잖아요."

"비천찻집, 어떤 스토리가 있는 느낌이 와서 좋습니다."

"아직 시간이 있으니 좀 두고 정하지요."

"그런데 두 분은 비천의 내용을 잘 알고 계시는 것 같지만 나는 이해가 덜 되는데, 금교수가 비천에 대한 논문도 썼다니 보충 설명 부탁해."

"내가? 부족한데."

"금교수님 저도 부탁드려요."

"할 수 없지. 간단하게 얘기하겠습니다. 비천에 대해 재미있는 것은 불교가 인도 북부의 간다라 지금의 파키스탄과 아프가니스탄 지역을 지나 천산산맥 곤륜산맥을 넘어 중국의 서북부로 들어간 경로에서 나타나는 비천은 추운 지방을 거쳐 왔기 때문인지 비교적 많은 옷을 입은 모습을 하고 있습니다. 그리고 중국 서쪽 서역지역까지는 남자의 모습을 한 경우가 많지만 점점 중국 내륙으로 동진이 이루어지면서 중국의 전통적 종교 관념인 도교의 선녀 형상에서 영향을 받아서 무수한 옷자락과 영락을 휘날리며 하늘을 나는 선녀, 즉 여성의 모습으로 변해 갑니다. 키질, 투루판 등 서역에서 시작된 중국적 비천의 형상은 중국 서북지역의 가장 중요한 불교문화유적지인 돈황의 막고굴에서 수나라 시대에 그려진 벽화를 보면 도교적 내용과 불교의 내용이 한 화면에 뒤섞여 있는 것으로 보아 이곳을 기점으로 도교와 불교의 문화가 본격적으로 융합이 되었음을 보여 줍니다."

"추운지방을 거치면 옷을 많이 입게 되는 것이 당연하지."

"그런데, 인도 중남부에서 스리랑카를 거쳐 남으로 이동한 여성 비천 압사라스는 더운 지방의 영향을 받아서인지 옷을 적게 입고 있어요. 그리고 대부분 하늘을 나는 것보다는 땅에서 팔다리와 손발을 화려하게 움직여 춤을 추고 있으며, 꿇어앉거나 주인공의 주위에서 시중을 들고 있는 형상도 많아요."

"태국과 미얀마 등에서 무희들이 춤추는 것을 보면 손과 발의 동작이 굉장히 화려하던데 그 동작이 압사라스와 관계가 있나보네."

"또, 보통 종교화에서는 성적인 표현을 금기시 하는데 동남아 문화에서 압사라스는 섹스의 기념비라는 힌두 탑 카주라호처럼 농염한 성적인 문화의 영향을 받은 것인지 옷을 적게 입고 있어서 육체가 들어나 상대적으로 육감적이어서 인도 북쪽으로 이동한 옷을 입은 비천의 형상과는 차이가 있습니다. 성기가 과장되게 크게 묘사된 포르노적인 표현도 어렵지 않게 볼 수 있어요."

"종교가 성의 표현에 어떻게 개방적일 수 있을까? 그쪽 지방은 날씨가 뜨거우니 몸도 뜨거워서 그런가? 어째든 문화의 차이겠지."

"서양의 천사는 기독교를 종교적 배경으로 하고 있지만 표현의 방법은 그리스의 영향을 받아서 사람의 몸에 새의 날개를 달고 있잖아요, 그런데 동양의 천사 비천은 일부에서 새의 날개가 도입되기도 하지만 대부분은 날개 없이 옷자락과 자세의 표현만으로 공간을 나는 표현법을 따르고 있는데 이는 서양의 실증적 세계관과 동양의 세상만물에 대한 추상적 접근의 차이에서 오는 것으로 생각해요."

"그래서 서양의 실물과학이 더 발달했나?"

"기독교에서의 가장 중요한 종교적 행위는 신에게 기도를 하는 것이고 불교와 도교에서는 기도보다는 자신의 내면적 수행을 궁극의 종교행위로 볼 수 있는데 기도와 수행 이 두 가지의 차이점도 천사와 비천의 표현법에 영향을 미친 것 같기도 하고."

"간절히 기도하면 응답한 신의 세계로부터 사자가 온다는 것과 수행을 깊게 하면 내면에서 깨달음이 와서 스스로 환희를 느낀다는 것인데, 그러면 비천은 깨달음이 즐거워 스스로 춤추고 노래하는 것인가?"

"그런 해석도 재미있네. 그렇게 문화표현의 배경이 다르다는 것이고, 비천에는 경배를 하는 공양자 비천과 찬양하는 주악 비천 두 가지로 나뉘지."

"기독교의 천사들은 하느님의 소식을 전하는 사자, 기도하는 모습, 나팔 불고 노래하는 모습들이던데. 비천과 천사는 정말로 많이 비슷한 것 같기도 하지만 종교의 입장에 따라서 차이가 많구나."

"불교에서 비천은 처음에는 남자의 모습만 하고 있었으나 4세기 이후로 인도에서 남녀의 형태로 바뀌게 되지요. 우리나라에도 1900년대 초까지는 남과 여가 함께 그려진 비천이 남아 있는 것으로 보아 비천하면 여성이라는 관념은 그리 오래되지 않은 것 같아. 그러니까 남과 여는 모두 비천이 될 수 있다는 것이지. 이상이 제가 할 수 있는 비천에 대한 설명입니다."

"짝짝짝! 금교수님 잘 들었습니다."

"남자비천만 있으면 정말로 재미없었겠다. 여자로 바뀐 것이 제일 마음에 드네. 개인적으로 옷을 많이 입은 북쪽의 비천보다는 홀랑 벗은 동남아의 압사라스가 더 호감이 가네."

"손선생님 찻집을 하려면 커피와 차에 대해 전문성이 있어야 하지 않습니까?"

"당연히 바리스타 자격증이 있고, 동양 차에 대해서도 이해할 수 있는 여유가 좀 있었습니다. 하지만 전통 차 문화를 제대로 하려면 워낙 격식을 갖추어야 하기 때문에 너무 전문적으로 접근할 수는 없어요."

"손선생님 부럽습니다." 내가 말했다.

"뭐가 부러우신데요?"

"꿈을 실현할 수 있는 손선생님의 준비된 능력이 부럽네요. 저는 그런 것은 꿈도 못 꾸어요. 특별한 스펙을 준비하지도 못했고 또 금전적으로도 자영업을 하다가 혹시라도 쫄딱 망하면 그야말로 가족전체가 거리로 나가야 하니까요." 손정원 선생에게 실례되는 말인 줄 알지만 입에서 나오고 말았다.

"저도 그렇게 돈이 많은 것은 아닙니다. 그저 옛 남편으로부터 남들에게 손 벌리지 않을 만큼 받았을 뿐입니다. 얼마 안 되는 여유지만 조금은 모험을 하고 싶어서요. 그래서 돈을 모으게 되면 언젠가는 나를 찾아올 아들에게 물려주려고 합니다."

"아드님에 대한 그리움이 크시겠어요."

"잘 있다고 믿고 있으니 평소에는 괜찮아요. 가슴에 묻어두고 그냥 그러려니 해요."

"으흐흠, 손선생님 아픈 곳은 그만 건드리고 찻집 얘기를 계속하지요. 언제부터 공사를 하실 계획입니까?"

"조만간에 하게 될 것 같습니다. 여기저기에서 견적을 뽑아보고, 투시도도 나왔는데 어느 것이 좋을지 아직 확신이 … , 잘됐다! 금교수님이 저보다 안목이 있을 테니 봐주시겠어요?"

손정원 선생이 건물조감도 두 장을 금교수와 내가 마주한 벽에 기대 놓았다. 하나는 붉은 벽돌과 원목의 조화를 이룬 것이고, 또 하나는 붉은 벽돌도 살리되 도로가 보이는 벽의 일부분을 흰 벽돌로 처리하고 창문도 지중해식으로 바꾸어 벽돌의 붉은색과 흰색이 묘하게 조화를 이루고 마당에는 유리로 된 구조물이 있는 것이었다.

"보시기에 어떠세요? 저는 오늘은 이것이 좋았다가 내일은 또 저것이 좋으니 종잡을 수 없네요."

"민준이는 어느 게 마음에 드나?"

"내가 뭘 아나. 금교수 네가 먼저 선택해."

"나는 흰 벽이 있는 것, 흰 벽이 오래된 붉은 벽돌과의 색 대비도 좋고 어떤 묘한 상상의 공간을 마련해 주는 것 같아."

"나도 그렇네. 원목도 좋겠지만 흰 벽돌로 처리된 벽이 매우 훌륭해. 창문이 정말로 마음에 든다. 몰래 혼자서 누군가를 기다리기에 좋은 곳 같아."

"실은 저도 그쪽이 더 끌리는 것은 사실인데 두 분이 확신을 해주시니 그것으로 정하겠습니다."

"일꾼들이 부실공사를 못하게 공사를 감시할 남자는 필요 없습니까?" 금교수가 물었다.

"그것은 시공회사 공사감독이 하는 것 아닙니까?"

"여기 조민준 친구가 지금 백수로 놀고 있으니 알바로 좀 쓰시지요."

"네? 생각해보지 않아서요."

"야, 금교수 그러지 마라. 듣는 백수 속 쓰리다."

"일꾼들이 땡깡을 부리면 여자인 손선생님 혼자서 감당이 안될 때가 있을 텐데요. 민준이도 맨날 집에 있는 것보다 오래 걸리는 일이 아니니 소일도 하고 용돈이라도 좀 벌 수 있잖아. 그리고 민준이가 여기 있으면 나도 놀러 와서 미술적 조언도 해드리기 편하고."

"그러면 저도 적극적으로 생각해 봐야겠네요. 조선생님 전화번호 주세요." 손정원 선생이 반색을 한다.

"손선생님 저의 조언비는 공짜입니다. 쓴 술 한잔이면 오케이입니다."

"그건 염려마세요."

손정원 선생이 다시 비천 조각을 보면서 말한다.

"생각할수록 좋은 것 같아요. 가게 입구에 깔끔하게 정리한 쇼윈도에 이 비천상이 놓인다는 상상을 하니 정말로 예쁠 것 같아 흥분이 됩니다."

"쇼윈도 위에 작은 전구를 달아도 좋고 비천상 앞에 붙은 등잔에 불을 밝혀 놓아도 참 예쁠 것 같습니다." 나도 거들었다.

"교수님 이 비천상 그냥 여기 두고 가세요."

"혹시 공짜로 달라는 것은 아니지요?" 금교수가 스스로 돈이야기를 못할 것 같아서 내가 말했다.

"당연히 가격을 지불해야지요. 교수님 얼마면 좋겠어요?"

"내참, 갑자기 작품을 팔게 되어서 횡재는 했지만 얼마를 받아야 할지 … "

"알았습니다. 교수님 급에 맞추어서 텔레뱅킹으로 지금 바로 계좌이체 해 드리겠습니다."

"금교수, 횡재했다. 어제 저녁에 똥꿈 꿨나봐."

"잘 기억은 없는데 불이 나는 꿈은 꾼 것 같아."

"늙으면 이상하게 꿈이 맞더라니까. 나는 꽃이 활짝 핀 나무가 있는 꿈을 꾸었는데, 전시장에서 본 그 작품 때문인가?"

"오늘은 제가 작품을 팔았으니 저녁을 사겠습니다. 손선생님이 근처에 맛있는 집 아시죠?"

"보시다시피 여기는 주택들이 있는 골목이고 아직 개발이 덜되어서 특별히 맛있는 집은 없고 조금 나가야 되는데."

"나가시죠."

그리고 두 주일쯤 지나 달력의 11월 종이를 넘기기 하루만 남은 날, 늘 그렇듯 혼자서 점심을 먹고 소파에 앉아 TV를 보고 있는데 휴대폰이 울렸다. 발신자를 보니 '손정원 도슨트'라고 찍혀있다.

"네, 손선생님. 무슨 일로 전화를 주셨습니까?"

"지난주에 말씀하셨던 거 있잖습니까. 저희 찻집 공사감독."

"네, 생각납니다. 정말로 시작하시는가 보지요?"

"업체가 정해졌는데 며칠 뒤부터 공사에 들어가는데 도와주실 수 있습니까?"

"당연히 도와드릴 수야 있지만 제가 할 일이 있을까요?"

"조선생님께서 하실 일이 얼마나 많을 지는 저는 잘 모르겠어요. 그런데 금교수님 말씀처럼 저 혼자서 험하게 생긴 낯선 남자들을 상대하는 것보다는 조선생님이 계시면 제가 심리적으로 안정감을 느낄 것 같고, 사실 지난번 제 작업실 수리공사 때도 제가 여자라고 인부들이 얼마나 깔보고 골치를 썩였는지 또 그런 사람을 만날까 트라우마가 있습니다."

"공사하는 사람들 중에 그런 경향이 있는 사람도 있을 수 있지요. 그래서 계약할 때 매우 구체적으로 세부적인 것까지 꼼꼼히 적어야 합니다. 아니면 당하는 경우가 많아요."

"맞아요. 지난번에도 한창 공사 중간에 추가 비용을 주지 않으면 못하겠다고 뒤집어져서 아주 애를 먹었고 기분이 나빴습니다."

"그래도, 공사일하는 사람들은 다른 사람들이 얼쩡거리면 싫어할 텐데요."

"설계사무소에 연락해서 나중에 가게에서 일할 사람이 도와줄 거라고 둘러대니 반대하지 않던데요."

"눈치가 빠르시네, 공사기일은 얼마나 잡았습니까?"

"작은 집이지만 손볼 곳이 많다면서 두 달은 족히 걸리고 더 걸릴지도 모르겠답니다."

"가정집 개조하는데 보통 그 정도 걸리는 것으로 알고 있습니다."

"저는 그런 것 잘 몰라요. 그래서 조선생님께서 잘 감시를 해주실 필요가 있는 것 같아요. 수고비는 섭섭지 않게 드리겠습니다."

"감사합니다. 틈틈이 비천에 대한 강의도 더 들었으면 합니다."

"그럼, 공사 시작하면 뵙겠습니다."

저녁때가 되어서 집사람이 들어왔다. 아르바이트 자리가 생겼다고 말해주었다.

"월급이 얼만데?" 대뜸 보수부터 묻는다.

"아직 몰라."

"무슨 알바인데?"

"찻집 수리공사 감독하는 것."

"당신이 언제 집수리 공사를 해봤어?"

"회사 다닐 때 사무실 신규오픈이나 여러 차례의 사무실 리모델링 공사의 레이아웃은 직접 해봐서 전혀 모른다고는 할 수 없지. 꼼꼼히 보고, 부실공사나 자재 빼돌리고 뻥땅치는 것 정도는 알아챌 수 있어. 또 공사는 마무리가 중요한데, 마무리는 일이 끝난 뒤에 검사하면 늦어. 일의 중간 중간에 바로잡아야 돼. 일하는 사람들 중에는 자기가 살집 아니라고 대충 넘어가려는 심리가 있는 사람이 있어. 그리고 우리 집 수리도 내 손으로 직접 하잖아."

"작은 집수리하고 건물수리는 다를 건데."

"가정집을 수리해서 만드는 것이니 괜찮아."

"해보지도 않은 알바를 하려는 것을 보니 이제 돈 답답한 줄

아나보네."

"평소에 얼마나 절약하는데, 그런 소리 하지 마라."

"위치는 어디야?"

"저쪽 구 시내 가는 언덕 주택단지."

"응, 거기 예쁜 옛날 주택들이 꽤있지."

"그렇더라. 운치가 있어."

"버스 타고 다닐 거야? 차 끌고 다닐 거야?"

"버스 타도 금방인데 뭘."

"주택단지는 큰 길에서 안쪽으로 많이 들어가 있어서 꽤 걸어야 할 텐데."

"운동할 수 있는 좋은 기회지."

"알았어. 공사장에는 위험한 물건이 많으니 몸 다치지 않게 조심하고."

"설마 내 걱정하는 것은 아니겠지, 병원비 걱정하는 것이지?"

"어이구, 이 인간아. 그래! 병원비 걱정 되서 그런다. 돈이나 많이 벌어와."

나에 대한 집사람의 불만이야 오랜 역사라 한 귀로 듣고 한 귀로 흘려보낸다. 빨리 잊는 것이 보약이다. 집사람에게는 한심한 알바이지만 내게는 새로운 희망이다. 잠깐이겠지만 오랜만에 맛보는 편안히 숨쉴 수 있는 위안의 시간과 공간일 것이다. 그래서인지 막연하지만 기대감이 든다.

12월 3일 토요일, 공사를 시작하기 이틀 전. 금교수가 공사가 무사히 끝나고 찻집사업이 잘되기를 기원하는 의미에서 고사를 지내자고 제안한다. 금교수가 나를 알바로 채용해줘서 자신이 고사에 쓸 제물을 준비하겠다고 자원하자, 손정원 선생은 손사래를 치며 자기 사업이니 돼지고기와 떡과 과일은 자기가 준비하겠단다.

다음날 일요일 공사 하루 전, 손정원 선생은 떡집에 주문하고 시장에서 돼지머리는 못 샀지만 수육을 사고, 과일도 준비했다. 만류에도 금교수는 근처 마트에 들러서 이것저것을 사서 큰 비닐봉지에 넣어서 왔다.

공사를 앞두고 있는 빈집은 휑한 느낌이 든다. 조촐한 고사상이 차려졌다. 손정원 선생이 준비한 돼지고기, 떡과 과일이 작은 상위에 오르고, 금교수가 준비한 맥주 소주 오징어 햄이 놓였다. 보아하니 핑계 삼아 한잔하려는 것이다. 고사 준비를 마치고 상 위의 촛불에 불을 붙이려는데 이소영 관장이 나타났다.

"잠깐 기다려 주세요."

"내가 어제 갑자기 연락해서 이관장 네가 못 오는 줄 알았다. 마침 시간에 맞추어 와주니 고맙다."

"정원이가 중요한 일을 한다는데 내가 안 올 수 있나? 다른 일정 조정하고 왔다. 고사상에 나름 차려진 것이 많네. 나는 급히 오느라 아무것도 준비 못했으니 돈이라도 올려놓을게."

"얘는, 그러지 않아도 되는데."

"자, 제일 중요한 돈이 제물로 바쳐졌으니 공사가 무사히 잘 되고 사업이 번창하도록 고사를 지냅시다. 다들 자세를 가다듬고 경건한 마음으로 기원해주세요." 금교수가 말하니.

"금교수님이 기원문이라도 읊어주시지요." 이관장이 요청했다.

"그래라. 오늘 왠지 금교수 기도빨이 먹힐 것 같다." 나도 말했다.

"만인이 원하면 그래야지요. 하느님 부처님 이곳저곳의 천지 신명님과 이집의 성주신님, 손정원 선생의 찻집 공사가 무사히 끝나고 사업이 번창할 수 있게 도와주십시오. 그리고 우리 조민준 선생도 알바비 많이 받게 손정원 선생에게 덕스러운 마음이 들게 하소서. 나무아미타불 아멘." 금교수의 표정이 아주 진지하지만 내용에서는 웃지 않을 수 없다.

"너는 잘 나가다 그러냐?"

"뭐가 그래? 아주 핵심만 말한 건데."

"맞아요. 핵심입니다. 호호호"

"자, 이것은 내가 공사가 무사히 끝나길 비는 의미에서 조선생에게 주는 선물이다." 금교수가 종이가방을 건넨다.

"엥! 뭔 선물?"

아래 위가 연결된 청바지 작업복이다.

"금교수님, 참 섬세하시다." 손정원 선생이 칭찬을 했다.

"뭘요. 제 전공이 반은 노가다 아닙니까. 노가다 사정 노가다가 알지요."

"집에 마땅한 헌옷이 없어서 고민이었는데, 고맙다. 나중에 알바비 받아서 한잔 살게."

"손선생님, 알바비 현금으로 주지 말고 계좌로 보내세요. 조선생 사모님이 관리하게. 그렇지 않으면 알바 끝나면 이 친구 알바비도 떨어져요."

"너는 남의 가정사에는 신경 좀 끄시지."

"빤히 보이는데 어떻게 신경 안 쓰나?"

"조민준 선생님께서 공사 감독하는 것 도와주시기로 했어요? 잘 되었네요. 그렇지 않아도 그 문제 때문에 걱정을 했는데. 아무래도 남자가 있으면 좀 안심이 되잖아요." 이관장은 손정원 선생의 일이 자신의 일인 것처럼 마음을 쓰는 것 같다.

"이관장님 염려마세요. 제가 잘 도와드리겠습니다." 내가 염려 말라고 하자

"저도 가끔 와서 살펴볼 테니 이관장님, 손선생님은 걱정 붙들어 매세요." 금교수도 거들었다.

"한결 마음이 놓이네요. 다들 감사합니다." 손정원 선생이 사의를 표했다.

겨울에 내리는 여름비

    12월 5일, 찻집 공사를 시작하는 날이다. 설계사무소에서 책임자가 나와서 우선 필요 없는 부분을 철거할 인부들에게 무언가를 지시한다. 설계책임자는 얼굴이 순하게 생겼지만 인부들에게 지시를 내리는 말투는 경험이 많아서인지 단호하고 분명하다. 손정원 선생이 나를 소개했다.

    "이분은 저와 함께 일할 조민준 선생인데 공사가 어떻게 진행되어 가는지 눈여겨보고 혹시 지적하시더라도 기분 나쁘게 생각하지 말았으면 좋겠습니다."

    "괜찮습니다. 리모델링하는 것이지만 집을 새로 짓는 거와 같은데, 의뢰인에게 이 일은 일생에서 몇 번 없는 매우 소중한 기회이니 당연히 신경을 많이 쓰시지요."

"그리 말씀해 주시니 안심이 됩니다. 예전에 집을 수리할 때는 여자인 제가 들락거리니 치마 입은 여자가 들락거리면 재수 없다며 망치를 집어던지고 눈을 부라리며 위협을 해서 그 생각을 하면 지금도 기분이 좋지 않습니다."

"트라우마가 있으시군요. 옛날에는 나이든 인부들 중에 그런 사람도 있었지만 지금 그랬다간 바로 해고되니 걱정 마세요. 집에 대해 가장 관심을 두는 사람은 결국 집주인입니다. 다 이해합니다. 하지만 혹시라도 안전상의 문제에 대해서는 각별히 조심하셔야 합니다." 설계책임자는 마음의 여유가 있고 이해심이 많다.

"설계하시기 전에 성능검사나 안전과 관계된 구조계획 등은 충분히 다 검토하신 거죠?" 내가 물었다.

"당연히, 그런 진단계획은 기본적이죠. 리모델링의 경험이 있으신 것 같은데요. 말씀하시는 단어가 전문가 용어입니다." 책임자가 물었다.

"조금 주워들은 것은 있습니다."

책임자는 현장에 남은 인부들에게 지시를 해놓고는 사무실에 바쁜 일이 있다며 갔다. 중장비를 이용한 본격 철거를 하기 전, 인부들이 우선 필요 없는 것들을 뜯어내기 위한 망치질, 빠루질 등이 거칠게 이루어진다. 찻집에 어울리는 좋은 공간을 만들기 위해 일부 주기둥과 내력벽을 거칠게 철거하는 과정에서 인부들의 부주의로 안전상의 문제라도 초래하지 않을까 손정원 선생과 나는 조바심이다. 손선생은 특히 인부들이 뜯어낸 물건들을 옮기면서 전 집주인이 오랜 세월 정성들여 가꾼 나무들이 다칠까봐 얼굴에 긴장감이 돈다. 나무를 보호하는 보양장치를 좀 더 완벽하게 했으면 좋았을 텐데.

"아저씨, 조심조심." 손정원 선생이 말하면

"아참! 아주머니 저리 비키세요. 다쳐요." 인부들은 '비켜'라는 지시가 자신들의 특권인 양 큰 소리로 손선생을 물리친다.

"이 나무를 보세요. 얼마나 정성 들여 가꾸었습니까. 가꾼 사람의 정성을 봐서라도 잘 좀 해주세요." 내가 중재해서 말하면

"자꾸 이렇게 간섭하면 일 못해요." 인부가 말한다.

"아까, 공사 책임자께서 요즘은 이런 사람들 없다고 하더니 아직 있네요." 손정원 선생이 불만을 터트린다.

"이 사람들도 일을 원활하게 하기 위해서 그런 거니 오해마세요." 내가 손정원 선생을 달랬다.

오래된 집이어서인지 이것저것 뜯어내는데 시간이 꽤 걸린다. 손정원 선생과 내가 지켜본 덕분인지 모르지만 건물의 중요한 부분이 파손되는 것은 막을 수 있었고, 나무들이 다치는 것도 막았다. 처음에는 우리가 간섭하는 것을 싫어하던 인부들도 어쩔 수 없다는 듯 체념을 하고 내게는 작업을 도와달라고 부탁하기도 했다. 내가 있어서인지는 모르지만 자신에게 고분고분해지는 인부들의 태도를 보고는 손정원 선생은 마음이 놓이는 눈치다.

하지만 방심은 금물인가. 내부에 있는 것들을 뜯어내는 거의 마지막에, 뜯어낸 문들을 거실의 벽에 기대어 놓았는데 옆을 지나던 손선생의 옷에 걸려 쓰러졌다. 나는 젊어서부터 운동신경이 있다는 말을 많이 들었을 정도로 꽤 민첩한 편이다. 순간적으로 뛰어가서 손정원 선생의 어깨 위를 막았다. 삼류소설 같은 사고였지만 이렇게 그녀가 처음으로 내 가슴에 안기었다.

"어멋! 조선생님 괜찮아요?"

"괜찮습니다."

"거봐요, 아주머니! 일하는데 자꾸 들락거리면 사고가 난다니까!" 한 인부가 껀수를 잡았다는 듯 기회를 놓치지 않았다.

"이놈의 문짝에 귀신이 들었나?" 나는 쓰러지는 문들을 바로 세우는 척하며 있는 힘을 다해 주먹으로 문을 갈겼다. 얼마나 세게 쳤는지 쾅! 소리와 함께 문의 중간에 커다란 구멍이 뚫린 듯 쑥 들어갔다. 큰 소리에 손선생이 놀라는 눈치고, 시비를 걸던 인부도 더 이상 트집을 잡지 않았다. 나는 손선생에게 슬쩍 윙크를 했다.

"조선생님 괜찮으셔요?"

"네, 아무렇지도 않아요."

"손 줘보세요." 손정원 선생이 내 손을 잡았다. 따뜻하다. 기분이 좋았다.

"괜찮습니다."

"부은 것 같은데요?"

"정말로 괜찮아요. 조금 그러다 말겠죠."

"왜 그러셨어요?"

"남자들은 일하면서도 경쟁하는 것이 본성일 수도 있습니다. 제가 그렇게 하지 않으면 심보가 좋지 않은 인부는 우리가 간여하는 것에 계속 시비를 걸 거예요."

"그러다 손을 다칠 수도 있는데."

"어중간하게 치면 손을 다칠 수 있지요. 인부들에게 밀리면 안 되겠다 싶어서 있는 힘을 다해 치니 문짝이 깨지면서 제 손은 무사한 겁니다."

"남자들 세계는 아직 잘 모르겠어요. 조선생님 온화한 분인 줄 알았는데 의외로 박력 있으시네요."

"사실은 손이 조금 아파요. 헤헤"

"오늘 맛있는 것 사드릴까요?"

"다음에 금교수와 같이 해도 되는데 … "

"저하고 둘이서만 식사하기가 어색하세요?"

"그렇다기 보다 … "

"어차피 앞으로는 둘이 자주 만나야 하니 긴장 푸세요. 호호호!"

"왜 웃으세요?"

"조선생님 귀가 빨게 졌어요. 귀여워요. 호호호!"

손정원 선생이 억지로 이끌어서 근처 비교적 조용한 식당에서 불고기가 따라 나오는 한식으로 저녁을 먹었다.

"조선생님, 성격이 조용한 분 같은데, 가끔 그렇게 폭발합니까?"

"어쩔 수 없을 때는 해야지요."

"집에서 사모님과 사이는 어떠세요?"

"그냥 그래요. 좋을 때도 있지만 패죽이고 싶을 때도 있지요."

"자주 싸우시는가 봐요?"

"평균은 하는 것 같아요."

"저는 거의 싸우지 않았어요." 말하는 손정원 선생의 표정이 차갑게 느껴진다.

"어째서요? 두 분이 싸움이 필요 없을 정도로 사랑했었다면 이별하지 않았을 것인데."

"풍족함 때문이죠."

"풍족함 때문에요? 모두들 풍족해지려고 환장을 하는데."

"풍요로운 생활은 당연한 것이어서 느끼지를 못했고, 남편의 풍족함은 권위가 되었고 더불어서 남편의 크고 작은 잘못은 그 풍요로움의 권위에 가려 문제가 되지 못했어요."

"이해가 되는 것도 같지만 저한테는 너무나 별세계입니다."

"그 권위에 눌려 저는 감히 남편에게 큰소리를 내지 못했고 부부관계는 항상 일방적이 되었어요."

"그러면 냉랭했겠네요."

"그래서 지지고 뽁고 싸우다가도 웃으며 고기를 썰며 식사를 하는 부부를 보면 부러울 때도 있습니다."

"어떤 점이 부러운데요?"

"싸우면서 속에 있는 화를 풀 수 있잖아요."

"그렇긴 해요. 저도 마누라하고 한바탕하고 나면 속이 뻥 뚫릴 때도 있어요."

"저도 그렇게 해봤으면 좋겠어요."

"그러면 앞으로 저한테 하세요. 하하."

"전 심각한데 왜 농담으로 받아들이세요?"

"아! 쏘리. 아무리 그래도 터무니없는 불의를 참는 것이 쉽지 않았을 것인데요?"

"그래서 저도 남편에게 대들려고 단단히 마음먹었다가도 남편 얼굴만 보면 이상하게 입이 얼어붙었어요."

"도대체 전생에 무슨 관계였기에."

"누구에게나 임자가 있잖아요. 제가 남들에게는 따따부따 잘도 하는데 … "

"남편을 정말로 사랑해서 그런 것 같은데요?"

"처음 신혼 몇 개월은 그랬을지 모르지만 그 이후는 모릅니다. 아니! 아니었으니 이혼했겠지요."

"손선생님, 도슨트는 어떻게 하게 된 것입니까?"

"제가 사회학을 하다 보니 자연히 인문학에도 시야를 늘릴 필요가 많을 수밖에 없었지요. 인문학은 문학, 역사, 철학, 미학 등 분야가 많지 않습니까. 그런데 어느 날 미술관을 찾았는데 작품을 보다가 미술은 모든 인문학을 단숨에 간파하는 직관이 크게 작용한다는 것을 알았습니다. 물론 고등학교 때 미술반 했던 경험이 일정 부분 작용도 했겠지요. 그래서 틈나는 대로 미술관련 서적도 읽었습니다."

"얼마나 공부를 하셨는데요?"

"학생 때는 수업과 과제에 쫓겨 거의 못했고, 결혼 후 얼마 지나지 않아 남편이 저를 닦쳐다 보듯 하니 저는 더 공부를 하게 되었습니다. 틈틈이 고상한 귀부인이 되어 미술관과 화랑을 다니기도 하면서 그림을 보는 안목도 키웠고, 대학에 진학하면서 접었던 어렸을 때의 예술가의 꿈을 이루기 위해서 작품도 다시 시작했습니다."

"그것이 도슨트의 기본이 되었겠네요."

"기본은 되었지만 제가 도슨트를 하겠다는 마음을 먹은 것은 오래되지 않았어요."

"그럼, 어떤 계기로?"

"저의 사정을 잘 아는 이소영 관장이 저를 미술관에 소개해서 어떤 특별전에서 도슨트를 해보았는데 사람들이 제 설명을 듣고 유익해 하고 재미있어 해서 기분이 굉장히 좋았어요."

"이소영 관장님은 어떻게 화랑을 하게 된 것입니까?"

"원래 고등학교 때 저하고 같이 미술반 하던 친구였어요."

"금교수하고 나도 고등학교 친구인데."

"그래서 두 분이 허물없는 사이인가 보지요."

"그렇기도 하지만, 이관장님 이야기 계속해 주세요."

"저는 대학진학에서 사회학으로 방향을 돌렸지만 그 친구는 소질을 살려서 미대로 진학했습니다. 그런데 미대에 진학했지만 어쩐지 작품에서 작가다운 활력이 부족했어요. 작품성이 주위로부터 주목을 받지 못했고, 이관장은 자신의 이런 특징을 알고는 바로 미술이론으로 전공을 바꾸었는데 이것이 인생의 전환을 맞은 뛰어난 선택이 되었어요. 이론공부가 신이 났고, 유학도 갔다오고, 게다가 이관장이 원래 사교적이라 사람 사귀는 능력이 뛰어났어요. 귀국해서 화랑과 미술관의 큐레이터를 하다 당시 젊은 화가로서 촉망받던 남편을 만나 결혼도 했어요. 그렇게 행운만이 함께 할 것 같았던 그녀에게도 불행이 닥쳤죠. 남편이 교통사고로 사망한 것입니다."

"저런 쯧쯧, 이관장님과 남편 사이에 자식은 있었나요?"

"다행히 둘을 이어주는 딸이 하나 있어요. 우리 아들하고 나이가 비슷해요. 지금은 엄마의 뒤를 잇겠다고 유학을 갔어요."

"딸이 없었다면 견디기 어려웠겠네요?"

"그랬을지도 모르지만 제가 아는 이관장은 변하지 않았을 것입니다."

"온갖 세파가 그냥 놔뒀을까요?"

"여자가 아는 여자는 남자가 아는 여자와는 다릅니다."

"화랑은 어떻게 시작하신 겁니까?"

"남편을 끔찍이도 사랑했던 이관장은 남편의 작품을 보관할 방법을 찾다가 큐레이터의 경험을 살려 화랑을 열게 된 것입니다. 그 이후로도 운이 따라서 화랑이 잘 되어 좋은 작가들을 발굴해서 전시도 열어주고, 그렇게 그렇게 잘 살고 있어요."

"이관장의 일대기를 듣고 나니 그분이 달라 보입니다. 남편의 작품은 어땠어요?"

"인물화를 잘 그렸는데 화단에서 평판이 좋았어요. 운영하는 화랑에서 위치가 가장 좋은 곳에 벽을 뚫어 유리로 막은 작은 전시 공간이 있는데 그곳에는 오로지 남편의 작품만 전시를 합니다. 그리고 남편의 작품은 절대로 팔지 않아요. 언제 기회가 되면 직접 가서 보세요."

"절절한 사랑이었나 보네요?"

"이곳 미술계가 떠들썩했죠. 이관장의 가슴에서 남편은 죽지 않았어요. 화랑 이름도 남편 이름의 이니셜에서 따왔어요. 육신은 죽어도 한 사람의 가슴에 영원히 산다는 것이 얼마나 행복하겠어요. 저는 물질적 풍요 속에서 의미 없는 부부관계에 있다가 버림을 받았어요. 이관장이 부러워요."

"말씀을 들으니 참 유감입니다. 손선생님은 어디에서 그런 행복한 사람을 찾을 수 있을까요?"

"글쎄요? 그런 날이 올까요?"

"어떻게 알아요. 인연은 뜻하지 않게 온다지 않습니까."

"조선생님이 뜻하지 않게 오셨는데, 그 인연일까요? 호호"

"얼굴 빨개지게 왜 그러세요?"

"부끄러움이 많으셔요?"

"살짝 부끄럽네요. 그런데 궁금한 것이 있습니다. 손선생님도 어떻든 작품을 계속하고 계시는데 정식으로 작가로서 활동할 계획은 없으십니까?"

"제가 조금은 미술에 소질이 있지만 작가로서의 활동은 좀 그렇습니다."

"소질이 있고 작품 할 능력만 있으면 누구든지 발표할 수 있는 것 아닙니까?"

"프로와 아마의 구분은 아시지요?"

"당연히 알죠."

"제가 아마추어로서 작품을 발표할 수 있지만 지금까지의 제 인생에 있어서 '작품이 제 운명이다'라는 생각을 가져본 적은 없어요. 작품발표회 정도야 마음만 먹으면 이관장 화랑에서든 어디든 작은 발표의 공간을 마련할 수야 있겠지만 … "

"세상일 너무 심각하게 생각할 필요 있나요? 마음이 있으면 하는 거지."

"제 스스로 미술가들을 연구하면서 느낀 것은 어떤 형태이든 작가로서 이름을 건다는 것은 자신의 운명을 걸어야 해요. 저는 그럴 용기가 없고, 곰곰이 생각했을 때 작가는 아닌 것 같아요. 작가들을 알면 알수록 그들 내면의 광기와 주어진 운명을 읽을 수 있었는데 저는 아닌 것 같아요."

"금교수는 평범해 보이지만 작가로서 꽤 인정을 받는데요?"

"금교수님은 드러난 외모와는 많이 다른 분입니다. 제가 모르긴 해도 그분에게 전생이 있었다면 종교적 깨달음을 추구했던 분이었을 수도 있고, 어린 시절부터 축적된 예술가적 기질과 환경은 보통이 아닐 것입니다."

"그래요? 제가 보기에는 그냥 보통의 교수로 보이던데."

"아닙니다. 그냥 같이 술 마시고 웃는 사이에서는 그것을 몰라요. 특히 두 분은 고등학교 친구사이니까 아마 거의 모든 부분에서 서로를 동질화하는 경향이 있어서 친구끼리의 차이점은 간과하기 쉬울 거예요."

"그건 그래요. 고등학교 친구들끼리는 '같은 동창이다'라는 감정 이외에는 가능하면 배제시키려는 습성이 있어요."

"제가 금교수님의 구체적 성장배경은 모르지만 아마 일반인들과는 좀 다르게 성장했을 것입니다. 남들보다 더 외로운 운명을 타고 났을 수도 있고, 더 모순된 환경을 극복해야 했을 것입니다."

"그러고 보니 그런 것도 같아요. 딱 꼬집어 말할 수는 없지만 금교수가 하는 말을 되짚어 보면 우리 일반 사람들하고 다른 것 같았어요. 약간 창작에 대한 강박관념 같은 것이 느껴지기도 했지만 특정상황에서 제시하는 것들이 전혀 현실적이지 않을 경우가 많았어요."

국회에서 대통령 탄핵 결정을 하루 앞둔 날, 하루의 일을 마무리하고 손정원 선생과 간단히 치맥을 하기로 했는데 금교수에게서 전화가 왔다.

"일 끝났나?"

"귀신이다. 일 끝내고 손 씻고 있는 것을 어떻게 알고."

"나 귀신인거 이제 알았나. 이리 와라. 대통령 탄핵을 빌며 한잔하자. 역사적인 순간에 비켜갈 순 없잖아. 손선생님도 같이 모시고 와라."

"기다려봐라. 손선생님, 금교수가 한잔하자는 데요. 손선생님도 모시고 오랍니다."

"두 분이 드세요."

"역사의 순간을 비키면 죄가 된답니다."

"내일 탄핵기념으로 또 한잔 하자 할 것 같은데요."

"그럼, 내일 같이 한잔 하지요."

"금교수님에게는 잘 말씀해주세요."

12월 9일, 국회에서 234표의 압도적 표차로 현직 대통령에 대한 탄핵소추안이 가결되었다. 수백만 시민들이 만들어낸 촛불의 기적이 마침내 구시대의 상징이 된 박근혜 대통령을 탄핵시켰다. 겉으로 드러난 시위의 형태는 막아서는 경찰에게 꽃을 선물할 정도로 평화로운 결집이었지만 상상할 수 없이 거대하고 역동적인 국민의 의지가 새 시대를 향한 동력을 토해낸 결과라는 언론의 기사들이 많다.

손선생님이 사는 아파트와 내가 사는 아파트 중간쯤 되는 곳의 작은 호프집에서 금교수, 이관장, 손선생님과 나 네 사람이 만났다.

"와! 대한민국 만세! 아니 대한국민 만세다!"

"금교수님, 정치에 관심이 많으시네요."

"정치에 관심이 많아서가 아닙니다. 이제야 우리 국민들이 제대로 된 세상이 어떤 것인가를 깨닫기 시작했고 앞으로 우리 국민이 그렇게 가는 그 길을 아무도 막지 못할 겁니다. 어떻게 기쁘지 않을 수 있습니까?"

"금교수님을 보니 우리나라 사람들은 정치적 성향이 굉장히 강한 것 같습니다."

"손선생님, 광장에 모인 아주머니들과 어린학생들을 보지 못했습니까? 그들은 정치꾼이 아니에요."

"맞습니다. 지금까지 집회를 주도한 정치적 세력은 있겠지만 시민들은 그들이 의도했다고 참석한 것은 아니라고 봅니다. 모르긴 해도 국민의 80퍼센트 이상이 심정적으로 탄핵을 동조할 것입니다. 주도세력이 시민들의 마음을 잘 읽어서 광화문과 지방 곳곳에 시민들이 마음을 토로할 마당을 마련하니 저절로 사람들이 모이게 된 것이지요." 이관장이 말했다.

"우리 이관장도 이런 사회적인 문제에 민감하겠지만 하는 일이 정치적인 견해를 완전히 드러내 놓고 밝히는 업종이 아니니 나서지는 못하겠지, 하지만 생각이 없는 것은 아니잖아요." 손선생님이 이관장을 두둔한다.

"나라가 새롭게 바뀌는 것도 좋지만 솔직히 저처럼 화랑을 하는 사람들에게는 그리 반가운 것은 아닙니다."

"왜요?"

"정국이 안정되어야 돈 있는 사람들이 작품을 살 마음의 여유가 생기는데 청문회에 재벌회장님들 다 나오시는데 작품구

매를 상상이나 하겠어요? 뭐든지 한쪽이 움직여야 연쇄적으로 다른 쪽이 움직이듯이 큰 손들이 움직이면 그 다음 중간급의 손들이 움직이고 그 다음으로 미술애호가들이 자신들의 미적 기준과 투자가치를 보아가며 움직이는데, 회장님들이 저 지경이니 나머지도 당연히 지갑을 꽁꽁 닫고. 이런 현상을 질질 끌다가는 곡소리 나는 곳 많이 생길 것입니다." 이관장의 걱정이 크다.

"그럴까요? 제가 아는 바로는, 있는 사람들 그들만의 리그는 우리 일반서민들의 생활고와는 별세계인 것으로 압니다." 내가 말하니,

"그런 부류도 있겠지만 그것은 드러나지 않는 극히 일부의 현상이고 전체적으로는 영향을 받는다고 봐야지요." 이관장이 답한다.

"저는 탄핵이 가결되었으니 빨리 정국의 안정을 찾아야 한다고 봐요. 너무 흥분하면 판단에 좋지 않듯이 탄핵 이후는 우리 국민들이 정말로 냉철한 판단을 내려야 합니다. 급하게 서두르면 안돼요. 지금은 이렇게 좋아서 흥분하시지만. 두고 보세요, 앞으로 굉장히 복잡하고 어려운 일들을 맞이할 테니까요." 손선생님이 차분하게 말한다.

"이관장님과 손선생님의 뜻도 알겠는데 오늘만은 좀 봐주세요. 이렇게 뜻 깊은 날 어떻게 흥분하지 않겠습니까." 금교수가 재차 탄핵의 의의를 강조한다.

"세 분 다 맞습니다. 지금 우리 사회는 탄핵이 큰 대세를 이

루고 있으나 그래도 아직 이를 받아들이지 못하는 사람들도 엄연히 존재합니다. 잘못에 대한 공과는 분명히 짚어야겠지만 가십으로 떠도는 인격 모독적 풍문은 가릴 줄 알아야겠지요. 분명한 것은 이번 사건은 대한민국 역사의 시계를 엄청 돌려놓았다는 것이고 다시는 이 사건 이전으로 되돌리지 못할 것입니다. 어쨌든, 대한민국을 위하여 건배합시다." 내가 건배 제의를 하니,

"손선생님 그런 의미에서 저하고 러브 샷 하지요." 금교수가 권하자

"좋습니다. 러브 샷!" 손선생님이 흔쾌히 응한다.

"건배!"

"손선생님, 조선생 도움이 됩니까?"

"네, 아주!"

"조선생이 원래 무엇을 고치는데 감각이 있고, 일에 대한 책임감이 있어서 절대 실망시키지 않을 것입니다. 그래서 추천해 드렸어요."

"사실 저는 옛날 잘 나갈 때는 대부분 남자들의 로망인 근교의 농가를 하나 사서 예쁘게 리모델링해서 노년을 보낼 계획을 세웠어요. 리모델링 공부도 하고 구체적인 계획까지 세웠는데 시골생활을 싫어하는 집사람이 극구 반대하는 바람에 포기했어요. 그런데 어쨌든 손선생님 덕분에 제집은 아니지만 꿈을 이루네요."

"그런 꿈을 꾸셨다면 조선생님은 회사 다니실 때 지위가 꽤 높으셨겠네요?"

"민준이가 능력이 있었지요. 거의 최연소, 최다 지점장 경력과 이사 경력 등등."

"금교수, 너무 칭찬하지 마라. 어색해진다. 지금은 다 옛일이다."

"어쨌든, 조선생님은 정원이에게 큰 도움이 되겠어요."

"금교수님, 조선생님이 겉보기에는 유순해 보이시는데 굉장히 남성적이었어요."

"예? 민준이의 어떤 면이 손선생님에게 그렇게 남성적으로 보였나요? 듣는 이 남성 살짝 질투가 나려고 합니다."

"손선생님은 괜히 저를 부끄럽게 하십니다."

"민준이, 얼굴이 빨개졌네."

"호호호!"

"손선생님, 민준이 원래 인품이 참 좋아요. 앞으로 좋은 친구가 될 수 있을 것입니다. 백수만 아니어도 좋을 텐데."

"너는 또 고춧가루냐."

"친구 사이에 백수면 어떻고 아니면 어떻습니까? 저는 조선생님과 친구하는 거 좋아요." 손선생님이 반색을 한다.

"민준이, 여자친구 생겼다. 하하하! 손선생님 저하고는 친구할 마음 없습니까?"

"오늘 아무래도 이상한 자리다."

"손선생님, 친구하려면 호칭부터 바꾸어야 하는데." 금교수

가 말하니

"민준씨라고 부를까요?" 하고 손선생님이 답한다.

"민준아, 너도 정원씨라고 해야지."

"오늘 금교수 오버한다."

"사람 사이는 원래 이렇게 오버하면서 발전하는 거야."

"오늘 우리 정원이 기분이 좋아 보입니다." 이관장도 분위기를 띄운다.

술을 먹어서인지, 열기 때문인지 이상하게 가슴이 두근거리고 벅차올라 심호흡을 하려고 밖에 나가니 비가 내린다.

"금교수, 밖에 비 온다,"

"눈이 아니고?"

"비다."

"일기예보에 비소식이 있었나?"

"다른 곳은 모르겠는데 여기는 분명히 비가 온다. 겨울이면 눈이 내려야지, 웬 비람."

땅속의 뿌리가 창공의 꽃씨를 깨우다.

12월 15일 목요일, 일을 끝내고 정원씨 작업실 탁자에 마주 앉아 차를 마시며 대화를 나눈다.

"민준씨, 이름을 부르려니 좀 어색하네요. 친구하기로 했으니 민준씨라고 불러도 되겠지요?"

"제 이름을 부르시는 것은 괜찮은데 제가 손선생님을 정원씨라고 부르는 것이 영 어색합니다."

"그러면 어색함을 없애기 위해서 서로 이름 부르기를 여러 번 해볼까요? 별에서 온 그대 민준씨."

"네?!, 꽃피는 정원씨"

"민준씨!"

"정원씨."

"민준씨!"

"정원씨."

"푸하하하!" 마치 유치찬란한 어린아이들의 소꿉놀이를 하는 것 같아 웃음이 터져 나왔다.

"민준씨, 우리 친구가 되었으니 좀 더 허심탄회하게 이야기해요."

"지금까지도 숨긴 게 없었는데."

"서로 어려워하지 말자는 것입니다. 이상하다, 이런 말은 원래 남자가 하는 거 아닌가요?"

"그런가요? 그럼 허심탄회한 사이가 되기 위해서 제가 먼저 조금 어려운 질문을 해도 될까요? 정원씨."

"해보세요."

"정원씨는 부부관계를 어떻게 생각하세요?"

"질문의 의도가 무엇인지?"

"사랑으로 죽고 못 사는 사이?"

"핏"

"전생에 원수?"

"글쎄요."

"저는 저의 부부관계가 아주 냉랭하다고 느꼈는데 옛 남편은 부부관계를 비즈니스로 여긴 것 같아요."

"끄덕, 비즈니스라는 게 대가를 돈으로 지불하면 끝이거든요."

"부부마다 다르겠지만, 결혼이 경우에 따라서는 자신의 이익을 충족하기 위한 비즈니스 계약이 되는 것이 맞는 것 같기도 합니다."

"끄덕, 비즈니스의 기본은 이익창출."

"저는 별로 내세울 게 없는 실패한 결혼생활을 대충 얘기했어요. 이번에는 민준씨가 말해보세요."

"보통의 사람들과 다를 것이 없습니다."

"그래도 최소한 20년 이상 결혼생활을 하셨으니 조금은 특별한 구석이 있지 않겠습니까? 흔히 남자들이 군대얘기를 허풍 떠는 것처럼 드라마틱하게 과장해도 좋구요."

"과장할게 뭐 있나요? 제가 대학생 때는 남녀학생이 손만 잡고 다녀도 결혼을 하는 사이라고 서로 여겼지요? 여자들은 어땠나요?"

"비슷한 시기이니 큰 차이가 없겠지요."

"요즘 젊은이들에게 결혼은 선택이라는 말들이 많지만 우리 때야 결혼은 으레 해야 되는 것, 의무였지 않았습니까? 의무의 세계에 빠진다는 게 원래 특징이 없는 거잖아요. 그래서 제가 집사람과 만나고 사랑하고 결혼하게 된 과정도 요즘처럼 개인의 특별한 스토리가 있는 것이 아니고 그냥저냥 했죠."

"결혼을 의무로 여기는 시절에 일반인의 사랑이야기는 스토리 축에도 못 낀다는 것은 인정하지만 그래도 정말로 사연이 없는 것은 아니지 않습니까?"

"저는 정말로 내세울 스토리가 없는데요."

"민준씨, 스토리가 없다는 사랑은 대개는 알콩달콩 다투며 잘살아가고 있는 성공한 사랑이라서 모르는 것 같아요. 스토리가 있는 사랑은 그만큼 갈등이 심하다는 것이니 실패할 확률이 많은 사랑 아니겠습니까?"

"제가 생각하는 것은 그런 스토리가 아니고 언제 생각하든, 어디서 그리워하든 가슴 설레는 그런 사랑의 추억이 없다는 말입니다."

"그런 사랑은 대개는 헤어져 있다니까요? 민준씬 그것이 남들 보기에는 그럴 듯해도 얼마나 끔찍한 경험인지 당해보지 않아서 모르시는 것 같아요."

"죽기 전에 아주 짧은 기간이라도 한번 경험해보았으면 좋겠어요."

"남자들은 하루에도 수십 번씩 이성과의 관계를 생각한다더니 혹시, 민준씨가 원하는 경험도 그래서인 것 아닙니까? 끊임없이 이성을 갈구하는."

"전혀 틀린 말은 아닌 것 같습니다만 제가 원하는 것은 이런 것입니다. 기도하는 사제들이 한번이라도 신의 음성을 듣고 싶고, 득도를 추구하는 스님들이 한 순간이라도 깨달음의 경지를 맛보고 싶듯이 저도 사랑의 절정이 무엇인지 경험해 보고 싶다는 뜻입니다. 지난번 정원씨께서 비천에는 남녀가 화합하여 깨달음에 이른다는 의미도 있다고 하지 않았습니까."

"글쎄요? 그것을 알고는 있었지만 그것을 저에게 빗대어 상상해보지는 않아서요."

"이 나이에 그런 정열이 있다는 것이 이상하게 들리실지 모르지만. 그런 사랑의 깨달음이 어떤 것인지 궁금하네요."

"민준씨는 예술을 좋아하시는 것 같던데."

"그렇지 않습니다. 미술관은 거의 찾지 않아요. 먹고살기 바쁜데 예술은 무슨. 예술은 돈 많은 여가 생활? 아니면 부자들의 노름?"

"돈 많은 사람들에게는 결혼도 예술처럼 여가나 노름일 수도 있다고 생각합니다."

"정원씨는 결혼을 너무 미워하시는 것 같아요."

"결혼에 대해서 아는 것이 그것뿐이거든요."

"주변에 그렇지 않은 사람들도 많지 않습니까?"

"주변 사람들의 경우가 저에게 피부로 와 닿지 않으니 잘 몰라요."

"다들 지지고 볶고 살아가는 것 아닙니까?"

"대부분은 서로를 탓하는 말이 '왜 너는 나를 이해 못하느냐'인 것 같아요. 여자는 남자에게 '당신은 왜 당신하고 싶은 것만 하는 이기적 인간이냐'인 반면 남자는 여자가 자신에게 이것저것 요구하면 '내가 왜 당신 시키는 대로 해야 해?'라는 관점의 차이인 것 같습니다."

"무슨 말씀인지?"

"남자 여자 모두 자신의 관점에서만 생각하니 상대방에게는 이해가 되지 않는 것이지요. 남자는 대체로 사회생활에 관해 여자에게 의견을 구하지 않는 경향이 있고, 여자는 집안일은 자신의 소관이니 남자에게 군말 없이 따라오라는 경향이 있다는 뜻이지요."

"정원씨의 경우는 어땠나요?"

"지난번에 얘기하지 않았어요? 저의 경우는 거의 일방적이었어요. 남편이 돈의 힘을 믿고 일방적으로 의사를 관철시키려 하면 제가 그것을 막을 방법이 없었어요."

"저는 지금까지 그 정도까지 위력을 발휘할 돈을 가져보지 않아서 모르겠지만 약간 이해는 갑니다. 보통 돈이 많으면 눈에 뵈는 게 없어지니까요."

"그래서 우리 부부는 흔히 말하는 부부싸움이 없었고 늘 남편의 우격다짐만 있었어요."

"정원씨는 사회학과를 나왔으면 자신의 의견을 분명히 개진했을 것인데 이상하군요."

"다들 그렇게 생각할 수 있지만 이상하게 저는 남편의 무대포적 자세에서 제가 기를 펴지 못하겠더라고요. 대책 없는 인간이라 여기고 포기했을 수도, 아니면 제가 선천적으로 그 사람에게는 기가 눌려서 찍소리 못하는 그런 관계였을 수도 있어요."

"하기야, 사회적으로 아주 유능한 여자들도 집에만 가면 시쳇말로 등신 같은 남편에게 얻어맞고 산다는 이야기를 들은 적이 있습니다."

"민준씨는 부부싸움 후에 다른 부부들의 다정한 모습을 보면 이해가 됩니까?"

"글쎄요. 각자 사정이 있겠지요."

나는 정원씨의 마음에 무엇이 있는지 들여다보고 싶었다.

"이번에는 제가 정원씨에게 질문을 해보겠습니다. 전 남편과의 사이에 아들이 있다고 했지요?"

"있지만 만난 지 오래되었습니다."

"어째서요?"

"막장드라마에 자주 등장하는 거 있잖습니까. 성공한 남편이 이쁜 젊은 여자 만나 운명적 사랑에 빠지고, 허울뿐인 아내와의 부부관계는 파기하고, 시부모는 못이기는 척 아들 편에서 며느리에게 네가 물러서라며 압력을 가하고, 아이들은 집안형편상 새엄마와 익숙해져야 한다. 뻔한 스토리 있잖아요."

"설사 그렇더라도 정원씨만 흔들리지 않았다면 남편이 돌아왔을지도 모르는데."

"우리 부모님 세대처럼 저도 처음에는 그런 생각이 없었던 것도 아니었어요. 하지만 그런 가정이 늘 이루어지는 것이 아니잖아요. 저는 남편, 시부모, 젊은 여자의 집요하고 잔인한 숨막히는 억압에서 견딜 수 없었어요."

"정원씨는 정말 결혼이 원망스럽겠습니다. 어쩌면 자신의 모든 것을 강탈당한 느낌이 들었을 것인데."

"처음에는 그랬지만 지금은 아닙니다. 비즈니스 결혼을 끝내고 자식이라는 분신을 넘겨준 대가로 꽤 많은 금전적 보상을 받았거든요. 지금의 나에게 가장 중요한 '나'라는 존재에 대해 내면 깊이 익숙해지고 사회적 굴레에서 벗어나는 자유도 획득 했으니까요."

"그래도 엄마로서 자식에 대한 그리움은 사무칠 것인데요?"

"성급하게 생각하면 그럴 수 있지요. 자식은 머리가 굵으면 집을 떠난다고 하지만 저 같은 경우는 아마 아들이 머리가 굵으면 저를 찾으리라고 봅니다. 그래서 그 아이가 잘 있을 것이라는 여유로운 생각을 가지면 차라리 이것도 행복한 삶이 아닌가 하고도 생각합니다."

"비록 이혼을 하셨지만 아들은 여전히 정원씨에게 남은 생의 희망이네요."

"그렇다고 봐야지요."

"아들이 그렇게 중요한 존재면 힘들어도 좀 더 버텨보시지 그러셨어요? 지금의 상황이 아닐 수도 있었을 텐데요."

"인연이 그렇지 않은 걸요. 여기까지 온 것도 제 의지로 온 것이 아닙니다."

"제가 이해 못하는 안타까운 상황이 있었나보네요."

12월 중순이 넘어가며 그동안 크게 목소리를 내지 않았던 탄핵당한 대통령을 지지하는 그룹들이 탄핵저지 발언을 높이고 정국은 더욱 혼란스럽다. 그동안 젊은 정치인의 사이다 같은 주장이 국민들의 정치적 흥분과 궤를 같이 하며 증폭하고, 냉정한 이성으로 헌재의 판결을 기다리자는 의견은 주목을 받지 못한다.

공사를 시작하고 2주쯤 지나면서 필요 없는 부분에 대한 철거가 끝난 휑한 집에 다시 벽을 쌓고 그야말로 집의 모양을 바꾸는 리모델링 공사가 한창이다. 나와 정원씨는 가끔씩 공사현장에 나가서 일하는 사람들에게 음료수나 간식을 주면서 일의 상황을 체크하고 나머지 시간은 둘이서 옆 골목에 있는 정원씨 작업실에서 이런저런 이야기를 하며 보내기도 하고, 나는 휴대폰으로 주식시장을 점검하기도 한다. 가끔 정원씨가 도슨트의 일이나 다른 볼일이 있어 나가면 나는 혼자서 인부들과 이야기하며 그들을 거들어 주기도 하면서 혹시 어디에 미흡한 부분은 없는지 살핀다.

12월 23일 크리스마스이브 하루 전 금요일, 어제까지만 해도 겨울 같지 않게 내리던 비가 그치고 찬 기운이 몰려온다. 큰 기초공사가 끝난 개조공사는 작업공정에 따라 순조롭게 진행되어간다. 이제는 벽이 무너지거나 커다란 물체가 떨어져서 사람이 다칠 일은 발생하지 않을 것이다. 물론 네일건과 같이 위험한 기계를 다루다 다치는 사고의 가능성은 남아있지만 심각한 사고 위험성의 고비는 넘어갔다.

내일과 모래는 아이들과 연인들이 좋아하는 크리스마스이다. 우리 나이의 크리스마스이브는 가족을 위한 봉사이다. 정원씨는 어떻게 보내는지 모르겠다. 같이 있어주고 싶지만 안 된다. 아무리 못난 남편이고 아빠이지만 이날은 가족들 곁에 있어야 한다. 오늘이 금요일이어서인지 역시나 금교수가 공사장으로 왔다.

"금교수님이라서 언제나 금요일에 오시나요?" 정원씨가 아주 친한 사이처럼 다정하게 말한다.

"조선생 조심하는지, 손선생님 손 한번 잡아보러 왔습니다."

"아재, 아재개그 썰렁해."

"일은 어디까지 되었나요?" 금교수가 공사진행이 궁금한지 물었다.

"민준씨, 어디까지 진척이 되었나요?"

"겨울이라 그런지 정원씨 예상했던 것보다는 조금 느린 것 같습니다. 그래도 강추위 전에 큰 시멘트 작업은 끝나서 다행입니다. 너무 추우면 일하기가 많이 힘 드는데."

"잠깐, 지금 두 사람 뭐라고 했지? 민준씨, 정원씨, 아니 언제 이런 사이가 되었지? 수상해~."

"지난번 금교수님이 이렇게 부르라고 시키고선." 정원씨가 뭔 대수냐는 듯 말한다.

"좋습니다. 그럼, 제가 민준이하고 친구이니 저는 뭐라고 부르시겠어요? 정원씨~."

"금씨!"

"엥? 누구는 이름을 불러주고, 어떤 놈은 씨씨 하고. 서럽다, 그러면 안돼요."

"금씨, 그만하쇼."

"조선생도 너무 그러지 맙시다."

"금교수님은 사회적 지위가 있어서 함부로 부르기가 좀 그렇습니다. 그래서 그냥 금교수님 하는 것이 제게는 제일 편해요."

"교수라는 사회적 지위가 뭐라고 차별하십니까? 저도 손선생님하고 친구하고 싶은데."

"금교수, 그럼 네가 정원씨 정원씨 해봐."

"아 됐어. 손선생님이 친구로 생각하지 않는데 나 혼자 친구하면 뭐하나."

"금교수, 살짝 진지해질라 그런다?"

"손선생님, 민준이 말 신경 쓰지 마세요. 농담입니다. 하하하"

"금교수, 오늘은 무슨 안건을 가지고 오셨는가?"

"낼부터 크리스마스 시즌인데 24일은 가족과 보내야 되고 25일 저녁에는 이관장님하고 우리, 넷이서 함 봐야지요."

"일요일인데 학교에 안가나?"

"방학이잖아."

"그렇군. 학교는 방학이 있어서 좋겠다."

"어디서 볼까요?"

"다른 데 가봤자 돈만 깨지니 손선생님 작업실에서 하지요."

"금교수, 여기에 너무 자주 오는 것 아닌가? 이 핑계 저 핑계대며 정원씨 보려고 오는 거 아니야?"

"왜, 나는 정원씨 보고 싶어 하면 안 되나?"

"금교수, 우리가 이런 이야기를 하니 고삐리 때 남학생 여학생 친구하며 지내는 것 같다. 그러다 삼각관계가 되기도 하고. 하하하!"

"그 시절 참 조~았지!"

"좋아요. 우리 내일 학생시절이 되어 크리스마스를 지내요."

"우리가 아무리 늙었어도 크리스마스 때 눈이 오면 기분이 좋을 텐데. 손선생님 그렇지 않습니까?"

"눈이 내리는 것이 마음대로 됩니까?"

"정원씨, 다른 곳은 몰라도 이곳에는 눈이 내릴 것입니다."

12월 25일, 정치적 혼란과 경기부진에 따른 영향인지 올해는 크리스마스트리를 보지 못했고 캐롤도 들은 기억이 없다. 공사장하고 집에만 왔다 갔다 해서 그런가. 다른 곳에는 이미 첫눈이 내렸다는데 여기는 아직 눈이 내리지 않았다. 하늘을 보아도 눈이 올 것 같지가 않다. 오후 3시가 조금 지나 금교수와 같이 정원씨의 작업실로 향했다. 작업실에는 벌써 이관장이 와서 정원씨와 이것저것 크리스마스를 준비하고 있다. 하지만 어제 이브 날에도 없었던 흥이 오늘이라고 특별히 살아날 리가 있을까?

"이관장님 오랜만입니다."

"조선생님도 오랜만입니다. 요즘 공사일을 어떠세요?"

"잘 진행이 되고 있습니다."

"재미있으세요?"

"생각보다. 제가 노가다 체질인 것 이제야 알았습니다."

"이관장, 내가 옛날에 집 공사를 하다가 일하는 사람들에게 너무 당해서 끔찍한 기억이 있었는데 이번에는 조선생님 덕분에 한결 마음이 편해."

"민준씨~ 하지 않고 왜 조선생님입니까?" 금교수가 개구지게 딴지를 건다.

"알았어요. 민준씨라고 부르지요 뭐."

"정원씨, 금교수의 개구지에 너무 신경 쓰지 마세요." 내가 말하자

"두 분 그러다 정말 연분 나는 것 아닙니까? 호호호" 이관장도 역성을 보탠다.

낮에는 날씨가 맑아서 예상을 못했는데 어둠이 밀려오자 서글프게 부슬부슬 비가 내린다.

"참, 올 겨울 날씨 요상하다. 오라는 눈은 오지 않고 어째 계속 비가 내릴까?"

"눈이 올 겁니다. 너무 걱정 마세요." 내가 말하자

"음, 왠지 민준씨 말에 믿음이 가네요." 정원씨가 답한다.

그때 밖에서 갑자기 휘이잉 하고 겨울 찬바람이 부는 소리가 들린다.

"바람소리가 커지네, 혹시 길이 얼지는 않겠지?"

"금방 그렇게 변하겠어?"

"어! 밖을 봐라." 금교수가 외친다.

"눈이다 눈. 정말로 눈이 내리네."

"내가 눈이 올 거라고 했잖아."

"화이트 크리스마스!"

나는 그냥 내 마음에라도 눈이 내리길 바람에서 눈이 올 것이라고 했는데 정말로 눈이 내린다. 찬바람이 불더니 내리던 비가 눈으로 바뀌었나 보다. 창밖에는 정말로 많은 함박눈이 내린다. 눈이 내리니 조용하던 골목길 곳곳에서 사람들의 환호성이 들리기 시작한다. 하지만 곧이어 창문이 덜컹거릴 정도로 바람이 세차게 불고 사람들의 소리도 사라진다.

"야! 그럼, 우리도 크리스마스 기분 좀 내볼까?"

"좋아요. 오늘 학창시절로 돌아가서 즐기기로 했잖아요." 정원씨가 언제 준비를 했는지 캐롤을 튼다. 그런데 너무 어색하다. 나이가 있어서인지 크리스마스 캐롤에는 관심이 없어졌나 보다. 아무리 크리스마스 캐롤에 맞추어 기분을 내려 해도 안된다. 그러자 정원씨가 다시 오디오로 간다.

"기다려요. 색다른 분위기를 위해서 다른 전등은 끄고 무드 있는 불로 바꾸고 음악도 다른 것으로 들어요." 정원씨가 약간 흥분한 목소리로 말한다.

"뭐 특별히 준비된 것이 있나?" 이관장이 물었다.

정원씨가 오디오를 틀어서 음악의 볼륨을 조절한다. 발라드 풍의 우리 세대의 감성에 맞는 음악이다. 사라 브라이트만의 '넬라 환타지아'가 첫 곡으로 나온다. 정원씨가 뭔가를 준비하며 분주히 왔다 갔다 하는 사이에 두 번째 곡 역시 사라 브라이트만의 '타임 투 세이 굿바이'가 나온다. 감미롭다. 사라라는 여가수는 얼굴은 귀엽지만 몸은 꽤 육감적이다. 우리가 둘러앉은 탁자 위에 포도주와 크리스탈 술잔, 견과류와 두껍거나 얇은 몇 가지의 치즈가 안주로 놓였다. 오디오에서 나오는 노래가 조수미의 '님이 오시는지'로 바뀌자 정원씨가 전등 스위치 앞에 서서 말한다.

"자, 여러분 눈을 감아 주세요."

무슨 영문인지는 몰랐지만 눈을 감았다. 정원씨가 전등을 껐는지 눈꺼풀이 어두워지는 느낌이다. 잠시 뒤, 눈꺼풀이 약간 밝아지는 느낌이 들면서 눈을 뜨라는 정원씨의 말에 다들 눈을 떴다.

"와! 이게 뭐야?" 모두 놀란다.

"금교수님의 비천등불입니다. 멋지죠? 오늘 꼭 켜보고 싶었어요."

창문의 어느 틈을 비집고 들어온 바람 때문인지 살짝 살짝 일렁이는 등잔불빛에 춤추는 비천의 그림자가 거실 전체를 다른 세계로 인도하는 것 같다.

"금교수, 정말 이쁘다." 내가 칭찬을 하자

"금교수님의 작품은 다른 사람들과는 분명히 다른 뭔가가 있는 것 같아요." 이관장도 고개를 끄덕인다.

"하늘의 선녀 비천이 손선생님 작업실에 내려왔네. 하늘의 천사가 내려왔으니 앞으로 손선생님 하시는 일이 잘 되실 겁니다." 금교수가 덕담을 한다.

그러는 사이 유심초의 '사랑이여', 페티 김의 '가을을 남기고

간 사랑', 영화 파리넬리에서 거세 남성 카스트라토 가수가 불렀다는 '나를 울게 하소서' 등 계속해서 우리 세대의 정서에 맞는 노래가 작업실 안을 적신다. 그리고 음악은 경음악으로 바뀌었다. 딴 따다다단 딴 따다다단 딴 따다다단, 남녀가 사랑을 나눌 때 배경음악으로 가장 좋다는 볼레로의 라벨이 나오며 분위기가 한층 무르익는다. 비천등불의 불꽃도 따라서 춤춘다.

"야! 참, 분위기 좋네. 크리스마스날 등불을 켜고 옛날 음악을 들으니 꼭 학생시절로 돌아간 것 같아. 이관장님은 어때요?" 금교수가 물었다.

"저라고 별 수 있나요. 똑같지."

"이관장님은 이 순간 누가 보고 싶어요?" 내가 묻자

"보고 싶은 여러분들 보러 여기 왔잖아요."

"분위기 썰렁하게 하는 대화는 그만들 하시고 한잔 하시면서 올 한 해를 마무리해요." 정원씨가 말했다.

"그럼, 분위기 바꾸는 의미에서 무드 있는 음악에 맞추어 손선생님, 저하고 부르스 한번 땡길까요?"

"금교수님, 저 춤은 배우지 못했어요. 이관장이 춤에는 일가견이 있는데."

"정원씨, 그러면 금교수가 서운하니 못 추어도 좋으니 한번 응해주세요."

"호호호, 정원아 그래 한번 추어봐라, 볼만하겠다."

"아닙니다. 분위기가 좋아서 제가 너무 무례한 부탁을 했습니다." 금교수가 발을 뺀다.

"정원아, 여기 찻집이 완공되면 내가 작은 작품을 하나 선물할게." 이관장이 친구로서 성의를 보인다.

"고맙다. 촌티 나는 짝퉁보다야 이관장이 골라주는 것이 낫겠군." 정원씨가 고마워한다.

"그리고 나중에 봐서 작품이 좀 더 필요하다 싶으면 얘기해 내가 잘 어울리는 것으로 추천할게."

"알았어 애, 그때는 제대로 가격을 쳐줄게."

"이관장님, 작품 판매 예약된 것이네요."

"저는 정원이의 찻집이 정말로 품위 있는 곳이 되기를 진심으로 원해서 품격 있는 것을 권해주려는 것뿐입니다. 아니다! 정원아, 네 찻집 오픈 날 아예 작은 전시회를 열자. 비천을 주제로 어때?"

"오! 그것 굿 아이디어입니다." 내가 좋은 의견이라고 하자

"그냥 작품전시회로 하지 말고 비천에 대한 다양한 전시가 어때요? 인도 비천, 중국 비천, 한국 비천 등등." 정원씨가 의견을 제시한다.

"그게 좋겠네요. 비록 흐릿한 흑백사진이더라도 역사성을 보여줄 수 있으면 더 좋고, 비용도 줄일 수도 있어요." 금교수도 찬성을 한다.

"그러면 제가 몇 명의 작가를 섭외해서 10호 내외의 작품을 부탁하고 금교수님이 비천 사진자료를 준비해 주시면 좋겠는데요." 이관장이 전시의 방법에 대해 제안을 했다.

"이왕이면 서양의 비천 천사작품도 넣지요?" 나도 의견을 내니 "좋아요. 나도 비천을 한 장 그려볼게요." 정원씨는 자신이 직접 비천을 그리겠다고 했다.

저녁 9시가 막 지나는데 띠리링 띠리링! 내 휴대폰의 벨소리가 울린다. 집사람이다.

"어디야? 지금이 몇 시인데 여태 안 들어와? 빨리 기어 들어와!" 화이트크리스마스인데 집사람이 집에서 혼자 TV를 보다가 열 받았나 보다.

집사람의 호출 때문에 분위기가 깨지고 문을 나섰는데 바람이 부는 거리는 눈이 온 뒤의 포근함이 아니고 황량한 느낌이 든다. 분명히 눈은 제법 내렸지만 내린 눈은 세찬 바람에 쫓긴 듯 이 구석 저 구석으로 몰려들었고 아스팔트가 검게 드러난 곳도 있다. 찬바람 때문인지 길을 오가는 사람들은 보이지 않고 바람에 넘어진 편의점 쓰레기봉투에서 쏟아진 플라스틱 병, 종이컵, 과자봉지와 온갖 휴지들이 시대의 황폐한 영혼이 되어 카가각 카가각 소리를 내며 어둔 거리를 떼 지어 몰려다닌다.

크리스마스에 늦게 들어온 불찰로 집사람에게 엄청난 정신적 압박을 느끼며 자리에 누웠는데 너무 긴장해서인지 조그만 바스락 소리에도 잠에 들지 못하고 일어나기를 반복한다. 간신히 골아 떨어졌다 싶었는데 또다시 악몽을 꾸었다. 이상한 얼굴을 한 귀신이 달려드는 꿈이다. 명퇴 후 이런 꿈을 너무 자주 꾸어서 이제는 꿈에서 만나는 이상한 것들이 두렵지 않다. 어떤 때는 대결하려고 주먹을 쥐면 그 귀신이 감히 덤비지 못하고 사라지고, 어떤 때는 아! 이것은 꿈이니 별일 아니니 괜찮다고 확연히 꿈의 세계임을 느끼기도 한다. 하지만 악몽에 대한 두려움은 덜하지만 깊은 잠을 자지 못해 몸이 찌부드드 한 것은 어쩔 수 없다.

창문을 보니 아직 어둡다. 다시 자려고 했지만 쉽지가 않다. 거실로 나와 시계를 보니 이제 겨우 새벽 2시다. 요즘은 악몽 때문이 아니어도 이렇게 자다 말고 일찍 이러나는 일이 잦다. 나만 이런 것이 아니고 주위 친구들 중에도 많이 나타나는 현상 중 하나이다. 습관적으로 휴대폰을 켰다. 언제 왔는지 읽지 않은 메시지가 있다. '민준씨 무사하세요? 메리 크리스마스! ^^' 정원씨의 메시지이다. 답신을 할까? '정원씨도 메리 크리스마스! ^^', 문장은 입력했지만 시간이 너무 늦어 정원씨를 깨울까봐 발신 단추를 누르지는 않았다.

크리스마스가 지나고 다시 공사가 재개되었지만 시멘트의 양생정도를 확인하고 공사의 진행상황을 검토하는 시기라 많이 바쁘지 않고 인부들도 새해를 앞두고 있어서인지 손이 잘 잡히지 않아 보인다. 나누는 말들도 새해 연휴를 어디서 어떻게 보낼지 휴가계획을 말하거나, 돈이 없어서 집안에서 TV나 볼 것이라는 말들이다. 그리고 이어지는 말은 정치가 엉망이니 경제고 살림살이고 간에 풀리지 않는다는 한숨이다. 인부들의 말에 화답이라도 하듯 27일에는 전례 없이 여당이 쪼개지고 신당이 창당되어 4당 체제로 재편되어 더욱 복잡한 정국을 예고한다.

2016년 12월 31일 오후부터 휴대폰에서 송구영신을 알리는 인사말이 홍수를 이룬다. 새해에는 어떤 획기적인 변화가 있을까? 그냥 희망을 품어보는 것이지 해가 바뀌었다고 무슨 좋은 일이 있을라고. 해가 바뀌어 신년이 되어도 현실은 더욱 혼란스러울 것이다. '다사다난했던 한해가 갔습니다. 더 다사다난할 한해가 옵니다. 아무쪼록 건강하시고 가내에 평안이 있기를 기원합니다'라는 인사말이 인상적이다. 내가 희망하는 세상이 실제 현실의 역사로 나타나지 않을 수 있지만, 나의 가치관과 사회의 현실이 통합되어질 수만 있다면 얼마나 좋을까.

2017년 1월 1일. 지금까지 새해 신년에는 늘 식구들과 같이 고향에 갔다. 부모님이 많이 연로하셔서 찾아뵈면 안쓰럽지만 그래도 뵙고 나면 마음이 따뜻해진다. 돌아오는 길 휴게소 식당에 들러 칼국수라도 먹고 오면 그동안 쌓였던 뭔가가 확 풀리는 느낌이 있는 길이었다.

명퇴 전에는, 부모님을 뵙고 돌아오는 길은 신년 시무식, 새해의 성과목표, 봉급은 얼마나 오를지, 아이들 성적은, 집사람에게 올해는 무엇을 선물할까? 등 희망이 있는 미래의 설계가 머리에 가득했었지만 이후부터는 아니다. 모든 것이 반대이다.

오늘도 비록 우울한 기분이었으나 집사람과 둘째를 데리고 습관처럼 고향 쪽으로 가기는 갔지만 거의 고향에 도달하자 내내 시무룩한 표정으로 있던 집사람이 차에서 내리기 싫다고 했다. 이유는 묻지 말고 차를 돌려달라고 했다. 차를 도로 돌려야 했다. 억지로 내리자고 우길 수 있었지만 이번만큼은 설득할 수 있는 분위기가 아니었기 때문이다. 돌아오는 길에 칼국수만 먹었다. 어제 저녁에는 내려간다고 전화를 드렸었는데 갑작스런 일이 생겨서 못 가게 되었다는 말씀을 드리게 되니 가슴이 찢어지지만 올해는 집사람을 이해하기로 했다. 그리고 내년에는 반드시 떳떳하게 내려올 것이라고 다짐을 했다.

우울한 기분으로 맞은 새해의 기분을 환기하려 별 궁리를 다 해보지만 뾰족이 떠오르는 것이 없다. 집사람과 나는 그냥 멍하니 거실에서 TV를 본다. 둘째가 오늘은 새해이고 피곤해서 일찍 자고 싶다고 하여 그러라고 하고 집사람과 나도 간만에 일찍 자리에 들었다. 하지만 늘 늦게 자는 습관 때문인지 잠이 오지 않는다. 내가 몸을 뒤척이니 집사람도 따라서 몸을 뒤척인다. 둘이 멀뚱히 누워있는데 기분이 이상하다. 집사람과 부부관계를 한 지가 언제인지 기억이 가물거린다. 새해기념, 슬쩍 집사람 손을 잡아보았다. 보통은 '아우! 피곤해 그냥 자자' 했을 것인데 가만있었다. 브라자 밑으로 손을 넣어 조금 늘어진 가슴을 만져보았다. 그래도 가만히 있다. 한동안 가슴을 조물락거려도 특별히 거부반응이 없어서 슬쩍 의사를 타진해보니 대답이 없다. 동의한다는 뜻이다. 오래간만에 남편의 의무를 다한다는 생각으로 열심히 스킨십을 했다. 어느 순간부터 집사람에게서도 반응이 왔다. 아직 살아있다는 증거다. 서로 한동안 스킨십을 이어가다가 집사람의 몸이 본격적으로 원하는 것을 눈치채고 몸을 포개는데 응당 있어야 할 나의 신체가 반응이 없다. 없는 것은 아니지만 너무나 미약하다. 속에서 아~ 하고 탄식이 절로 나왔다.

  1월 2일, 다시 찻집공사가 계속되었다. 설계도에 따라 상하수관의 위치가 잡히고, 찻집의 기능에 맞는 배선도를 따라서 스위치 콘센트의 위치와 전기선이 들어갈 관들이 설치되어간다. 정원씨가 일하는 인부들에게 따뜻한 음료수를 건네며 새해덕담을 하고 일을 잘해달라는 인사를 하자 인부들도 가볍게 덕담을 한다. 공사장의 분위기가 다시 본격적으로 시작된 것이다.
  "민준씨, 이따 제 작업실에서 새해기념으로 맛있는 차 한잔 해요."
  "좋지요. 기왕이면 가볍게 술 한잔하면 더 좋은데."
  "제가 그렇게 눈치 없지는 않습니다."
  "안주용 계란프라이는 제가 하겠습니다."
  이제는 꼭 정원씨가 모든 것을 준비하는 것이 아니라 나도 냉장고와 싱크대를 뒤지며 음식준비를 할 정도로 익숙해졌다. 정원씨와 이야기하며 차를 마시고, 부엌을 들락거리다 어쩌다 슬쩍슬쩍 스칠 때 정원씨의 몸에서 나는 향기와 옷깃만 스쳐도 내 몸에 전해지는 감응은 그동안 주눅 들어 깊은 바닥으로 가라앉아 숨어버린 욕망이랄까 의욕이랄까 나의 기력을 깨우는 것 같다. 아주 옛날 집사람과도 이런 경험이 있었겠지만 지금은 도저히 기억나지 않는 망각이다. 그런데 나의 감각이 이렇게 반응하는 것처럼 혹시 정원씨도 나와 비슷한 느낌을 가질까?

"정원씨."

"네."

"아닙니다."

"말해보세요."

"여기 작업실에 사람들은 많이 옵니까? 잘 안 보이던데."

"간혹 아는 사람들이 오지만 많지는 않습니다. 민준씨가 손에 꼽힐 정도."

"왜 그렇게 혼자 지내세요? 꼭 혼밥 즐기던 어느 대통령처럼."

"그는 돌볼 사람이 많은데도 혼밥을 즐겨서 나라가 사달이 났지만 저는 그렇지 않으니 혼자 지내는 것이 아무 문제가 되지 않아요."

"이런 말씀은 좀 뭣하지만 남자친구라도 사귀어 보시지요. 요즘은 그런 것들이 흠이 되는 것도 아니고."

"저는 혼자서 부족함 없이 지내는 것에 만족하고 감사하며 살아요. 괜히 잘못 엮여서 골치 아픈 것은 원하지 않습니다."

"그래도 혹시, 어떤 사람을 만나고 싶다. 이런 적 없으세요?"

"좀 색다른 질문은 없으시나요?"

"색다른 어떤 거요?"

"좀 더 창의적인 것."

"새로운 상황을 만들어내는 것은 어떠세요?"

"무슨 말씀인지?"

"우리가 사귀어 보는 것." 나도 모르게 불쑥 튀어나온 말이어서 우물쭈물하고 있는데

"사귀어서 뭐하시게요?" 정원씨는 아무렇지 않다는 듯 차분하게 말한다.

"그냥 재밌는 스토리를 만들어 보는 것."

"재미없을 것 같은데요."

"처음에는 친구하다가, 괜찮다 싶으면 연애도 해보는 것. 어때요?"

"역시 뻔해요."

"혹시 제가 명퇴자에다 사회적 패자의 모습을 하고 있어서 그러신가요?"

"아니요. 민준씨가 승자가 아닌 패자의 모습 이딴 것들은 관계없어요."

"혹, 승자에 대한 트라우마 때문인가요? 헤어진 남편 같은 … "

"모르지요."

"그럼, 그냥 아무것도 아닌 관계처럼 아는 사람으로 만나는 것은 어때요?"

"그게 무슨 사이인가요?"

"그냥 지금과 같은 사이요. 별별 이야기를 다 하면서도 어느 정도의 거리를 유지하는 사이."

"친구 사이네요."

"친구는 이미 된 것 같고, 앞날은 단정 지을 수 있는 것이 아니네요."

"정원씨."

"네."

"이제 다른 질문을 해도 될까요?"

"허락을 구하는 것을 보니 어색한 질문 같은데, 해보세요?"

"우리는 이미 50년 이상을 살아온 나름 생의 산전수전을 겪은 사람들인데 … "

"산전수전에 대해서 주동적으로 개척해 온 것이냐, 피동적으로 그냥저냥 살아온 것이냐에 따라 인식의 깊이는 다르겠지만 어쨌든 반백년이란 세월은 짧은 것은 아니지요."

"그렇지요. 같은 시간을 살았다고 해도 그 사람이 살아온 방법에 따라 차이는 엄청나다고 봅니다. 그런데 이 50년 이상의 세월동안 삶의 흐름에 있어서 가장 중요한 조건이랄까, 자기 삶을 자극시켜온 것은 무엇일까요?"

"사랑이 뭘까요, 이딴 것을 물어보실 줄 알았는데 너무나 어려운 것을 물어오네요."

"사랑도 포함이 되는 질문입니다."

"민준씨가 먼저 말씀해보세요."

"산 자는 죽을 줄 알면서도 죽지 않으려 몸부림치는 과정이라고 생각합니다."

"죽지 않으려 몸부림치는 방법은 무엇이 있을까요?"

"육신을 지탱하기 위해서 음식을 먹어야 하고, 자신의 또 다른 육신을 키워서 미래의 시간에도 살게 합니다."

"또?"

"육신의 건강상태를 더 좋게 만들기 위해서 좋은 것을 먹고, 오랫동안 먹을 것에 대한 두려움을 없애기 위해서 미래의 먹거리를 저장하는 큰 창고를 짓고, 그 창고를 채우기 위해서 남의 것을 빼앗기도 합니다."

"미래의 시간에 살기 위한 방법은 무엇입니까?"

"아시다시피 자식을 낳아서 연속하게 하는 것입니다. 사랑이라는 묘약을 통해서, 가능한 많은 자식을 낳으려는 것은 모든 생명의 공통점이라고 생각합니다."

"재미없는 내용입니다."

"너무나 당연한 내용이어서 재미없을 수도 있습니다. 그런데 육신의 보전과 자식을 통해 생명을 미래로 이으려는 욕망이 50이 넘은 지금도 변함이 없다는 것이며 오히려 더 절박해지는 것 같습니다. 힘이 빠져 삶의 무게가 더 무거워짐에도 불구하고."

"그 절박함이 어떻게 나타날까요?"

"경제적인 것이 가장 먼저 대두되고 그리고 어떤 때는 늦은 나이지만 성적 욕구의 해소도 대두되기도 합니다. 생에 대한 애착 때문인지 모르지만."

"생명의 근거라는 육신의 보전을 위한 물적 탐욕이 노년에 접어드는 우리 나이에도 계속된다는 것은 이해가 가는데, 자식을 통한 미래로의 연속이라는 것은 언뜻 이해가 가지 않습니다."

"가정의 영속성 일 수도, 그냥 성적 행위를 뜻할 수도 있습니다."

"흔히 남자들은 80이 넘어도 문지방 넘을 힘만 있으면 섹스를 생각한다는 것은 꼭 자식을 생각하는 것보다는 그냥 단순한 배설의 행위로 여겨집니다. 여자들은 생리가 끝나면 그런 생각이 현저히 줄어드는 것이 일반적인데, 술집 같은 곳에서 남자들이 모여서 속마음을 이야기하는 것을 엿들으면 늙으나 젊으나 음담패설은 언제나 빠지지 않은 것 같습니다."

"그냥 배설의 행위라는 것으로 치부해 버리기 보다는 성이라는 그 자체가 우리가 살아있음에 대한 가장 중요한 증표는 아닐까요? 아직은 우리 세대의 이야기가 아니지만 〈죽어도 좋아〉, 〈죽여주는 여자〉 같은 영화에서도 남녀의 성은 아기를 생산할 수 있고 없음의 문제가 아니고 살아있음을 확인하는 가장 분명한 상징으로 제시되는 것이 아닌가요? 현대사회에서 소외된 노인들의 처지를 나타내는 사회현상을 넘어 노년의 생에 대한 근본 문제의 제기라는 거."

"결국 사랑과 성에 대한 질문이군요. 그런 시각을 가지고 있다면 민준씨가 지금의 저의 상황에 대해 제대로 이해하기가 어려울지도 모릅니다."

"현재의 정원씨의 처지가 저와는 너무 다르니, 제가 온전히 정원씨를 이해 못할 수도 있지요. 하지만 살아온 삶의 경험으로 본다면 이해 못할 것까지야 있겠습니까. 그리고 아무리 더한 다양성이 표출되더라도 사고의 유연성만 있으면 서로를 이해하는데 큰 문제가 있겠습니까?"

"민준씨는 젊었을 때 사랑을 얼마나 해보았습니까?"

"어린 시절 첫사랑부터 아니면 이성에 대한 사랑부터입니까?"

"이성에 대한 사랑부터가 맞겠지요."

"누구나 이성을 좋아하고 싫어한 경험이 있겠지요. 그런데 처음에 여자를 사귀었을 때는 손만 잡아도 결혼을 해야 되는 사이인 줄 알았는데 그런 순박한 사랑이 지나가고부터는 사랑은 사랑의 기술을 동반한 줄다리기가 되다가 나중에는 현실적 조건들을 쟁취하기 위한 협상으로 바뀌더라구요."

"순박한 사랑과 기술이 필요한 사랑에는 어떤 차이점이 있나요. 둘 다 이성간의 사랑인데."

"순박한 사랑에는 그냥 좋은 감정인데 사랑의 기술에는 상대방을 차지해서 성관계를 가져야겠다는 욕심이 생기는 것 같습니다."

"순박한 사랑도 결국에는 성관계를 가지는 것 아닙니까?"

"그 성관계와 성관계 목적을 가진 것은 다르다고 봅니다."

"순박한 사랑은 아주 어린 시절의 첫사랑과 비슷한 것인가요?"

"그럴지도."

"민준씨, 남자들은 대체적으로 바람을 피우는 것에 관심이 많던데 민준씨도 지금 그런 생각이 있으세요?"

"저도 아직 신체 건강한 남자이니 그런 본능이 없다면 거짓말이겠지요."

"제가 질문을 잘못했군요. 그런 말씀을 듣기를 원하는 것이 아니라 금방 말씀하신 순박한 사랑과 성욕의 쟁취를 위한 기술의 사랑 중에 어느 것을 원하는지…, 머리에서 떠오르는 생각이 아닌 민준씨의 가슴에서 요구하는 것을 묻습니다."

"음 … , 기술의 사랑은 성적 쾌감을 얻을 수 있겠지만 아마 지속적으로 갈증을 느낄 것이고, 순박한 사랑이 다시 올 수 있다면 아주 잠시일지는 모르지만 아마 힘든 삶에서의 뭐랄까 일종의 위안, 구원 이런 감정을 느낄 것 같습니다."

"위안과 구원 … , 왜 그런 생각을."

"그냥 떠오른 것입니다."

"민준씨에게 지금 바로 사랑의 기억을 떠올리라고 한다면 어떤 사랑의 대상이 떠오르나요?"

"첫사랑? 집사람?"

"너무나 다른 두 가지 사랑이네요."

"가장 먼저 순백의 두뇌에 사랑의 흔적을 남긴 것과 현실적으로 온전히 나를 구속하고 보호하고 있는 관계."

"첫사랑에서는 서슴없이 사랑이란 단어를 사용하면서 부인을 지칭할 때는 왜 사랑이라 말하지 않고 관계라는 단어를 쓰시나요?"

"음 … , 첫사랑은 사랑만이 남아있고, 집사람에게는 사랑보다 훨씬 많은 것들이 둘러싸고 있으니 그런 것 같습니다. 아! 수정하겠습니다. 첫사랑은 첫인상만 남아있습니다. 여자들은 어떤가요?"

"여자도 남자와 비슷한 부분도 있겠으나 같을 수는 없겠지요. 남자들은 욕망 때문에 끊임없이 여자를 갈구한다고 하는데, 전부 그렇진 않지만 여자들은 정상적인 가정을 유지하고 있으면 다른 남자와의 사랑의 상황을 가정하지 않습니다. 정말로 가슴에서 상상하지 못하는 것입니다."

"글쎄요? 바람피우는 남자도 많지만 상대 여자도 엄청 많던데."

"정상적으로 유지되지 않는 가정의 여자들이겠지요."

"조금의 문제라도 없는 가정이 어디 있습니까? 자극이 가면 다 흔들리는 것 아닙니까?"

"글쎄요. 제가 아는 여자들은 그런 상상 자체를 못해요. 믿으실지 모르지만."

"정원씨는 사랑이 깨어지고 많은 시간이 지났는데 그동안 한 번도 새로운 사랑을 찾은 적이 없습니까?"

"말하고 싶지 않네요."

"저는 다 말했는데."

"민준씨는 스스로 결함이 없다고 생각하기에 스스럼없이 말하지만 저는 아니에요. 저는 사랑을 통해 이루어진 결혼이 파괴되었어요."

"요즘 시대에 이혼이 무슨 대수라고. 정원씨에게도 아들이 있지 않습니까. 그러니 사랑의 완전한 파괴는 아니지요. 아니면, 어쩌면 그것 때문에 더 괴로울 수는 있겠네요."

"민준씨의 생각과 많이 다릅니다."

"무례가 될지 모르지만 정원씨가 저에게 그런 것도 얘기할 수 있는 사이가 되었으면 좋겠습니다."

"그렇게 될까요? 아무리 친해져도 이해하기가 쉽지 않을 것인데요."

대화를 할수록 정원씨는 자신을 보호하려는 한계선을 긋고 있어 좀처럼 마음의 깊은 곳은 보여주지 않는다는 느낌이 온다. 작업실에 많은 감시카메라를 설치해 놓은 것처럼 혼자 사는 여성의 평소 자기보호 습관 때문일 것이다.

"혹시 나쁜남자를 좋아해 본 적이 있습니까?"

"젊었을 때 잠시 드라마에서 끌린 적은 있지만 실제로 좋아한 적은 없어요. 뜬금없이 왜 그런 질문을."

"나쁜 남자는 강렬한 지배자로서의 남성적 매력을 말하기도 하지만 한편으로 제도적 사회를 파괴한다는 뜻하기도 하거든요."

"여성에 대한 탐욕의 상징이 아니구요?"

"그럴지도, 남성에게 동물세계의 강한 수컷으로서의 욕구가 표출되는 형태가 나쁜남자의 이미지일 수도 있겠네요."

"남자들이 간과하는 것이 있어요. 흔히 여자는 나쁜남자를 좋아한다고 말하지만 정말로 그를 자신의 남자로 만들고 나면 아마 버릴지도 몰라요. 나쁜남자가 더 이상 자신을 지배하지 않으면 반대로 그를 지배할 수도 있거든요."

"아, 그러면 한번 나쁜남자는 끝까지 나쁜남자여야 하겠네요."

"그것은 나쁜남자가 아니고 폭력에 의존하는 정신병자가 아닌가요? 여자가 보았을 때 나쁜남자는 나약한 남자들이 느끼는 강함에 대한 열등의식이지 여자와는 관계없는 것 같아요."

"그래도 여자들은 그런 남자에게 매력을 느낀다던데."

"그러니까 남자들의 오해라는 것입니다. 여자들이 멋진 남성을 심리적으로 받아들이는 것을 이상하게 오해를 하는데, 나쁜남자는 남자에게 나쁜남자이지 여자에게는 아니예요. 혹 민준씨도 나쁜남자를 선망하는 것은 아닌지?"

"그래도 여성들은 강한 남성에게 기대고, 동물의 세계처럼 강한 종족을 유전시키기 위한 본능의 발로가 여자들이 나쁜남자를 좋아하게 되는 … "

"여성은 동물이 아닌 인간입니다. 인간이 사랑을 받아들이는 방식을 왜 동물에 비교를 하세요?"

"동물에 비교하는 것이 아니라, 뭐랄까? 어버버버, 죄송."

"여자들은 사랑하는 사람을 어떻게 받아들이느냐고 묻는 것이 낫겠네요."

"알았습니다. 남자가 여자에게 좋아한다고 고백했을 때 여자는 어떻게 자신의 남자로 받아들입니까?"

"글쎄요, 어느 날 아침 눈을 뜨고서 내 옆에 그 남자가 누워 있는 상상을 했을 때 그 남자가 받아들여지면 가능할 것이고 그렇지 않다면 어렵다고 봐야겠지요."

"남자는 여자가 함께 잠자리에 드는 것을 꿈꾸는데 다르네요."

"그런데 이미 이 정도의 인생을 살아온 사람들이라면 상대방의 눈동자만 보고도 그 사람의 내면을 어느 정도는 알 수 있잖아요."

"눈빛만으로도 상대방의 진심을 알 수 있다는 말이군요. 이 것도 남자와는 다른 여성 특유의 감각이라고 생각이 드네요."

"아까, 민준씨가 우리 친구하자고 하셨나요, 연애하자고 했나요?"

"그게 … , 그냥 아무것도 아닌 관계처럼 아는 사람으로 만나는 것. 그 질문을 받으니 오히려 제가 당황스럽습니다."

"저도 우리가 이런 대화를 나누고 있다는 것이 이상하지만 그렇다고 크게 어색하지는 않네요."

1월 5일, 뜯어진 벽체를 일부 다른 설계로 변경하고 보완하는 일들도 생겼다. 부분적으로 기둥의 구조들이 과감히 드러나고 벽의 모서리가 다시 잡히는 곳도 있다. 나는 늘 그렇듯 어디 빈틈이나 잘못된 곳이 없는지를 세세히 살피고 간단한 것은 굳이 인부들에게 말하지 않고 내가 직접하고, 틈이 많이 벌어지거나 기본적 방향이 휘어진 것 등에 대해서는 분명히 주의성 당부를 한다.

이날은 비교적 신경을 많이 써서 그런지 점심시간 정원씨의 작업실에서 정원씨가 밥으로 만든 밥버거로 간단한 점심을 먹고 나니 졸음이 쏟아졌다. 갑자기 내 앞에 시골 촌놈이 처음 도시로 와서 만나게 된 순백의 흰 피부를 가진 그녀가 서 있다. 그녀가 어떻게 여기에 왔지? 언제나 가슴 한쪽에 자리를 잡고서 옛 회상을 일으키는 원인 중 하나가 되었던 그녀이다. 그녀도 이제 나이가 들었는지 얼굴은 예전같이 청순하지 않지만 어린 시절의 그 이미지는 그대로 남아있다. 내게 좀처럼 살갑게 대하지 않았는데 오늘은 이상하게 나에게 다가와 팔을 잡아끌더니 호젓한 분위가가 있는 골목을 함께 걷자고 한다. 그녀의 손과 팔을 통하여 그토록 품고 싶었던 그녀의 온기와 체취가 전해져 온다. 골목을 걷다가 이름 모를 꽃들이 피어있는 양지바른 모퉁이에 다다르자 그녀는 팔짱을 풀고 갑자기 나의 목덜미를 잡더니 내 얼굴을 뚫어지게 보았다. 그리고 나의 동의는 필요 없다는 듯 그녀의 입술을 나의 입술에 갖다 대었다. 곧이어 미끈하고 달콤한 그녀의 타액이 느껴지는가 싶더니 그녀의 혀가 나의 입속으로 밀고 들어왔다. 몽환적인 기분은 이런 때를 말하는 것인가. 이 시간이 영원히 지속되기를 빌며 그녀와 깊은 입맞춤을 즐겼다. 나도 적극적으로 그녀를 끌어안고 더 격렬하게 입맞춤을 하고 그녀의 구석구석을 애무하였다. 그러자 나의 신체에도 반응이 왔다. 부풀어 오른 사타구니가 그녀의 아랫배를 뚫어버릴 기세로 밀착되고 요동을 쳤다. 조금 있으면 억누르고 있었던 정액을 발사하고 마지막 쾌감을 느끼기 일보 직전이 되었다.

"민준씨, 차 드세요!"

세상에서 가장 행복하고 달콤한 시간을 보내고 이제 막 절정에 다다르려는데 정원씨의 목소리가 방해를 하였다. 야속했지만 바로 눈앞에서 나를 빤히 쳐다보는 정원씨의 눈동자를 보고 있자니 그 황당함을 무어라 표현할 수가 없다. 정원씨에게 그 첫사랑과의 격정적인 애정의 광경을 그대로 들킨 것 같다. 실내의 따스함과 식곤증 때문에 곯아떨어진 잠깐의 시간에 일어난 그 황홀한 경지에서 차를 마시라는 정원씨의 목소리에 어떨결에 깨어나, 정원씨의 얼굴을 빤히 쳐다보아야 하는 그 황당한 상황에서 나의 입술에 그녀의 타액이 남아있지 않고 정액의 사정으로 바지가 젖지는 않았다는 사실을 알아채고 제정신을 차리기까지의 시간이 그렇게 어색할 수가 없었다. 아~ 쪽팔려! 민망하여 정원씨가 묻는 말에 제대로 답변조차 못하였다.

"민준씨 이상하네요. 무슨 꿈을 꾸셨나 봐요. 좋은 꿈, 나쁜 꿈?"

"음음, ……" 대답을 할 수가 없었다.

"시원한 냉수라도 가져다 드릴까요?"

" …… " 몸도 꼼짝할 수 없었다.

"혹시, 졸다가 다리에 쥐가 나셨나? 제가 손을 잡아줄 테니 일어나서 조금 걸어보세요." 정원씨가 손을 뻗어 나의 손을 잡아 일으키지만 나는 일어날 수도 없다. 간신히 "괜찮습니다." 라는 대답으로 양해를 구하고 자리에 계속 앉아있었다. 그리고 정원씨가 건네준 물컵의 물을 마시며 부끄러운 마음으로 정원씨의 얼굴을 쳐다보는데 자꾸만 꿈속 그녀의 얼굴이 오버랩 된다. 민망함이 마음속에 가득하지만 사르락 사르락 풍기는 정원씨의 체취에 어떤 변태 같은 욕망이 저 깊은 근저에서 움찔움찔 몸을 일으키려 한다. 정말 나이가 들어도 남자의 욕망은 멈출 줄 모르고, 늙은 도덕적 부끄러움은 무디어지는가?

꽃을 따라 가시가 돋아나고

　1월 초순이 지나면서, 멀리서 오는 유력대선주자를 견제하기 위한 향한 음모인지 검증인지, 부패의 대명사인 뇌물수수라는 익숙한 단어가 제기되고 정치는 새로운 소용돌이로 흘러가고 있다. 어떤 이들은 그가 끝까지 완주하지 못할 것이란 전망을 내기도 한다.

　찻집공사는 콘크리트로 기초를 다지거나 벽돌을 쌓아 올리고 시멘트반죽으로 정리된 부분의 양생과정이 끝나고 본격적인 내부공사를 위한 준비에 바쁘다. 이후로는 석고보드와 합판작업, 빠데 작업, 페인트 작업들이 이어지는데 아무래도 먼지가 많이 발생하고 냄새도 많이 배출할 것이기에 이웃들에게 폐를

끼치게 되므로 양해도 구해야 한다. 내부 장식 공사에서 쓰고 난 자잘한 조각들이 많이 발생하고, 그라인딩과 샌딩 작업 때문에 먼지도 많이 발생하기에 얼굴에 꼭 마스크를 쓰고 공사장을 드나들어야 한다. 정원씨와 실내 시공 자재들의 결합상태를 보기 위해서 들어갔다가 천정 어느 구석에서 떨어진 먼지가 예상치 못하게 정원씨의 얼굴 위에 쏟아졌다. 티끌이 눈에 들어갔는지 정원씨가 눈을 찡그리더니 눈물을 쏟아내며 불편해 했다.

"민준씨, 제 눈에 티끌이 든 것 같은데 좀 봐주세요." 괴로운지 나에게 도움을 요청했다.

"어디 한번 봐요."

밝은 곳으로 가서 손으로 눈을 뒤집어 보라고 해도 잘 살필 수가 없어서 내가 직접 손으로 정원씨의 눈을 크게 벌리고 들어다 보았다. 눈꼬리 부분 쪽에 아주 작은 티가 보였다. 입으로 힘껏 불었다. 한 번에 빠지지 않아서 다시 방향을 정하여 입으로 힘껏 바람을 불었다. 빠졌는지 안 보인다. 눈을 깜박여 보라고 하니 정원씨가 눈을 깜박깜박 하더니 아무 이물감이 없다고 했다. 잠깐 빨게 졌던 눈은 금방 회복될 것이다. 나는 조금 더 검사가 필요하다며 정원씨의 눈을 크게 해서 이리저리 살펴보았지만 아무런 티도 발견할 수 없었다.

"나간 것 같습니다. 아무것도 없어요. 괜찮지요?"

"네, 없어진 것 같아요. 고마워요."

쪽! 나는 정원씨의 볼에 가볍게 입맞춤을 하였다. 너무나 순간적이어서 주위에서 일하는 인부들 아무도 보지 못한 것 같다.

"민준씨, 뭐하시는 거예요?" 정원씨가 놀라서 물었지만 화를 내는 것은 아니다.

"아이쿠! 저도 모르게 실례를 했네요. 어떡하죠? 도로 무를 수도 없고."

"아니 … , 아니 … " 항의를 하면서도 혹시라도 인부들이 들을까봐 두려운지 주변의 시선을 살피기만 할뿐 더 이상 항의를 하지를 못한다.

"갑자기 정원씨 볼이 탐스럽게 느껴져서 저도 모르게 그만, 쏘리." 나는 나지막하게 사과했다. 그리고 돌아서는 내 옆구리에서 엄청난 통증이 왔고 내 입에서 악! 소리가 났다. 정원씨가 복수로 내 옆구리를 잡아 비튼 것이었다. 나의 비명에 영문을 모르는 인부들은 뭔 일인가 멀뚱히 나를 쳐다보고, 정원씨는 복수의 고소함에 만면에 미소를 띠고 있다.

이 일이 있는 후 정원씨와 나는 이성친구가 되어가고 있는 느낌이 왔다. 그리고 좀 더 진전된 이성적 감정으로 큰 거리낌 없이 대화를 나누는 사이가 되었다. 우리는 약간 야한 농담도 하고, 일을 핑계로 서로 가볍게 손을 잡는다든가 어깨를 가볍게 툭툭 쳐준다든가 하는 행위는 어려움 없이 할 수 있었다. 나는 또다시 정원씨의 볼에 뽀뽀를 하는 행위는 쉽게 실행을 하지 못했지만 계속해서 기회를 노리고 있었으며, 마음속으로는 내가 정원씨를 좋아하는 만큼 정원씨의 감정이 어떤지도 확인하고 싶었다.

오후 늦게 뜻하지 않게 금교수가 왔다. 일의 진행상황이 궁금하기도 하고 가볍게 한잔하기 위해 왔단다. 그런데 이상한 점은 나와 정원씨가 금교수를 조금 어색해 한다는 점이었다. 이전에는 전혀 그렇지 않는데, 왜일까? 아마 이성친구가 되어가면서 남에게 보이고 싶지 않은 비밀이 생겨서인가보다. 누구든 사랑을 하기 시작하면 서로에게 완전한 확신이 들기 전에는 남에게 들키지 않으려는 심리가 있지 않은가.

"조선생, 오늘 분위기 살짝 이상한 느낌이 드는데?"금교수가 어색함을 눈치챘는지 한마디 한다.

"뭐가 어색해? 공사가 진행되면서 실내 분위가 바뀌어서 인상이 낯설어져서겠지."

"그런가? 하여간 뭔지 모르지만 이전과는 뭔가는 다른 느낌이 든다."

"정원씨, 금교수의 뭔가 다른 어색함을 풀려면 한잔 해야겠지요?"

"제 작업실 냉장고에 맥주랑 포도주가 있는데요."

"손선생님, 맥주 몇 병 있어요?"

"3병 정도."

"소주도 있습니까?"

"없는데."

"제가 소주와 맥주 몇 병 더 사가지고 오겠습니다."하면서 금교수가 가게로 갔다.

"민준씨, 오늘 보니 금교수님이 여자의 육감을 가졌던데요.

놀랐습니다."

"글쎄요. 저도 약간 뜨끔했지만 그냥 하는 말 같던데. 모르지요, 금교수는 예술가라서 감각이 예민한지. 그런데 뭐 신경 쓸 거 있나요."

"조금은 쓰이네요."

쪽! 나는 용기를 내어 다시 기습적으로 정원씨의 볼에 뽀뽀를 해버렸다. 대수롭지 않은 일이니 신경쓰지 말라는 표시이기도 하고 확인도장을 찍고 싶은 마음이기도 했다. 이번에는 내 옆구리를 비틀지 않았다. 그리고 잠시 뒤, 금교수가 비밀봉지에 맥주와 소주, 안주가 될 만한 것들을 사가지고 왔다.

"손선생님, 손선생님은 도슨트 활동을 하시면서 여러 작가들을 연구하셨을 것인데, 혹시 그 사람들의 어떤 공통점은 없었습니까?"

"그건 금교수님이 저보다 더 잘 아실 것 같은데요."

"아닙니다. 저는 작가로서 저 자신에 대해서만 깊은 고민을 많이 해서인지 저의 장막에 갇혀서 다른 사람의 입장을 이해하지 못하는 부분이 많아요."

"다른 작가들의 어떤 공통점을 알고 싶으신 것입니까?"

"뭐랄까? 그들의 이상적 목표에 대해서."

"대개 작가들의 이상적 목표가 시대에 따라 차이가 있지만 미를 찾겠다는 근원적 욕구와 함께 현실의 금전적 물욕, 유명해져서 남보다 우위에 서려는 권력욕 등등 비슷하지 않습니까?"

"그것 말고, 손선생님이 말씀하신 현실적 목표를 벗어나 진정한 이상에의 추구에서 답을 찾은 사람들을 알고 계신가 하는 겁니다."

"고갱의 '우리는 어디서 오고 어디로 가는가?'처럼 존재의 질문을 던지는 사람도 있고, 미니멀리즘의 원조라고 할까? 절대적 사각형을 인간만의 독특한 특성으로 보고 오로지 단순한 기하학적 형태만 그린 카지미르 말레비치도 있고. 대부분의 업적이 있는 예술가들은 그의 명성에 필적할 만한 수준의 철학적 가치의 획득도 이루었다고 봅니다. 이 정도는 금교수님도 당연히 알고 계실 터이고, 물론 금교수님이 물으시는 것이 부처님이나 예수님이 얻은 절대적 각성자를 말씀하신다면 저는 모르겠습니다. 유명한 예술가들의 알려지지 않는 인간적 부족함이 의도적으로 감추어져서 드러나지 않은 것도 꽤 있으니까요."

"그 외에 또 특별히 거론할 작가가 있다면?"

"저는 잘 몰라요. 그래도 굳이 또 거론해야 한다면 미켈란젤로가 아닌가 합니다."

"왜요?"

"다른 작가들의 작품에서는 인간과 신은 종속의 관계로 설정이 되는데 미켈란젤로의 작품에서는 인간과 신은 종속의 관계가 아니라 동질적 소통의 관계를 지향하고 있는 것 같습니다. 그의 작품에 나타나는 신의 모습은 인간과 동등한 형태 동등한 크기의 육체를 가진 인간과 동화된 신의 모습으로 표현되고 있어서. 물론 제 시각이 잘못되었을 수도 있습니다."

"그러고 보니 인간과 같은 형태 같은 크기로 그려진 신의 모습은 미켈란젤로의 작품에서만 보이는 것 같습니다."

"금교수님은 왜 이런 것을 질문하셨어요?"

"저는 지금까지 적어도 30년 이상 작품을 해왔는데 과연 내가 추구하는 것이 무엇인지 여전히 헷갈리고 있습니다. 아무것도 모른다는 것은 거짓말이겠지만 요즘 제가 고민하고 있는 작품의 의문에 대한 답을 찾아볼까 질문을 했습니다."

"금교수, 너 같이 연륜 있고 작품성 인정받는 사람도 아직 헤매고 있나?" 내가 물었다.

"길의 끝이 보이지 않는데 어떻게 헤매는 것에 끝이 나겠냐?"

"아참! 금교수님, 이관장 화랑에서 개최하는 전시회의 주제는 정해졌나요?"

"어렴풋이, 아직 개념에 대한 명확한 철학적 해답은 구하지 못하고 뜬구름을 잡고 있습니다."

"명확한 답을 구한다는 것은 어쩌면 어불성설이고, 어렴풋한 개념은 무엇인지요? 궁금합니다."

"황금산."

"금교수, 황금산이 무엇인가? 종교적 깨달음, 경제적 부귀 뭐 이런 것이 확 연상되네."

"민준이 말이 맞아. 내가 어느 날 운전을 하고 가다가 맞은편의 산을 보았는데 산 위에 황금색으로 빛나는 또 하나의 산을 보았어. 나는 그것이 실제 하지 않는다는 것도 알고, 순간적으로 내 마음에서 생긴 환영이라는 것도 알지만 그 황금산에 대해 의문을 지울 수 없었어. 민준이 말대로 어느 순간 무의식의 이드가 발현되듯 그것은 나의 종교적 신념, 경제적 궁핍함에서 오는 욕구가 그 황금산의 형태로 내 눈에 비친 것일 지도 모르지만."

"그 황금산을 보신지가 얼마나 되셨어요? 금교수님."

"두어 해 지났습니다."

"꽤 되셨네요. 지금도 보이시나요?"

"망막에 각인되어 있어서 보이는 것 같을 뿐 실제로는 보이지 않습니다."

"계속 작품으로 표현은 하시겠네요?"

"계속해서 작품은 하고 있지만 혼란스러울 때가 많습니다."

"아까, 금교수님이 작가들의 이상에 대해 말씀하신 이유를 알겠습니다. 제가 보기에는 경제적인 것보다 종교적 지향에서 오는 결과로 보이기는 하는데. 지금 교수님의 상황이 종교의 힘을 빌려야 되는 상황인가요?"

"종교의 힘을 빌린다면 내 안에서 찾거나 외부에서 찾아야 하는데."

"내 안에서 찾는 종교는 불교이고 외부에서 찾는 것은 기독교인가?" 내가 묻자

"그런 분류는 적합하지 않지. 나를 어디에다 두느냐의 문제이지." 금교수가 대답했다.

"나를 나의 안에 두느냐, 나를 나의 밖에 두느냐? 금교수 많이 헷갈린다."

"금교수님이 어떻게 해법을 찾으실지 모르겠습니다."

"금교수, 나는 금교수의 비천상이 정말 마음에 들던데."

"비천상과 같은 것이 장식적인 면에서 일반인들과 가볍게 소통하기에는 매우 뛰어난 것이지요. 하지만 작가들은 장식의 형태를 넘어 어떤 미적 근본에 대해서 파고들려는 경향이 있어서 마치 도를 닦는 사람들과 같은 사고형태를 보이기도 해요. 그게 지나치면 극단적 행동을 보이기도 하지만."

"금교수가 보이는 극단의 행동은 어떤 것일까?"

"조선생, 나는 평범한 사람이예요. 손선생님, 비천상은 잘 보관되고 있지요?"

"당연하지요. 앞으로 저희 찻집의 상징이 될 것인데."

"금교수, 요즘 여기에 자주 오는 것 마나님이 아시나?"

"그럼 알지. 조선생 알바 하는 데 간다고 하지."

"정원씨의 찻집공사라는 것도 알고?"

"그건 굳이 말할 필요가 없지. 여자들은 다른 여자들이 있다면 무조건 싫어해서 가능하면 말하지 않는 것이 좋아."

"금교수님은 사모님하고 사이가 좋으실 것 같은데요."

"큰 탈 없이 무난하게 잘 살고 있습니다."

"금교수 마나님은 아주 깔끔한 성격이어서 집안이 항상 정갈하지요."

"너무 깔끔해서 재미없게 느껴질 때도 있습니다."

"사모님을 한번 뵙고 싶네요?"

"아까 말하지 않았습니까. 여자들은 남편이 다른 여자를 말하면 무조건 싫어한다고. 손선생님도 같은 여자로서 잘 아시면서 그러시네."

"금교수, 마나님에게 감추고 싶은가 보네?"

"어허, 쓸데없는 소리."

금교수가 짐짓 딴청을 피우지만 내 마음에 정원씨가 사랑하고 싶은 여자로서 들어왔듯이 어쩌면 금교수도 정원씨를 좋아하는지 모르겠다. 왜냐하면 정원씨는 나이에 맞지 않게 단아한 외모를 가졌고 교양이 있어서 그런지 말 한마디 행동 하나하나가 품위가 있다. 그리고 이혼한 혼자 있는 여성이니 어떤 남자든지 궁금하고 친해지고 싶은 대상이다. 이전부터 금교수가 정원씨에게 뭔가를 채근했던 표현들이 애정의 표시는 아니었을까? 정원씨 입장에서도 금교수는 대학교수이고 결혼만 생각하지 않는다면 연애의 상대로 괜찮은 품위를 갖추고 있으니 나보다 좋은 조건이고 게다가 서로 미술로 소통하기가 쉬우니 공감대도 쉽게 형성될 것이다. 여기까지 생각하니 금교수가 갑자기 이상해 보인다. 그럼 나하고 금교수의 사이는 무엇이지, 연적? 피식 웃음이 나온다.

1월 11일 수요일 늦은 오후, 모두 이관장의 화랑에 갔다. 이관장이 신년을 여는 기념전으로 닭을 소재로 서양화가, 동양화가, 조각가, 공예가, 서예가 1명씩 작가 5명을 초대해서 전시회를 여는 것이다. 정원씨가 이 전시회 오프닝에서 전시의 의의와 작가들의 작품을 해설하는 강연을 하기로 되어 있었기 때문이다.

화랑에는 초대작가들 외에 이관장이 특별히 초대한 고객으로 '있어 보이는 사람들'이 작품을 감상하며 저마다의 평가를 하고 있다. 그 중 눈에 띄는 몇 작품에는 빨간색 표시가 붙어 있는 것으로 보아 이미 팔렸다는 뜻이다. 경기가 아무리 어려워도 미술품을 사는 사람들은 있는가 보다. 나에게는 그야말로 그림의 떡이지만.

나는 문득 정원씨에게 들었던 이관장의 사랑이야기가 생각나서 화랑을 둘러보니 정말로 입구에서 가장 잘 보이는 곳에 벽을 뚫어서 만든 유리로 칸막이가 된 전시공간이 있는데 작품이 두 점 전시가 되어있다. 흑백과 칼라로 채색이 대비된 인물상이 있는데 내용은 잘 모르겠지만 그림 속 인물의 시선이 너무나 깊고 그윽하여 약간은 소름이 돋는다.

오프닝에 곧이어 화랑의 한쪽에 마련된 작은 강연실에서 출품작에 대한 정원씨의 특별해설이 이어졌다. 지난번 미술관에서 도슨트로서 일반인을 상대로 그림을 설명하던 정원씨의 모습이 아니다. 특별히, 고객들에게 작품의 수준을 높게 말해주어 작품을 구매하려는 마음을 불러일으켜야 하는지 구사하는 언어와 태도가 매우 우아하다. 초대작가들도 정원씨의 작품설명에 흡족해 했지만 초청된 고객들도 연신 고개를 끄덕이며 전시 도록을 펴고 정원씨가 설명하는 작품에 뭔가를 표시했다. 정원씨의 강연을 누구보다 유심히 듣고 있던 이관장도 고객들의 반응을 보고는 얼굴에 만족한 표정을 짓는다.

강연 후 갤러리에서 대화의 시간, 고객들이 작가들과 이관장과 이야기를 나누더니 빨간 딱지가 붙은 작품이 늘어났다. 작가들의 얼굴표정도 대체로 밝다. 그 중 붉은 얼굴에 눈이 부리부리하고 패셔니스트처럼 옷을 잘 차려입은 60대로 보이는 서양화가가 특히 인기가 있는 것 같다. 미술에 문외한이어서 그의 작품에 대해서는 잘 모르지만 눈에 띄는 외모와 능란한 화술은 많은 사람들이 그를 좋아하게 만든다. 나는 금교수의 작품도 당연히 있을 줄 알았지만 보이지 않았다.

"금교수, 자네 작품은 안 보이네?"

"몇 달 전, 이관장이 이 전시를 처음 기획할 때 나를 초대했는데 그때는 머릿속에서 정리가 되지 않아서 다른 분을 초대하라고 했어."

"그래도 아쉽다. 오늘 작품들 잘 팔리는데 … "

"그후에 이관장이 최근의 내 작품사진을 달라고 해서 주었는데 무슨 일인지 모르겠다."

"금교수, 당신은 왜 참가 안했어? 요즘 당신작품이 어떤지 보고 싶은데." 그 서양화가가 금교수에게 다가와 말을 건넨다. 그러자 이관장과 정원씨도 우리 쪽으로 와서 합세했다.

"금교수님께도 참가해달라고 부탁을 드렸었죠. 그때는 무슨 일인지 한사코 사양을 하시더라고요. 같이 했으면 전시가 더 빛났을 것인데 아쉽죠. 그런데 몰라요. 금교수님에게 조만간 좋은 소식이 있을지." 이관장이 대답했다.

"무슨 일입니까?" 내가 물었다.

"지금은 저로서도 무어라 말할 수가 없습니다."

"이관장님, 오늘 우리 손정원 선생님 강의가 아주 뛰어났어요. 손선생님의 제 작품에 대한 해설이 작가인 저보다 훨씬 훌륭했어요." 그 서양화가가 정원씨를 칭찬했다.

"아이, 선생님 그리 칭찬하시니 민망합니다. 제가 뭘 … " 정원씨가 겸손해 하자

"이따 저녁 때 제가 한잔 살 테니 시간 좀 내주세요."

"감사합니다만 오늘 저녁은 다른 일정이 있어서 다음에." 정원씨가 사양을 하자

"그러지 마시고 시간 좀 내주세요." 그가 정원씨에게 계속 요청을 하면서도 옆에 있는 우리에게는 같이 하자는 말을 않는다. 이상하게 화가 났다. 정원씨가 그 서양화가와 우아한 미소를 띠며 대화를 나누는 내내 그 화가가 정원씨에게 에로틱한 행위를 하고 있다는 상상이 들어 나는 계속 화가 났다.

화랑에서의 행사가 끝나고 근처의 식당에서 저녁을 먹기 위해 이십여 명이 함께 갔다. 이관장은 이번 전시의 기획의도와 개막의 소회를 피력하는 것으로 인사말에 대신하였다.

"모두 새해 복 많이 받으세요. 오늘 이 자리에 함께 해 주신

작가님들, 애호가님들, 해설을 맡으신 손정원 선생님 그리고 금 교수님과 조민준 선생님 모두 감사합니다. 먼저 지난 한 해 고생들 많으셨습니다. 많은 사람들이 새해 정유년은 더욱 어려워질 것이라고 예측들을 하지만 여러분들만큼은 더 뜻있는 한해가 되기를 진심으로 기원합니다. 사실은 요즘 워낙 경기가 좋지 않아 오늘 정유년 닭띠 해를 맞아 이 전시회를 준비하면서 걱정을 많이 했습니다. 그래도 여러분들이 도와주신 덕분에 오늘 좋은 성과를 올릴 수 있어서 참으로 감사하고 기쁘게 생각합니다. 저희 화랑을 위하여 부족한 가격이지만 최상의 작품을 출품해주신 작가님들께 감사를 드리고, 시절이 어수선한 가운데서도 마음을 일으켜서 작품을 구입해주신 애호가님들께도 진심으로 감사드립니다. 저는 저 스스로 어려서부터 그림을 했고, 그림을 그리는 남편을 만나 사랑하고 결혼해서 저의 운명은 끝까지 미술을 떠나지 못할 것 같습니다. 다들 아시겠지만 저의 남편은 불의의 사고로 세상을 떠났지만 제 마음속에는 언제나 가장 훌륭한 미술가로 남아있습니다. 저는 남편을 사랑하는 마음으로 훌륭한 미술인들을 사랑하고 힘이 닿는 한 지원을 아끼지 않겠습니다. 다시 한 번 오늘의 전시가 성공할 수 있게 도와주신 분들께 감사드립니다."

"짝짝짝! 역시 우리 미술인들을 진심으로 이해하고 도와주시는 분은 이관장 뿐입니다. 내 이관장의 청이라면 언제 어디서든지 도와드리겠습니다." 그 서양화가가 이관장의 말에 큰 소리로 사례를 한다.

"이관장님, 미술시장이 양적으로 성장은 했다지만 그래도 엄청 어려워질 것인데 올해는 어떻게 화랑을 운영해 나가겠습니까?" 고객 중의 한명이 걱정스러운 얼굴로 묻는다.

"아무리 어려워도 계획된 전시는 예정대로 진행하겠습니다. 그런데 아무래도 미술시장이 경매 위주로 가니 저도 어쩔 수 없게 될 것 같습니다. 그래서 올해는 저도 몇몇 작가님들을 모시고 해외 경매시장에 진출해볼 생각입니다."

"국내 경매는 어떻게 하시겠습니까?"

"아트페어가 주로 서울에서 이루어지지만 이곳에서도 의미 있는 미술시장을 만들어보려고 합니다. 그러기 위해서는 이 지역 화랑이 지역적 한계에 머무르지 말고 해외에도 진출하고 동시에 이곳 현대미술의 흐름도 이끌어 가는 것이 어떨까 합니다."

"이곳과 해외의 미술 흐름을 동시대적 현상으로 만들겠다는 이관장님의 포부가 이 지역 사람으로서 아주 반가운 소식입니다. 힘이 되는 한 도와드리겠습니다."

그 고객이 이관장의 의견에 찬성을 표하자 다른 고객들도 저마다 이관장의 계획이 성공하기를 기원하는 말을 건넸다. 하지만 이 자리에서도 그 서양화가가 계속해서 정원씨에게 뻐꾸기를 날리며 수작을 부리는 모습을 보여서 여간 신경이 쓰이지 않았다. 질투인가?

화랑에서의 일정이 모두 파하고 이관장은 근처에 있는 자기

집으로 갔고, 정원씨는 택시를 타고 아파트로 돌아가겠다고 했다. 그때 그 화가가 대리기사를 불러와서는 자기가 정원씨를 집까지 태워주겠다고 했다. 정원씨가 괜찮다고 거절을 했지만 금교수와 내가 미처 손쓸 새도 없이 막무가내로 정원씨를 태우고 갔다. 피가 거꾸로 솟는 듯이 화가 났지만 차는 이미 떠난 후다. 닭 쫓던 개 마냥 정원씨를 태운 차가 사라지는 것을 쳐다보며 금교수와 나는 택시를 타고 집으로 향했다. 이제 겨우 10시가 조금 넘은 시간이다. 집으로 향하는 택시 안에서 금교수가 갑자기 택시기사에게 방향을 다른 곳으로 가자고 한다. 그곳은 유흥업소가 많은 지역이다.

"민준아, 오늘 우리 노래방 가보자."

"뭔 노래방? 비용이 만만찮은데, 금교수는 오늘 작품 판 일도 없잖아."

"괜찮아! 하루 기분 낸다고 집안 무너지지 않아."

"노래방 가면 도우미 불러야 되지 않을까? 우리 수컷들끼리 노래 부르기는 맹숭맹숭할 거고."

"도우미 두 명 부르지 뭐."

"비용이 만만치 않을 것인데, 다음에 가자."

"아니야. 기분 꿀꿀하니 땡길 때 가자."

"금교수 오늘 언짢은 일 있나?"

"없다. 그냥 콱! 취하고 싶어서."

"정 그렇다면 서비스하는 셈치고 가줄게."

"우리 아직 젊잖아. 기분 좀 내보자고."

"알았어 알았어."

노래방에 갔는데 너무나 많은 손님들의 눈치를 봐와서 그런지 주인이 금방 30대 미시 둘을 들여보내겠다고 호언장담을 한다. 홀에 들어가 본격적으로 노래를 부르기 위한 목청 가다듬기를 하며 맥주를 한 잔도 채 들이키기 전에 어깨와 가슴골이 다 드러난 상의와 팬티가 거의 보이는 미니스커트를 입은 도우미 두 명이 들어와 인사를 한다. 아무리 조명이 어두워도 화장을 두텁게 바른 얼굴이 30대는커녕 40도 아까워 보인다. 뭐 관계없다. 어차피 노래 부르는데 옆에서 알짱거리며 흥만 돋구어 주면 그만이다. 그들도 교태를 부려 돈을 벌려고 왔지 운명의 상대를 찾아온 것이 아니니 쿨하게 놀고 계산하면 그만이다.

금교수와 내가 한곡씩 하고 나니 도우미들이 본격적으로 팁을 빼내려고 짤짤이를 흔들면서 생쑈를 한다. 한 도우미가 갑자기 테이블로 올라가더니 옷을 벗는다. 여인의 은밀한 부위가 하나씩 드러날 때마다 그곳에 배춧잎 한 장을 꽂아달라고 떼를 쓴다. 금교수가 기본적 예를 갖추니 이번에는 다른 도우미가 교대로 쇼를 하며 돈을 요구한다. 물론 그들이 살아가는 방법은 이렇게라도 해서 생계비를 마련하자는 것이다. 육체적 욕정을 주체 못해서 오는 극히 예외도 있겠지만 그들도 집안이 어떤 한계상황에 다다르지 않았다면 이러지 않을 것이다. 지금보다 10년을 더 젊었거나 좀 더 술에 취했다면 금교수와 나도 그들과 어우러져서 질펀한 상황이 연출되었을지도 모르지만 이날은 아무리 취하려고 해도 취하지 않았고, 도우미들이 벗은 육체를 접근해올수록 피하게 된다. 보아하니 나만 그런 것이 아니고 금교수도 마찬가지이다. 그래서 도우미들을 내보내고 금교수와 둘이서 남은 맥주를 마셨다.

"야, 이제 우리 인생도 맛이 갔나보다. 아무리 노력해도 땡기지 않는다."

"그러게, 도무지 흥이 나지 않네. 이젠 노래방도 졸업해야겠다."

"야, 민준아."

"왜?"

"사는 게 왜 이러냐? 재미가 하나도 없다."

"인생을 재미로 사냐? 죽지 못해 살지. 금교수 네가 나한테 그런 소리하면 안 되지."

"달린 입으로 말도 못하냐?"

"금교수, 너 오늘 작품 못 팔아서 열 받은 거 아니냐?"

"아니야. 그냥 오늘 왠지 기분이 꿀꿀해서 그렇다. 꼭 이유가 있어야 하냐?"

"맞아, 이럴 때도 있어야지. 살날이 얼마나 남았다고."

"사실 나는 아까 그 서양화가놈 때문에 완전히 기분 잡쳤다."

"나도 그 사람 때문에 좀 그랬어. 정원씨에게 왜 그리 껄떡대냐. 원래 그런 사람 아니냐?"

"그 새끼, 여자 방면에서 유명한 놈이다. 사생활이 아주 지저분해. 지금 마누라도 세 번짼가 네 번짼가 그래."

"그렇게 여자를 잘 꼬시는 것을 보면 여자 홀리는 약 바르고 다니는가 보네."

"여자가 많으면 뭣해, 집안이 엉망인데. 지 마음에 끌리는 여자가 있으면 주변눈치 안보고 치근대는데 못 봐줘. 아까 너도 봤잖아 정원씨가 싫다는데도 계속 찝쩍찝쩍, 개자식!"

"설마, 그 화가하고 정원씨 오늘 아무 일 없겠지?"

"몰라! 뭔 짓을 할지 내가 어떻게 알아. 개쌍놈의 새끼!"

"그 사람은 우리 공동의 적이네."

"그런 새끼는 공공의 적이다."

"그런데 이관장은 왜 그런 사람을 초대하지?"

"아무리 인간말종이지만 작품이 잘 팔리니 초대하겠지."

"금교수 너도 한번 그래봐라. 예술이 더 잘 될지 아나."

"아마 나는 아닐 것이다."

"왜 아니야? 한번 해보는 거지 뭐."

"아서라. 이미 살만큼 살았고 식구들을 어떻게 팽개치냐? 에이, 제기랄!"

"나는 요즘 심정 같아서는 여자하고 바람이라도 나서 어디 멀리 떠나고 싶다."

"야! 민준아, 너 아까 도우미들을 완전 기피하던데 왜 그러냐?"

"술에 취하지 않아서인지 솔직히 역겹고 꼴도 보기 싫더라."

"그게 아니고 혹시 누구 때문 아니냐?"

"누구?" 나는 깜짝 놀랐다.

"누구인지는 네가 더 잘 알 것 아니냐."

"맞아, 마누라 생각하니 오려던 기분도 싹 달아나더라."

"그거 말고."

"그거 말고 뭐?"

"네가 말하지 않으면 굳이 묻지는 않겠다."

사실 그랬다. 도우미들이 어떤 연유로 노래방에서 일하게 되었는지 모르지만 옛날로 치면 술집작부들이다. 그들을 정결하다고 생각하는 사람은 거의 없을 것이다. 그래서인지 도우미들이 접근해 오면 정원씨 얼굴이 어른거려서 나도 모르게 그들을 피하게 되었다. 순정을 지키는 것도 아닌데.

"그런데 금교수 너도 오늘 이상하게 도우미들 완전 기피하던데?"

"추하게 보이더라. 그래서 그랬어."

"혹시 너 정원씨 좋아하는 것 아니냐? 내가 보기에 조금 그런 느낌이 들던데."

"또 오버한다. 네가 정원씨를 좋아하잖아."

"솔직히, 같이 지내보니 정원씨 참 매력이 있더라. 그런데 그런 사람이 왜 남편에게 버림을 받았을까?"

"아무리 좋아도 오래 살다보면 싫증나게 마련이다. 그리고 여우같은 여자가 홀리면 안 넘어갈 남자가 몇이나 되겠냐?"

"내가 보기에 금교수, 네가 정원씨와 통하는 게 많아서 더 잘 어울릴 것 같은데."

"내가 보기에 손정원 선생이 너에게 많이 의지하는 것 같던데. 남녀 사이에 정답이 어딨냐? 아무도 몰라."

"우리 이런 얘기는 그만하자. 그 화가 때문에 정말로 열 받는다."

  1월 중순으로 접어들고 내부공사가 윤곽을 드러내면서, 정원 씨는 나에게 설계된 내부도면의 사진을 보여주며 지정된 마감 재들이 잘 어울리는지 의견을 구하기도 했다. 운반된 벽지, 바 닥타일, 문틀의 색과 모양, 창문의 디자인 등 모든 것들이 매장 에서 보았던 견본들과 같은지 불량품은 없는지 꼼꼼히 점검한 다. 그리고 내부에 들여놓을 탁자와 의자는 무엇으로 할지, 남 자들이라면 빠르고 명쾌하게 답을 내릴 것들을 여성의 섬세함 때문인지 반복 또 반복해서 점검을 한다. 사진을 보여주며 나 에게 의견을 구하다 부족하면 아예 직접 눈으로 확인하러 가 구거리에 가자고 한다. 현대적인 감각이 좋은지 엔틱의 감각이 좋을 지, 젊을 이들이 좋아하는 컨셉으로 할 지 중년의 우아함 을 컨셉으로 할 지. 이전에 언뜻 중년의 우아함을 컨셉으로 한 다는 말을 들은 적이 있었지만 가구매장에서 새로 나온 감각이 뛰어난 미니멀적 가구를 보고는 좀처럼 발을 옮기지 못하고 주 저주저 하면서 "현대와 아르데코적 전통이 어울리는 것도 괜 찮을 것 같아요"라며 구상을 바꿔보기도 하는데, 그 모습은 골 치 아파하는 모습이 아니라 곧 이룰 꿈을 눈앞에 그리는 희망 에 부푼 소녀의 표정이다. 아마 집사람이 내게 이렇게 세세하 게 요구했다면 벌써 여러 번 싸움을 하고 난리가 났을지도 모른다.

한편으로 요즘 정원씨는 내가 자신과 상대하여 대화해 주는 것이 즐거운지 공사장보다는 작업실에서 둘이 차를 마시며 대화하는 것을 더 좋아한다. 대화의 내용은 특별한 것이 없다. 그냥 시시껄렁한 일상에 관한 것들이다. 둘 사이의 일상의 대화는 갈수록 유쾌하게 되어 가끔은 정말로 허물없는 친구처럼, 애인처럼, 부부처럼 느껴진다. 가끔은 집사람에게서 받은 스트레스를 정원씨와의 대화를 통해서 위로받는다. 하지만 그 위로도 하루의 일과를 끝내고 집으로 향하면 다시 우울한 나의 현실로 들어가게 된다. 언제부터인가 이러한 위로와 우울함의 반복이 거의 매일 일어났다.

1월 13일 금요일. 날씨가 많이 춥고 눈이 왔다 그치기를 반복한다. 이제 막 멀리서 돌아온 대선주자에 대한 견제가 심하다. 특히 젊은 주자가 분명하게 그를 반대하는데, 젊은 주자의 너무 과격한 발언들로 인하여 그에게서 새로운 희망을 걸었던 사람들 중에 그의 과격함과 변화 없는 레파토리의 반복은 그의 일천한 경험에서 나오는 과대망상적 행동이 아닌지 의심스런 시선으로 보는 사람들이 생기기 시작했다. 한편으로 문화융성을 강조하면서도 이념적 성향이 다른 예술가들의 지원을 방해했던 문화예술계 블랙리스트 사건의 파장이 점점 커져 간다.

작업을 정리하고 집으로 가려는데 금교수가 나와 연배가 비슷해 보이는 남자 한 명을 데리고 왔다. 그런데 얼굴이 익숙하다. 고등학교 때 같은 반을 했었던 정식이라는 친구다. 너무 반가웠다. 그런데 내가 여기에서 일하는 것은 비밀인데 들킨 것같아 마음 한쪽에서 의기소침해지는 나를 발견하고 일부러 더크게 웃으며 반겼다. 이 친구는 일찍이 유명 대기업에 입사하여 해외의 여러 나라 지점에서 일을 해왔는데 얼마 전 해외 근무를 마치고 국내로 돌아와 일하던 대기업으로부터 일정한 거래를 약속받고 지방공단도시에 작은 회사를 설립 중이라는 말은 들었었다. 어쩌다 금교수와 오늘 약속이 되어서 나도 같이보려고 이곳으로 왔다는 것이다. 우리는 근처 횟집으로 옮겼다.

"정식이는 뭔 바람이 불어 이곳에 왔나?"

"이곳저곳 다니면서 사업을 어떻게 할까 궁리하고 있어. 오늘 이 근처에 있는 회사와 미팅이 있어서 왔다가 시간여유가있어서 금교수와 연락이 닿아 왔다. 민준이 네 소식은 이미 들었다. 회사에서 명퇴 당한지 꽤 되었는데 요즘 어떻게 지내나?"

"나름 주식의 고수라 생각하고 매일매일 시장을 점검하는데나라 꼬라지도 그렇고 영 재미가 없다. 그냥 퇴직금 까먹을 때가 많다. 휴 ~"

"민준이는 우리 동기들 사이에서 꽤 잘나가지 않았나. 회사에서 능력도 인정받은 것으로 아는데."

"다 옛일이다. 앞으로 살길이 살짝 걱정된다."

"회사에서 나올 때 노후는 준비가 되었나?"

"무슨, 열심히 회사를 위해서 일하다 보니 정작 내 앞가림을 못했어. 후회가 된다. 좀 대비를 해 놓을 걸."

"다들 그렇지 뭐. 나도 일할 때는 회사만 생각했지 내 개인은 생각 안했어."

"그래도 너는 작은 회사라도 운영할 수 있게 됐잖아."

"그게 다 은행 빚이다. 몇 년 정도는 다니던 회사에서 도와주겠지만 그것이 계속되리란 보장이 있나?"

"나도 어떻게 될지 모른다. 올해부터 인구절벽 때문에 입학생이 엄청 줄어든다는데 지방대학이 잘 버틸지 모르겠다." 금교수도 걱정에 끼어든다.

"금교수야 작품하면 되는데 무슨 걱정이야?"

"작품이 잘 팔려야 좋지. 요즘 같은 때 누가 사나?"

"엊그제 이관장 화랑 전시에서 보니 작품들이 잘 팔리던데."

"신년기념 특가세일이니까 그렇지, 쉽지 않아."

"그래도 뉴스에서는 작년에 미술품 거래가 10%이상 늘었다던데."

"나하고는 관계없는 일이다. 경매시장에서 이미 사망한 유명 작가들의 작품가격이 수십억으로 올랐단 말은 들었어도 주변의 작가들 가운데 큰 재미를 봤다는 사람 못 봤어. 다들 살기가 어려우니 경매나 상업화랑으로 몰리는데 순수 전업작가들은 죽을 맛이지. 하긴 뭐 원래 작가들의 인생은 저주받은 인생이야."

"금교수, 그런 소리 마라. 이관장이 올해의 포부를 이야기하는 것 보니 작가들에게 지원을 많이 하겠던데. 금교수는 더 친하니 혜택도 더 받을 것 아닌가?"

"누구나 계획은 잘 말할 수가 있어. 하지만 현실이 꽉 조여 오면 어쩔 수 없어. 나라가 개판이 되어서 모두 죽겠다고 나자 빠지는 지경이 오면 이관장인들 별 수 있겠나?"

"금교수는 그래도 복 받았잖아. 봉급 꼬박꼬박 나오지, 퇴직 하면 연금 꼬박꼬박 나오지. 나에 비하면 엄청 복 받은 거지. 나는 꼴난 국민연금도 10년은 기다려야 되잖아."

"민준이 얘기는 됐고, 야! 정식아." 금교수가 정색을 하고 정 식에게 말을 했다.

"왜, 정색을 하고 부르나? 사람 놀라게."

"너 회사 본격적으로 일 시작했나?"

"아니, 아직 좀 더 점검할 일이 있어. 일부 시험가동은 하고 있지만 봄이 와야 제대로 시작할 것 같은데."

"준비 기간이 길다."

"이것저것 체크할 게 많아."

"너 회사에 자리 하나 마련할 수 없나? 내가 보니 요새 민준 이 고민이 많다."

"무슨 뜻인지는 알겠다. 사람 채용하는 일이 갑자기 결정할 수 있는 것이 아니야. 요즘 일자리가 귀하다 보니 내가 사업을 시작한다니 가까운 친척부터 주변에서 취직 부탁하는 사람이 엄청 많다. 그런데 정작 회사에서 필요한 생산직을 원하지는 않고 사무직만 원하니 참 난감하다."

"그래도 한번 연구해 봐라."

갑작스런 두 사람의 대화에 나는 잠시 멍하였다. 뭐라 할 말이 없었다. 창피했지만 친구들이 나를 위해 하는 말이니 탓할 수도 없다. 사실, 지금은 어떤 일자리라도 있으면 직종을 가리지 않고 할 마음이다.

"정식아, 너무 부담 갖지 마라. 금교수가 그냥 하는 말이니 하고 새겨듣지는 마라."

"아니야, 내가 정말로 생각해 볼게. 그런데 봉급은 크게 기대하지는 마라. 나도 시작하는 마당이니 여유가 없다."

"우리 나이에 봉급을 따질 수 있나. 젊은이들도 자리를 구하기 어려운데."

"민준이는 금융과 재무에서 경력이 많으니 가능하면 그쪽으로 연구해 볼게."

"난 노가다도 괜찮아."

"공장 가동이 봄부터 본격적으로 이루어지면 민준이 여기 찻집 알바도 끝나고 잘 되었다. 나는 민준이가 정식에게 큰 보탬이 될 수 있다고 봐."

"어제 돈 되는 꿈도 안 꾸었는데, 잘하면 취업을 하겠네."

1월 15일 일요일, 집사람이 저녁 외식을 하자고 한다. 마트에서 보너스라도 받았나? 어쨌든 간만에 외식이라도 하면 그간 가족 사이에 있었던 팽팽한 긴장감은 조금 줄일 수 있다. 긴장의 원인이 대개는 경제적 원인 때문이지만 돈을 조금 씀으로서 누적된 스트레스를 날릴 수 있다면 한끼 외식의 가성비는 꽤 높은 것이다.

"무얼 먹을까?"

"둘째가 공부하느라 힘드니 영양을 보충할 수 있는 게 좋을 것 같아."

"얼마 전에 친구들과 같이 장어집에 갔었는데, 괜찮던데?"

"비싸지 않을까?"

"생각보다 비싸지 않았어. 할인요금제에 가맹이 되어 있어서 그걸 이용하면 꽤 많이 할인 받는 것 같아. 맛도 좋던데."

"그럼 가서 둘째라도 배불리 먹입시다."

"당신도 많이 먹어. 나는 친구들과 먹었으니까. 술이나 한잔 하면 오케이야. 그런데 당신 마트에서 보너스 받았나?"

"아니야, 그냥 짜증나는 날의 연속이고 당신도 주식이 제대로 안되어서 많이 힘들어 하는 것 같고."

평소에 늘 경제적인 문제로 인해 스트레스를 많이 받지만 가끔씩 이렇게 나를 챙겨주면 마음이 풀리고 위안을 받는다. 그런데 내가 그 보답을 해주기가 참 쉽지 않다.

"여보, 혹시 당신 요즘 … "

"요즘, 뭐?" 뭔가 가슴이 뜨끔하다. 혹시 내가 요즘 늘 정원 씨 생각을 하는 것을 눈치 챈 걸까? 일부러 감정을 꾹 누르고, 얼굴 근육을 딱딱하게 해서 표정도 없었다.

"왜 이리 긴장해?"

"또, 돈 못 번다고 바가지 긁을까 봐서."

"맞아. 생활비 마이너스가 갈수록 커진다. 어디서 돈을 더 벌어야 하는데. 당신 그 찻집에서 버는 알바비도 그나마 도움은 되는데 그보다 어디 제대로 된 일자리 구할 수 없을까? 마트도 갈수록 가격할인경쟁을 하다 보니 일하는 아줌마들에게도 은근히 스트레스가 많이 와. 스트레스가 많아서 그런지 이젠 몸도 이곳저곳 쑤시는 곳이 많아. 종일 서서 하는 일이라 언제까지 견딜 수 있을지 모르겠다."

"내가 씀씀이를 많이 줄일게."

"줄이려면 담배나 끊어. 몸에도 안 좋은 걸 그거하나 끊지 못해!"

"내 유일한 낙이다. 가끔씩 친구들 만나 술 마시고 담배 피는 게 유일한 낙이야, 봐주시오."

"그러니 다른 낙을 찾으라구. 술 마시고 담배 피는 것 말고, 돈 버는 것!"

"그만하자. 외식하기 전에 입맛 떨어지겠다."

집사람도 처음에는 좋은 뜻으로 외식을 가자고 했지만 경제적인 문제가 나오자 금방 부부사이가 심각해진다. 좀 더 기다려 보자. 한방 터지든지, 좋은 날이 올 수 있겠지. 그런데 그놈의 한방을 터트리려면 나도 폭망하는 위험을 감수해야 하는데 잘못하면 가족 전체가 길바닥에 나가 앉는 수가 있다. 참 우울하다.

1월 16일 월요일. 일찍 찻집 공사장에 나갔다. 간혹 나도 적극적으로 팔을 걷어붙이고 일꾼들을 돕기도 하지만 대개는 일하는 사람들이 잘하기 때문에 굳이 내가 없어도 된다. 공사초기에는 아침 일찍 주식시황을 점검하고 찻집 공사장에 나갔지만 요즘은 공사장에서 휴대폰으로 간단하게 점검하고 어쩌다 공사장에 나가지 않을 때만 책상에 앉아서 시황을 꼼꼼히 점검하게 되었다.

그런데 이날은 예상치 않게 금교수가 왔다. 금교수는 가끔 예고 없이 불쑥 나타나기도 하지만 오늘은 점심식사가 끝나고 오후의 일을 한창 하고 있는데 왔다. 오늘 일은 담장을 허물어 대문을 없앤 자리에 밖이 보이는 유리건물을 세우기 위한 철구조물을 세우고, 외벽 마무리용 판넬과 고정용 부속품들을 줄을 잘 맞추어 설치하는 작업이어서 내가 받쳐주기도 하고 벽에서 멀리 떨어져서 눈으로 균형도 확인해야 하는, 내가 꼭 필요한 공사가 진행이 되고 있어서 금교수에게는 가볍게 인사만 하고 나는 인부들과 하던 일을 계속했다.

금교수는 나한테 별 말을 하지 않고 공사장도 둘러보지 않고 바로 정원씨의 작업실로 갔다. 무슨 일이지? 오늘은 조금 다른 일이 있는 것 같다. 약 한 시간 정도 공사장 일을 더 하다가 나도 금교수가 있는 정원씨의 작업실로 갔다. 작업실 유리 창문을 통해 보이는 금교수와 정원씨는 꽤 심각한 표정으로 뭔가를 이야기하고 있었다. 바로 문을 열고 들어가려다가 멈칫하는 마음이 들었다. 지난번 금교수도 정원씨를 좋아하는 것을 눈치

챘기 때문이다. 조금 망설이다가 '설마 금교수가' 하는 마음으로 문을 열고 들어갔다. 두 사람은 얼굴색이 달아오를 정도로 진지하게 이야기를 하다가 내가 들어가니 갑자기 이야기를 멈추었다.

"두 사람, 뭔 이야기를 그렇게 진지하게 하십니까?" 내가 물으니,

"아니, 뭐 특별한 것이 아니고 그냥 손선생님하고 토의할 것이 있어서." 금교수가 대답을 하는 것이 시원치 않다.

"민준씨, 신경 쓰시지 않아도 되는 일입니다. 나중에 말씀드릴게요." 정원씨의 대답도 영 시원치 않다.

"내가 들어오니 멈추는 것을 보니 내가 들으면 안 되는 일인가 보지요?" 약간 서운하게 말하니

"아무 일 아니래도. 민준아, 나 오늘은 바쁜 일이 있어서 학교에 가야되니 다음에 연락할게" 하고 휭 가버린다.

이게 뭥미? 섭섭함이 온다. 혹시 두 사람 진짜로 나 몰래 깊은 이야기를 나누는 사이가 된 것인가? 언제부터? 별의별 상상이 떠오른다. 그리고 이날은 정원씨도 작업실에서 해야 할 일이 많다며 공사장에는 나오지 않고 계속 작업실에 있어서 나는 공사장 일이 끝나자 어정쩡하게 집으로 돌아왔다. 두 사람이 나에게 무엇을 숨길 리가 없는데. 무슨 일이기에 그러지? 기분이 이상했다.

나흘 뒤 1월 20일, 내가 출근을 하자 정원씨는 나에게 공사

장 일을 부탁하고는 어디 출장 갈 준비를 한다.

"정원씨, 오늘 어디 가십니까?"

"네, 일이 있어서 서산에 좀 다녀오려고 합니다. 제가 늦을지 모르니 일 끝나면 정리 잘 하시고 들어가세요. 내일 뵐게요." 하고는 차를 몰고 휑 가버린다. 서산은 금교수가 근무하는 학교가 있는 곳인데. 며칠 전에 두 사람이 심각하게 이야기 하더니 정말로 무슨 일이 있나? 마음이 혼란스럽다. 그러면 그렇지, 정원씨에게는 나보다 금교수가 더 잘 어울리지. 어떻게 나 같은 백수를 좋아하겠어. 금교수 그 친구는 내가 정원씨를 좋아하고 있는 것을 잘 알고 있으면서 왜 정원씨에게 접근을 하지? 도대체 알다가도 모를 것이 남녀 사이이다. 이 생각 저 생각 끝에 참 서럽다는 생각이 든다.

다음 월요일. 지난 주 금교수와 정원씨의 일이 마음에 걸려서 찝찝한 마음으로 공사장에 나갔다. 정원씨에게 인사를 하니 평소와 다름없이 상냥하게 대해 준다. 내가 무슨 오해를 하나? 그렇겠지, 두 사람이 그럴 리가 없지. 나는 정원씨에게 금교수와 사이에 무슨 문제가 있는지 물어보고 싶었다. 하지만 하고 싶은 말은 입안에서만 뱅뱅 돌 뿐 차마 입 밖으로 꺼내지 못했다. 정원씨의 저 상냥한 태도를 보니 절대로 아닐 거라고 스스로 위안을 하고 공사장에서 일을 했다.

1월 25일, 특검에서 국정농단의 주요인물이 특검의 비민주적 수사를 외치자 건물청소부 아주머니의 '염병하네!'라는 외침과 빨래하다 떨치어 나와 비선실세 측 변호사를 상대로 벌인 어떤 아주머니의 '민주주의를 거론할 자격과 올바른 변호사론'에 대해 사람들은 여느 정치인이나 시사평론가보다 시원하게 일갈을 했다고 한다.

강한 한파가 물러가기를 바라지만 여전히 추위가 기승을 부린다. 공사하기에 쉽지 않은 날씨라며 정원씨가 걱정을 하지만 공사가 순조롭게 진행되어가니 정원씨 얼굴에는 걱정과 안도의 표정이 교차한다. 하지만 찻집 공사가 막바지로 갈수록 나는 언뜻언뜻 정원씨와의 인연이 다해 가는 것 같아서 조바심이 일어나기도 한다.

인부들이 돌아가고 정원씨와 나는 거의 마무리로 접어드는 찻집 공사장에서 대충 탁자를 중간에 놓고 마주앉아 차를 마셨다. 간단히 물만 끓여서 우려먹는 쟈스민차이지만 정원씨와 나의 함께한 날들을 위로하는 연노랑 채운마냥 향기롭다.

"민준씨, 고마워요."

"뭐가요?"

"공사기간 동안 민준씨가 없었다면 제가 마음고생 엄청 했을 거예요."

"뭘 새삼스레 그러십니까."

"설날 특별보너스를 드릴 의향 있으니 얼마가 필요한지 말씀해 보세요."

"뭐, 설 보너스로 거금이라도 주시려고?"

"저는 민준씨가 그리 탐욕적이지 않다는 것은 알아요."

"조금만 요구하란 말로 들리는데."

"그런 뜻이 아니고 민준씨의 인품을 말씀드리는 것입니다."

"돈이 아니고 다른 것은 어떨까요?"

"뭔데요? 궁금하네요."

"젊은 날을 흉내내 보는 것." 말을 하면서도 마음은 좀 긴장
이 된다.

"네? 무슨 젊은 날의 흉내? 사랑고백이라도 하시려고요? 호
호호!"

"아직은 젊은 감정이 남아있네요. 정원씨가 깨어나게 했지
만." 이상하게 금교수를 의식하면서 일부러 더 강도가 있는 감
정을 표했다.

"저 때문이 아니겠지요. 남자들의 본능적인 여자밝힘증 때문
이겠지요."

"저를 너무 비하하십니다."

"비하가 아닌데요. 그냥 그렇다는 것이지. 기분이 나빴다면
죄송해요. 호호호!"

"아무리 그래도 특별한 사람은 있기 마련입니다."

"제가 민준씨에게 그렇게 특별한 사람인가요?"

"네, 아주 특별하고 내 온 마음의 힘을 실어 고백을 하고 싶
을 정도로."

"호호호! 아무튼 좋아요. 민준씨의 사랑의 세레나데를 들어

볼까요?"

"젊어서 하는 고백은 사랑의 세레나데이지만 우리 나이에 하는 고백은 구원을 해달라는 것입니다. 삶의 위기에서 살려달라는, 제 말이 부담스러운가요?"

"권태에서 벗어나고 싶은 것이 아니고요? 하지만 구원을 갈구한다는 것은 가슴에 와 닿아요. 저도 삶의 권태가 아닌 어떤 구원이 필요한 것도 같거든요. 민준씨의 구원은 무엇인가요?"

"우리에게 필요한 구원이 무엇일까요?"

"뭘까요?"

"우리에게 필요한 구원이 무엇인지 어떻게 하면 알 수 있을까요?"

"저도 잘 모르겠어요."

"시간을 역순으로 가 볼까요? 저는 얼마 전까지 큰 회사의 중역이었지만 지금은 준비 없이 명퇴를 당하게 되어 호구지책도 불안합니다."

"저는 십여 년 전까지는 부자 남편이 있고 잘 생긴 아들이 있는 남부럽지 않은 아내였지만 지금은 남편과 아들을 빼앗기고 그나마 돈이라는 위로금을 가지고 외롭게 살아가고 있습니다."

"제가 회사에 들어가기 전에는 학교에서 열심히 공부를 했고, 한 여인을 만나 결혼을 약속했습니다. 가진 것은 없었지만 젊음이 있었기에 두렵지 않았습니다."

"제가 결혼하기 전에는 대학에 다니면서 사회에 대해 공부하고 경제적으로 든든한 남자친구를 만나 결혼을 약속했습니다."

"제가 고등학교에 다닐 때까지는 열심히 공부해서 좋은 대학에 들어가기만 하면 성공이었습니다. 부모님이 모든 울타리가 되어주셨습니다."

"저도 고등학교 때까지는 열심히 공부해서 좋은 대학에 들어가서 좋은 남자를 만나는 것이 인생의 목적이었고, 부모님은 저의 든든한 울타리였습니다."

"그러면 결국 우리 인생의 구원은 어떤 울타리에 들어가 안정된 생활을 하는 것이네요. 인간은 사회적 동물이라는 말처럼 우리를 보호해주는 울타리가 구원의 핵심이네요."

"아마 그럴지도, 종교도 구원을 외치지만 자신들 종교의 울타리로 들어가야 한다는 조건을 내세우잖아요. 그러면 우리는 구원을 위해서 새로운 울타리를 만들어야 하는데 지금까지는 부모가, 가정이, 회사가 마지막으로 사회가 우리를 구원해주어야 하지만 앞으로는 우리 스스로가 울타리가 되어야 하는데, 이제는 나이가 들었다고 우리 사회가 우리에게 기회를 주지 않는 것이네요. 이렇게 뒤돌아보니 서양에서는 아이들이 어릴 때 울타리 안에 있는 것보다는 스스로 개척하는 삶을 가르친다는데 우리 사회의 교육 방식에 문제가 많았던 것은 아닐까요?"

"그럴 수도 있지만 보는 시각의 차이 아닌가요?"

"무슨 시각의 차입니까? 대기업, 공무원, 요즘 우리 교육의 목표가 전부 그런 것 아닙니까. 그저 어디 안전한 울타리에 들어가는 것."

"지금 우리 사회의 상황이 창의적 활동을 하기에 너무나 열

악하다는 반증이겠지요."

"글쎄요, 그놈의 유교적 질서라는 것이 국민들의 사고를 규정된 틀 속에 가두게 하는 원인은 아닐까요?"

"그런 지적들도 많아요. 말이 딴 길로 샌 것 같은데 우리가 무슨 이야기를 했었지요?"

"우리가 어디에서 구원을 구하느냐. 울타리에 들어가야 하는데 늦은 나이에 울타리를 만들려니 우리 사회에 그 기회가 막혀있다는 것까지 했어요."

"그렇지요. 그런데 정원씨와 저는 경우가 달라요."

"무엇이 다릅니까?"

"정원씨는 지켜야 할 가족이 없지 않습니까? 아차! 실례했습니다."

"괜찮습니다. 지금 제게 없다고 앞으로도 없다고 할 수 있나요?"

"앞으로는 지켜야 할 가족의 의무가 있을 수 있다는 말입니까?"

"어쩌면."

"누굴까요? 아들은 이미 아버지가 보호해 주고 있고."

" ...... "

"저 같이 불쌍한 백수를 돌봐야 한다는 모성애는 아닐 것이고."

"그건 모성애가 아닙니다."

"무엇입니까?"

"어쩌면 사랑일 수 있다는."

"제가 정원씨의 사랑이 될 수가 있다는 것입니까? 금교수 … "
나는 정원씨의 입에서 사랑이라는 단어가 나오자 의아해서 정
말로 정원씨 사랑의 대상이 금교수가 아니고 나일 수 있는가를
물어보려다가 있지도 않은 사실로 긁어 부스럼을 만들까 봐 입
을 닫았다.

"정원씨, 정말로 사랑일 수 있다고 하셨습니까?"

"그냥 그럴지도 모른다는, 특별한 의미는 두지 마시고 … "

"만약에 이루어질 수만 있다면 정원씨는 제게 구원일 수 있
겠네요."

"어째서요? 남자들의 로망이라는 돈 많은 과부라서요?"

"제가 정원씨를 그런 속물의 마음으로 보는 것 같습니까?"

"만약, 제가 정말로 돈 없는 가난한 과부라면 민준씨의 태도
가 어땠을까요?"

"왜, 있지도 않은 조건들을 내세워 정원씨와 저의 관계를 부
정하려고 합니까? 아픕니다."

"실상을 물어보는 건데, 부끄럽지 않고 아픔을 느낀다면 민
준씨의 감성이 살아있다는 증거네요."

"저 아직 감성이 살아있습니다. 제 감성이 위선에 의해 죽은
것이 아님은 믿으시는 거지요?"

"그럼, 민준씨가 죽었어요?"

"아닙니다. 아직 살아있습니다."

"저도 어떤 때는 아픔을 느끼면서 제가 살아있음을 확인합니

다.”

“정말입니까? 그러면 정원씨도 정말로 위안이 필요하다고 말씀하세요.”

“지금은 이 정도의 위안도 정말로 좋아요. 민준씨가 제게서 원하는 구원은 무엇인가요?”

“지금 제가 정원씨에게서 구하고자 하는 것은 그냥 마음의 위로이지 어떠한 욕망도 아닙니다. 그것이 저의 구원입니다.”

“말도 안 되는 말씀 마세요. 민준씨는 그냥 지쳐있어서 떠나 버리고 싶은 거예요. 그게 남자지요.”

“솔직히 그럴 수도 있습니다. 권태에 색다른 섹스의 대상을 갈구하는 것일지도, 경제적으로 지쳐서 돈 많은 과부를 원할지 도 모르겠습니다. 제 의무를 제발 누가 좀 가져가 주기를 원하 는 것일지도 모릅니다. 하지만 제가 가슴에 손을 얹고 생각을 해도 정원씨는 그렇지 않습니다. 거짓말이라고 하시더라도 정 원씨에 대한 저의 감정은 순수합니다.”

“일단은 민준씨의 말을 믿어볼게요. 저는 지금까지 아무 곳 에나, 아무 것이나, 아무렇게나 싸질러놓고 떠나는 수컷들을 많 이 보았습니다.”

“그래서 남자들을 경멸하나요? 남자 못지않은 여자들도 많 던데요?”

“그것은 특수한 경우이고 표피의 문제이지 여성 근본의 문제 는 아닙니다.”

“남자들도 다 그런 것은 아닙니다. 여성들이 모르는 부성애도 있습니다. 정원씨는 결혼에 대한 트라우마 때문에 남자들에 대한 환멸이 깊은 것 같습니다."

"제가 민준씨에게서 환멸감을 느꼈다면 이렇게 대화를 나누고 있지 않았을 거예요."

"그럼 뭔가요?"

"모르지만, 전 남편과 다른 민준씨에게서 여자로서 다른 감정을 느낀 건지, 아니면 현실에 힘들어 하는 민준씨에 대한 연민인지."

"다른 감정이든 연민이든 정원씨가 저를 그리 생각한다니 기쁘네요."

"저도 민준씨와 이런 이야기를 하는 것이 어색하지 않고 가슴에 답답한 무언가를 풀어내어 마음이 위안을 얻네요."

"정원씨."

"네."

"저는 요즘 정원씨가 제 옆을 지나가고 어쩌다 옷깃이 스칠 때 좀 이상해지던데 정원씨는 어땠습니까?"

"아무 느낌도."

"정말로? 아까는 사랑, 위로, 연민 등을 말했잖아요?"

"네, 그랬지요. 모르셨어요? 저 원조 차도녀입니다. 호호호"

"저를 갖고 노시네요."

"아닙니다. 민준씨가 심각한 것 같아서 분위기를 좀 가라앉히려고."

"우리가 언제까지 만날 수 있을까요?"

"오늘 저한테 어디까지 작업을 거실 거예요?"

"정원씨에게 제 작업이 통하면 더할 나위 없이 좋고, 아님 그냥 아무것도 아닌 관계처럼 아는 사람이 되어도 좋고."

"민준씨. 그럼 정말로 아무것도 아닌 관계처럼 아는 사람으로 사귀어 볼까요? 단 조건이 있습니다."

"조건은 무엇입니까?"

"우리 6개월 아니 3개월만 연애를 해봐요."

"언제부터요? 오늘부터입니까?"

"급할 거 없어요. 곧 봄이 올 것 같은데, 찻집 화단에서 첫 꽃이 피는 날부터 3개월 어때요?"

"시한부 연애이네요."

"연애가 아닐 수도 있어요. 호호호" 정원씨는 즐거운 듯 방글거리며 웃는다.

"사실은 저도 심각한 연애가 될까봐 두렵기도 합니다."

"남자들은 달콤한 유혹을 하며 들이대다가도 일단 목적을 성취하면 '미안해 나는 가정을 버릴 수 없어' 이런 식으로 전개되지 않나요?"

"사랑도, 유혹도, 구원도, 모두 순간의 일이지만 적어도 진정 순수함이 있었다면 그런 식의 취급은 될 수 없겠지요."

"민준씨. 꽤 진지하신 것 같은데 우리 쿨해지자구요. 심각하지 말고."

"적어도 저는 정원씨와의 우정인지 사랑인지 모르지만 뻔한 의미없는 소설을 쓸 생각은 없네요."

"그럼 특별한 소설이라도 쓸 수 있겠습니까? 저에 대해서 그렇게 순정이 있는 것처럼 해주시니 고맙지만 우리는 반드시 냉정한 현실로 돌아가야지요."

"당연하지요. 하지만 우리 중년의 삶에는 경제적인 것, 가정에 관한 것, 우정과 사랑에 관한 것 등등 여러 공간들이 필요해요. 정원씨는 어떤지 모르지만 사랑이든 우정이든 정원씨와 저만의 공간이 손톱만큼이라도 있으면 저는 참 많이 위로를 받을 것 같습니다."

"우리 둘만의 공간? 위로? 저의 삶은 이미 많은 것으로부터 위로를 받으며 살아요. 그런데 민준씨가 저에게 어떤 위로가 될지는 좀 더 생각을 해봐야겠어요."

"아니라면 참 유감입니다."

"민준씨, 그러지 말고 제 말을 따라 해보세요. 우리는 참 친하다."

"우리는 참 친하다."

"이것을 저의 대답으로 알아주셨으면 해요. 솔직히 우리가 영화의 소재가 될 만한 특별함을 만들기는 어렵잖아요. 사람 사는 것이 비슷한데 뭐 특별한 것을 쓸 수가 있겠습니까? 다 그게 그거지."

"그래도 정원씨는 저에게 이미 특별한 사람이 되었고 저도 모자란 점이 많지만 정원씨에게 그리 되었으면 하는 것이지요."

"그래서 우리는 참 친하다 하면 되잖아요."

"지금 정원씨가 혼란스럽다는 것은 알겠지만 본심이 아니라면 놀리지 말아주세요."

"제가 민준씨를 왜 놀려요? 민준씨, 혹시 제가 혼자 있다고 쉽게 생각하거나 그러지는 않겠지요?"

"정원씨에게 가정이 있었다면 이런 만남도 없었겠지요."

"지금 가정이 없다고 지킬 의무가 없는 것은 아닙니다."

"정원씨에게 지켜야 할 의무가 있다면 그것은 필시 모성애와 관계가 있는 것인데, 아들을 언제까지 기다리실 겁니까?"

"아들이 엄마를 위로해 줄 때까지, 영원히 기다릴 수 있어요."

"그럼, 영원히 저는 정원씨의 사랑이 될 수 없네요."

"민준씨, 아들과의 관계에 침범하지 않는다면 우리 관계는 얼마든지 가능해요."

"깊은 사랑이라도?"

"자식에 대한 사랑에 비하면 남녀 간의 사랑은 삶의 방편일 뿐입니다. 적어도 제게는 요."

"방편이라도 좋으니, 정원씨의 그 아들이 내일 돌아와 정원씨가 아들에게 돌아가더라도 좋으니 오늘 하루 정원씨 삶의 위로가 되고 구원을 받는 남자가 되고 싶습니다."

"사랑의 사자후 같네요."

1월 26일부터는 설날연휴가 시작되어 모두들 각자 고향으로 간다. 나는 남는 게 시간이지만 설날 당일 하루 만에 본가와 처가를 다녀올 것이다. 지난 신년에는 가다가 우울하게 돌아왔지만 설날에는 고향에 가서 부모님께 세배를 드려야 하고, 처가에도 가서 장모님께 인사를 드려야 한다. 과거 봉건시대부터 내려온 풍습이어서 요즘 시대에 맞지 않는 부분이 있지만 적어도 우리 세대까지는 명절에 부모님 찾아뵙고 조상을 섬기는 전통을 피해가지 못할 것이다. 명절이면 으레 따르는 것이 가족 간의 갈등이다. 어느 집안 어느 가정에 갈등이 없겠는가? 모두 다 조금씩은 문제를 가지고 살아가고 어쩌면 살아가야 하기 때문에 갈등이 생기는 것인지도 모른다. 평소에 얼굴을 붉히더라도 명절에 만나 화해를 할 수 있다면, 그것이 불교에서 말하는 하심,(下心) 나의 아집을 내려놓고 내 선함의 본성을 되찾아오는 구도의 실천일 수도 있다. 나는 그리 생각하기로 했다. 정원 씨는 설날의 갑갑한 가족관계문화가 싫다며 5일간의 일정으로 외국여행을 떠났다.

　설날 당일만 가족과 보낸 금교수는 시간이 얼마 남지 않은 전시 준비 때문에 바쁘다며 작업에 몰두하고, 이관장은 올해부터 해외의 경매시장에 진출하기로 결정하고 홍콩에서 진행되는 봄 미술경매시장에 관한 정보를 얻기 위해 연휴가 끝나자마자 금교수와 몇몇 작가의 최근 작품 사진과 자료를 가지고 홍콩으로 출국한다고 했다.

설 연휴가 지나고 1월 31일, 오랜만에 공사장에 나가니 조금 어색하다. 일하는 인부들도 며칠 사이의 공백이 어색한지 평소보다 일을 시작하는데 시간이 오래 걸린다. 일을 하다가 정원씨가 나왔나 보려고 작업실로 가보았는데 문이 잠겨있다. 어제저녁엔 분명히 오늘 아침에 나온다고 했는데 11시가 되었는데도 나오지 않는다. 연휴를 동남아 휴양지에서 보내고 돌아와서 장거리 여행에 몸이 피곤해서 집에서 쉬고 있는 것 같다. 전화를 걸려다 오늘은 정원씨가 나오지 않아도 공사장에는 아무 문제가 없으므로 그냥 푹 쉬게 하는 것이 낫다고 생각해서 그만두었다. 점심을 인부들과 같이 먹고 오후의 일을 시작하려는데 정원씨가 나타났다. 그런데 온몸을 감싸는 오리털 코트에다 털실로 짠 모자를 쓰고, 두꺼운 목도리를 두르고 마스크까지 하고 있어서 누군지 모를 뻔했다.

"민준씨 점심은 어떻게 드셨어요?" 마스크를 통해 나오는 목소리가 조금 이상하다.

"인부들이 먹는 식당에서 같이 먹었어요. 그런데 정원씨 감기 걸렸어요?"

"그렇게 되었네요."

"그럼 나오지 말고 집에서 푹 쉬시지."

"오전에 집에서 많이 쉬었어요. 점심 먹고 약을 먹고 나니 좀 괜찮아져서 나왔습니다."

"작업실 보일러는 돌려놨습니까? 며칠간 비워두어서 지금 냉골일 건데."

"조금 전에 보일러를 세게 틀어놓고 나왔으니 금방 따뜻해질 겁니다."

"여기 공사장은 추우니 근처 다른 찻집에라도 가서 몸을 따뜻하게 해야지요?"

"괜찮습니다."

1시간 정도 지났을까, 정원씨의 몸 상태가 더 안 좋아지는지 힘들어 하는 기색이 역력하다.

"정원씨, 추운데 밖에 있으니 무리가 되는 것 같습니다. 이제 작업실이 따뜻해졌을 것 같으니 들어가 쉬세요. 감기약은 가지고 왔습니까?"

"예, 먹던 것을 가지고 왔습니다. 작업실에는 감기에 좋은 모과차, 대추차가 있으니 한 잔 마시고 소파에라도 좀 누워야겠네요."

나는 정원씨와 같이 작업실로 갔다. 보일러를 세게 틀어놓아서인지 그런대로 따뜻했다. 나는 이곳이 익숙해 있으므로 정원씨에게 자리에 앉아있으라고 하고 물을 끓여 대추차를 만들고 비타민이 많아 감기에 좋다는 꿀을 많이 넣어서 정원씨에게 가져다주었다.

"어쩌다 감기에 걸렸어요? 따뜻한 열대지방에 있다가 와서 적응이 잘 안되었나 봅니다. 조심하시지 않고."

"좀체 감기에 걸리지 않는데 방심했나 봐요. 괜찮을 줄 알았는데, 이번 감기는 되게 독한 것 같아요. 목도 많이 아프고 오슬오슬 오한도 오고 근육통도 심하네요. 그래도 민준씨가 끓여

준 대추차를 마시니 많이 좋아진 것 같아요."

"차를 마시고 잠깐 쉬고 계세요. 공사장에 확인할 것이 있어서 갔다 올게요."

"네."

30분 정도 공사장 상황을 체크하고 다시 돌아가니 정원씨가 소파에 누워있는데 컨디션이 더 안 좋아 보인다.

"괜찮습니까? 더 안 좋아 보이는데. 병원에라도 가보시지요?"

"아니예요, 견딜 만해요." 그런데 목소리가 많이 힘들어 보인다.

"가지고 온 감기약은 뭐가 있어요?"

"알약만 있는데 … "

"안되겠다, 내가 약국에 가서 쌍화탕하고 가루약 좀 더 사올게요."

나는 급한 걸음으로 근처의 약국에 가서 가장 좋은 쌍화탕과 한방 가루약을 사서 돌아왔다. 쌍화탕을 전자렌지에 데워서 가루약과 알약을 함께 정원씨에게 주었다.

"정원씨, 약 드시고 2층 방에 가서 쉬시지요."

"아무래도 그래야 할 것 같아요."

2층은 여자의 비밀스런 공간이라 왠지 실례되는 것 같아서 지금까지 한 번도 가보지 않았다. 정원씨를 부축해서 2층에 올라갔다. 2층에는 1가구가 살림을 할 수 있게 비교적 널찍한 거실 겸 주방과 세면실 그리고 방이 두 개가 있었다. 큰방인 듯한

방문을 여니 잘 정리된 침대와 화장대 겸용으로 쓰이는 책상과 옷장이 있다. 정원씨의 방에 들어오니 기분이 좀 이상하다. 정원씨가 외투를 벗고 침대의 이불 속으로 들어가는 것을 보고 손을 씻으려고 세면실에 가다가 옆에 있는 다른 방문을 열어보려고 손잡이를 돌려보니 굳게 잠겨있다.

　정원씨와 단 둘이 방안에 있는 것이 어색할 것 같아서 정원씨에게 쉬시라고 하고 문을 닫으면서 정원씨를 보니 얼굴색이 많이 창백한 것이 상태가 안쓰러워 보인다. 원래 혼자 사는 사람에게는 아플 때가 가장 서럽다는데. 옆에서 지켜줄까? 이래도 되는가?라는 갈등이 생겼다. 일주일 전에는 서로 사랑이란 단어를 말한 사이인데 정원씨를 돌봐주는 것이 당연한 도리라는 생각이 들었다. 다시 정원씨에게 가서 이마에 손을 대어보니 뜨겁다. 정원씨도 자신만의 공간을 나에게 보여주는 것이 내키지 않겠지만 내가 자신의 이마를 짚어주며 염려해 주는 것이 싫지만은 않을 것이다.

　몸이 아플 때는 근육이 경직되어 더 아프기 때문에 나는 이불 밖으로 살짝 나와 있는 정원씨의 어깨를 부드럽게 안마해 주었다. 정원씨는 가만히 있었다.

"정원씨, 좀 어때요?"

"몸이 많이 시원해지는 것 같아요. 민준씨의 손길이 참 부드럽네요."

"그럼 손과 팔도 해드릴게요."

"죄송해서 … "

"뭐가 죄송해요? 이정도 가지고."

나는 정원씨의 손과 팔도 안마해 주었다. 효과가 있는지 정원씨의 얼굴이 밝아지는 것을 느낄 수 있었다. 그래서 정원씨에게 양해를 구하고 발과 무릎아래에도 안마를 해주었다. 정원씨도 거절하지 않고 가만히 있었다. 나는 더 시원하게 안마를 해주려고 물을 뜨겁게 데워 수건을 적시어 와서 얼굴을 닦아주고 다시 안마를 해주니 정원씨의 숨소리에서 아주 편안하다는 느낌이 왔다. 지금 정원씨가 몸이 아파서 내가 이렇게 안마를 해주는데 만약 아프지 않은 상태라면 어떤 상황일까?라는 상상이 들자 기분이 이상했다. 아픈 정원씨에게 무슨 생각을 하지? 하고 머리를 흔들어 잡념을 버리려 했지만 그런 상상은 오히려 점점 구체화되어 간다. 그렇게 1시간 정도 지났다.

"민준씨, 저 많이 좋아졌어요"라며 정원씨가 내 손을 잡았다.

"다행이네요. 정원씨 얼굴이 한결 밝아진 것을 보니 정말 많이 좋아진 것 같아요."

"민준씨, 혼자 살다보니 웬만한 것은 그냥 버티는데, 오늘 마치 제 벗은 몸을 들킨 것처럼 부끄럽네요."

"그런 생각마세요. 사람이 아플 때 제일 서럽다잖아요."

"민준씨는 정말 마음이 따뜻한 분 같아요."

"정원씨도 마음이 따뜻한 분이잖아요. 혼자 사시니 이런 걸 해주는 사람도 없지요? 저는 집사람이 화낼 때 이 방법으로 모면하곤 합니다."

"사모님은 행복하시겠어요. 저는 전 남편에게 이런 서비스한 번도 받아 본 적이 없었어요."

"신혼 때도요?"

"원래 여자에게 권위적인 성격이어서 이런 것은 상상도 못하는 사람이었어요."

"제가 가끔 해드릴 테니 말씀만 하세요."

"말씀만으로도 고마워요. 그만 일어날게요." 정원씨가 몸을 일으키려다 주춤한다. 아직은 완전히 회복된 것이 아니다.

"그냥 계세요. 일어날 때 아직 어지러움을 느낄 거예요. 제가 식당에 가서 정원씨가 좋아하는 뜨끈한 소고기 국밥을 사가지고 올 테니 오늘 저녁은 그것으로 해요."

"민준씨, 제가 오늘 아프면서 호강을 하네요. 고마워요. 아 참! 현관 옆에 종이가방이 하나 있을 거예요. 여행 갔다 오면서 특별히 사올 것이 없어서 금교수님과 같이 드시라고 술을 한 병 사왔으니 가실 때 잊지 마세요."

나는 정원씨를 쉬게 하고 국밥을 사러 갔다. 정원씨가 나를 어떻게 생각할까 아마 고마워하고 좋아할 거라고 생각하니 발걸음이 가볍기만 하다.

2월 1일, 멀리서 온 후보가 중도하차를 선언한다. 이는 그의 국내정치 경험의 미숙과 판단 부족이 부른 것으로 그 스스로의 명예에 큰 상처를 내었고 다른 대선주자들의 지지도에도 큰 변화가 불가피해 보인다.

날씨는 풀렸다 얼기를 반복하지만 점점 밝아지는 햇살은 봄이 얼마 남지 않았음을 말해준다. 정말로 봄이 오려는지 아침저녁으로 강안개는 도시의 깊숙한 곳까지 파고든다. 이제 찻집 공사는 부분적으로 페인트칠을 보완하고, 장식을 달아보고, 타일 사이의 줄눈을 확인하고, 벽지가 뜬 곳은 없는지, 고정이 제대로 안된 곳은 없는지 하나하나 꼼꼼히 체크해 나간다.

하루는 일찍 일을 끝내고 집에 와서 집사람과 둘이서 저녁을 먹는데 집사람이 아직도 설날의 스트레스가 덜 풀렸는지 대뜸 트집을 잡는다.

"당신 혹시 요즘 여자 생겼어?"

"무슨 말이야?"

"몰라, 몸에서 이상한 냄새가 나는 것도 같고."

"일을 하다 보니 몸에 밴 페인트 냄새겠지."

"지금 직장도 없고, 집에서는 내가 갈궈 되니 사는 재미가 없고 기분이 거지같을 것이야. 여건만 되면 바람이라도 피고 싶을 거야. 뭘 하든 나한테 들키지만 마."

"어느 정신 나간 여자가 백수를 좋아하겠어?"

"비슷하게 위안이 필요한 여자를 만나면 어떻게 될지도 모르지."

"가정이고 자식이고 다 버려도 좋을 만큼 운명적 여자를 만나면 모를까. 이제 그럴 일 없네."

"그럴 일 없다고 하지만 여자에 정신 나가 가정을 버린 남자들이 세상에는 널렸어. 그 잘난 당신 친구들 중에도 많잖아."

"그러니. 나를 믿지 못하겠네?"

"남자라는 동물이 원래 그런데 내가 어떻게 당신을 믿어."

"남자가 그리되는 것은 상대가 되는 여자가 있기 때문이야."

"그런 여자도 많으니 조심하란 얘기야."

"못난 남편 뭐가 중한데?"

"남편이 중한 것이 아니야. 지금까지 당신하고 살아온 내 인생이 억울한 거지."

"내가 돈 많은 여자 만나서 집에 돈을 가져다 주면 어떨까?"

"돈 많은 여자를 정신없게 할 만한 당신 능력이 무엇인데?"

"아이 씨! 남편을 완전 개무시하네." 갑자기 가슴에서 화가 치솟는다.

"왜? 자존심 상해?"

"기분 개엿 같다!"

"입에 쌍욕까지 올리고, 더하면 치겠다."

"니미럴! 휴~"

"그러니 되지도 않는 주식만 잡고 집에 있을 생각만 말고 대책을 세우든지."

"지금 알바를 하고 있잖아. 씨발!"

"그딴 알바 말고, 조금이라도 좋으니 일정하게 수입이 들어오는 자리를 찾아봐!"

또 이렇게 싸움이 된다. 나는 식사를 멈추고 집을 나왔다. 호기롭게 나왔지만 갈 곳이 없다. 금교수에게 전화를 할까? 그는 지금 학교에 있다. 아마 나의 이런 모습에 결코 달가워하지 않을 것이다. 직장에서 같이 일했던 사람들에게 전화를 해볼까? 천덕꾸러기 백수를 누가 반기겠는가. 정원씨에게 전화를 해볼까? 집사람이 이렇게 나를 자극할수록 이상하게 정원씨가 생각이 난다. 위안을 받고 싶은 것이다. 하지만 이런 기분으로 정원씨를 만나면 더 비참해진다. 내가 정원씨로부터 위안을 받으려면 나도 분명히 정원씨에게 희생과 연민으로 위로할 수 있어야겠지만 정원씨가 내게서 얻을 연민과 희생이 무엇인지 아무리 생각해도 떠오르지 않는다. 그래서 더 슬프다. 헤어진다면 나 혼자 헤어지는 것이고, 가정파괴라는 도덕적 모험도 내게만 해당이 되는 것이다. 정원씨는 오로지 혼자만 지키고 혼자만 즐길 수 있으면 되기 때문이다. 그렇다고 지금 내 마음이 이러하니 좀 위로해 주시겠어요? 하고 구걸할 수도 없다. 혼술이라도 한잔할까? 주머니에 땡전 한 푼 없다. 결국 담배 한 대를 피우고 집으로 다시 들어갔다. 침대에 엎어져 머리를 베게 밑에 처박았다. 거실에서 집사람이 무엇을 집어던지면서 화풀이를 하는데 그 부딪치는 소리 하나하나가 가슴을 할퀸다. 계속되는 그 소리를 도저히 듣고 있을 수가 없다. 맨정신으로 이 상황을 견딜 수가 없다. 판단력이 마비된 것 같다.

만 원짜리 한두 장이 든 지갑을 들고 무작정 집을 나섰다. 결국 쓴 소주나 한잔 하려고 남해집으로 갔다. 가장 값싼 술국과 소주 한 병을 시켰다. 한 병을 비웠는데도 정신이 말짱하다. 다시 한 병을 비웠다. 혼자서 소주 두 병을 마시는 처량한 모습을 식당 종업원과 주인이 이상한 눈으로 쳐다보는 것 같다. 더 있을 수 없어서 식당을 나섰다. 술을 급히 먹어서인지 식당 안에서는 괜찮았는데 밖으로 나오니 핑 돈다. 몸과 마음의 감각이 무뎌지니 힘든 상황을 견딜 수 있을 것 같아서 집으로 향했다. 바로 들어가기 싫어서 골목을 빙빙 돌아서 갔다. 집안으로 들어가니 따뜻한 온기에 다시 술이 확 올라온다. 자세가 흔들린다. 집사람이 나를 흘겨본다. 선반의 컵을 꺼내 물을 마시려다 실수로 선반 위에 놓인 접시를 하나 떨어뜨려서 깨졌다. 깨진 그릇조각을 주우려는데 집사람이 달려와서 나를 밀치고 청소를 하면서 욕을 한다. "잘난 것도 없는 것이 술을 처먹고 들어와서 살림을 박살내는 것이 꼴값을 떤다. 지랄을 한다"고 했다. 순간 그동안 마음에 쌓였던 자괴감, 상실감, 모멸감, 분노가 폭발했다. 나도 모르게 손이 나갔다. 한 번도 집사람에게 손을 댄 적이 없었는데 이성을 잃었다. 내 입에서 온갖 욕설이 나오고 집사람의 입에서도 욕설이 쏟아지고 울음이 터졌다.

　다시 집을 나섰다. 오늘 저녁에만 세 번째 가출이다. 늦은 겨울밤 찬바람마저 부는데 어디로 가야할 지 모르겠다. 도로에 뛰어들까, 강물로 뛰어들까? 바람에 쓸려 다니는 쓰레기보다 더 가치 없어 보인다.

황금산

2월 첫 주말, 1월말부터 헌재소장의 직이 공석이 되면서 탄핵의 시기가 3월 13일을 넘기면 또 한명의 재판관이 물러나게 되어 헌법의 완전성이 심각한 손상을 입는다고 조속한 결정이 필요하다는 의견이 많이 나오자 대통령 측은 졸속을 우려하며 시간을 연장하려 한다. 대부분 사람들은 너무 심리를 오래 끌어서 국가의 혼란이 길어지지 않기를 바란다. 멀리서 온 후보가 사퇴하면서 새로운 젊은 주자가 주목을 받는다.

2월 8, 9, 10일, 국정농단 사건에 겹쳐 조류독감으로 농민들의 시름이 깊은데 이제는 듣도 보도 못한 복합구제역까지 퍼지면서 나라가 난리다. 예전에 어느 도인은 짐승이 많이 죽는 것은 인간의 악업이 쌓여서 그들이 대신 죽는 것이라 그랬다. 가슴이 답답하다. 남쪽에 있는 친구가 금방 피었다며 카톡으로 매화꽃 사진을 보내왔다. 아무리 혹독한 겨울이라도 시간은 이길 수 없다는 뜻이다.

찻집 공사는 끝이 났고 지금은 문제점이 드러난 부분의 보수 작업만 남아있다. 그런데 정작 중요한 찻집의 이름을 아직 짓지 못하고 있다.

"정원씨, 찻집이름은 확정하셨나요?"

"아직요. 골치 아프네요."

"원래 이름 짓는 것이 힘듭니다. 책을 쓸 때도 제목 짓기가 가장 어렵다고 들었습니다."

"이것도 사업이니 많은 사람들에게 쉽게 기억되어야 하고, 그렇다고 제가 생각하는 가치관을 버리는 이름은 싫고, 비천, 비천찻집, 향연, 요정, 하늘을 날다, 천사의 찻집, 아니면 제 이름을 붙여서 정원의 찻집 어느 것이 예쁜 것 같아요?"

"이제는 저도 헷갈려서 모르겠어요. 아예 작명소에 가서 물어보는 것이 어때요?"

"몇 사람에게 물어보았는데 다들 의견이 달라서."

"결국 정원씨가 정해야지요."

"그럼, 민준씨와 우리 둘이 지어요. 싫은 것부터 골라내요."

"그러지요. 비천은 알고 보면 내용은 의미가 있는데 발음이 딱딱한 느낌이 들어요."

"향연은 이름 자체는 어렵지 않지만 플라톤의 대화에 나오는 것이 연상되어서 너무 철학적인 장소 같아서 삶에 지친 사람들에게 맞을까요?"

"요정은 이상한 식당 느낌이 있고."

"하늘을 날다는 맹숭맹숭한 느낌이 들고."

"정원의 찻집은 정원씨가 너무 노골적으로 드러나서 싫어요."

"남아있는 것이 비천찻집과 천사의 찻집이네요."

"비천찻집은 지난번에도 말했지만 딱딱한 느낌이 있지만 뭔가 썸씽이 일어날 것 같은 느낌을 주어서 괜찮은 것 같고, 천사의 찻집은 듣기에는 좋은데 엔젤이 들어간 커피집이 이미 많아서."

"비천찻집, 천사의 찻집 둘 다 비천과 천사라는 의미에서 일치가 되고 … , 나의 비천, 나의 천사, 나의 비천찻집, 내 천사의 찻집."

"내 천사의 찻집, 괜찮은 것 같은데요. 나를 구원하러 어떤 천사가 오는 느낌도 오고."

"비천에는 남자가 있는데 천사에도 남자가 있겠지요?"

"남자천사 많아요. 아기천사는 다 고추가 달렸어요."

"그럼, 민준씨가 나의 천사, 수호천사인가요? 수호비천? 이것은 좀 이상하다."

"내 천사의 찻집 이것으로 해요."

"조금만 더 생각하구요."

"정원씨, 느낌이 올 때 정해요."

"내 천사의 찻집, 좋기는 한데 찻집의 상징인 금교수님의 작품도 비천인데, 비천찻집으로 할래요."

"돌고 돌아 결국은 비천찻집이네요. 정원씨가 나의 천사라 생각하고, 저는 내 천사의 찻집이 좋습니다."

2월 둘째 주말, 헌재에서 변론기일이 많이 남았는데 주중부터 탄핵기각이라는 말이 나오면서 정국이 더 깊은 혼돈 속으로 들어갈 것이라는 우려가 나오고, 어리석은 대통령을 탄핵시키라는 시위는 멈추질 않는다. 국민들의 몸부림이 끈질기다. 조만간 헌재에서 최후 변론날짜가 정해지면 탄핵의 시계는 막바지로 갈 것이다.

찻집에는 가구가 들어오고, 커피 추출기와 주방용품이 들어와 설치되었다. 아직 방학이 며칠 남은 금교수도 와서 일손을 돕는다. 무거운 물건들의 위치를 옮기는 일이 많아 금교수의 힘이 큰 보탬이 되었다. 일이 끝나고 정원씨가 금교수에게 고맙다고 특별히 맛있는 것을 대접하겠다고 해서 같이 한우생고기로 유명한 식당으로 갔다. 저녁을 먹으면서 금교수가 정원씨에게 말했다.

"손선생님, 조선생 좀 빌려 주세요."

"민준씨를 빌려달라니요?"

"제가 서울에 가서 하루이틀 정도 작품을 설치하는 일을 해야 하는데 조선생이 좀 도와주었으면 하고요."

"금교수, 어디에 작품을 설치하는데? 돈 많이 받는 건가?"

"응, 이제 곧 완공을 앞둔 마천루 있잖아. 어마어마하게 높은."

"우와, 엔젤그룹의 그 유명한 Imagine건물에 네 작품이 들어가나? 돈 많이 받겠다."

"그냥 호당으로 계산해서 받는 것이지 재벌이라고 과하게 줄리는 없지."

"금교수의 지명도가 대단한가 보다. 그런 큰 회사에서 인정해주고."

"아니야, 이관장의 공이 커. 얼마 전에 그 회사에서 이관장에게 작가추천 의뢰가 와서 이관장이 유명한 작가들의 작품사진과 최근의 내 작품사진 몇 장을 보냈는데 내 작품이 낙점이 되었나 봐."

"빌딩의 로비에 걸리나? 그곳은 워낙 인지도가 있으니 앞으로 금교수 작품을 찾는 사람들이 많겠다. 부럽다."

"로비에 걸리는 것이 아니고 그 회장의 집무실에 걸린다던데. 기분이 좀 그래. 재벌회장의 집무실에 내 작품이 걸린다는 것이 한편으로 기분이 우쭐해지기도 하지만, 옛날 젊었을 때 어느 재벌회장 집으로 작품 배달을 간 적이 있었는데 짐꾼 취급당했던 기억이 있어. 그래서 그 이후로는 아무리 재벌이어도 그냥 내 작품을 사주는 고마운 사람 정도로 생각할 뿐 특별히 기대는 안한다."

"짐꾼취급을 받더라도 그 회장의 집무실이 궁금해지니 꼭 가

보고 싶다."

"저도 가보고 싶은데." 정원씨도 가고 싶다고 말했다.

"큰일도 아닌데 너무 많은 사람을 데리고 가면 사적 공간을 보이기 싫어하는 회장의 반응이 염려됩니다. 혹시 다음에 작품 수리 요청이 오면 그때는 정원씨에게 말씀드리겠습니다."

2월 13일 월요일, 엔젤그룹에서 나온 작품운반 전용 화물차에 작품을 먼저 실어 보내고 금교수와 나는 승용차를 타고 서울로 향했다. 오랜만에 가는 서울 길이다. 옛날에는 수시로 본사로 출장을 가곤했는데 너무 오랜만에 가니 어색한 기분이 든다. 작품이 설치될 그 건물은 멀리서도 그 위용을 드러낸다. 마천루 징크스라고 이 건물이 건축되어 가면서 이 기업은 호된 역경을 겪었고 그 여파로 우리 사회도 엄청난 혼란에 빠졌었다. 마천루 징크스가 있기는 있나 보다. 빌딩의 키가 커지는 것이니 성장통인가?

우리를 안내할 직원과 함께 일반인들이 쉽게 이용할 수 없는 구석진 엘리베이터로 올라갔다. 초고속 엘리베이터를 타고 올라가면서 보이는 한강 주위에 펼쳐진 도시의 풍경은 볼록렌즈로 세상을 보는 것처럼 어지러움을 느끼게 한다. 금교수의 작품이 설치될 회장실은 108층에 있다. 회장의 집무실은 입구부터 남다르다. 고급대리석으로 마감된 벽에 위치한 입구는 화려한 조각과 금장식이 잔뜩 들어간 문짝이 달려있다.

문 앞에는 말쑥하게 차려입은 잘생긴 남자직원과 매우 단정하게 생긴 여자직원이 정자세로 서있는 것으로 보아 안에 아주 중요한 사람이 있는 것 같다. 그들은 우리에게 안에 어르신이 계시니 방해가 되지 않게 조심을 하라고 한다. 남자직원의 안내를 받으며 문을 열고 들어가니 정말로 언론에서 자주 보았던 노 회장이 품위가 있어 보이는 미색의 스웨트를 입고 지팡이에 기댄 채 창가에 서서 비서로 보이는 사람에게 뭔가를 지시하고 있다. 직원이 우리를 소개시켜 주자 눈길을 힐끗 한 번 주더니 고개만 끄덕여 알았다는 태도이다. 그리고는 계속해서 비서에게 지시를 하면 비서는 매우 정중하게 고개를 끄덕이며 대답을 한다.

집무실을 둘러보니 아직 정리가 덜된 듯 완전히 구색이 갖추어진 모습은 아니다. 화물로 보낸 금교수의 작품은 이미 설치될 벽 앞에 비스듬히 기대어 있다. 금교수는 조용한 목소리로, "비록 완성된 그림이지만 집무실의 구조에 맞추어 액자를 조절하고, 집무실 환경과 창문 밖의 풍경을 받아들이는 조건에 따라 그림에서 황금이 들어간 부분을 조금 조절할 필요가 있다"고 했다.

여비서가 금교수와 나에게 향기가 좋은 차를 내왔다. 우리가 차를 다 마실 때까지도 회장과 비서는 우리에게 한마디 말도 없이 대화를 하다가 그냥 나가 버렸다. 기분이 떨떠름해서 약간 멍하니 있는데 잠시 뒤 새로운 직원이 와서 오늘은 작품을 어떻게 설치할지 충분히 생각만 하고 내일 다시 와서 설치하라고 했다. 금교수는 알았다고 대답하고 방안 구조의 특징과 창을 통해서 들어오는 외부 환경을 곰곰이 체크하면서 필요한 것들은 메모를 한다.

"금교수, 재벌회장실이라 으리으리할 줄 알았는데 외부에 비해 내부는 의외로 검소한 느낌이 든다. 그런데 금교수의 작품이 위치하니 갑자기 격조가 확 올라가는 것 같다."

"복잡 화려한 공간은 어느 정도 구성능력만 있으면 해결이 되는데 이렇게 단조롭게 느껴지는 곳은 외려 더 생각을 많이 해야 해. 회장이 오늘은 이 방의 분위기만 익히게 하는 것을 보니 굉장히 치밀한 성격인 거 같다. 대개 완성된 작품은 벽에 걸기만 하면 되는데, 일단 장소의 분위기를 충분히 익히고 설치하라는 주문은 지금까지 받아 본 적이 없거든. 잘됐다. 오늘은 이곳의 분위기를 보면서 이런저런 생각이나 해야겠다. 너도 좋은 의견 있으면 말해줘."

"내가 무슨 그림 보는 능력이 있다고, 그냥 있을래. 힘쓰는 일만 도와줄게. 와! 창밖으로 보이는 서울의 경치가 참 대단하다. 발아래가 안 보이니 공중에 붕 뜬 기분이다."

"이 위치가 남산 전망대와 비슷한 높이지만 느끼는 기분은 완전 차원이 다르지."

"회장에게는 서울시민 모두가 자기 발아래 사람으로 느껴지겠다."

"그럴까?"

"이 정도의 건물을 지었으면 그런 기분도 느껴봐야지, 안 그래?"

첫날은 그렇게 실내의 분위기만 익히고 건물에서 나왔다. 멀지 않은 곳의 모텔에 숙소를 정하고 근처 식당에서 삼겹살에 소주를 곁들여 저녁을 먹었다. 그리고 잠자기 전 방에서 입가심으로 다시 한잔하려고 팻트병 맥주 2병과 안주를 사서 방으로 들어갔다. 우리는 편안한 옷차림으로 테이블에 앉아서 술잔을 기울였다.

"민준아, 내가 그 회장의 집무실에 작품을 건다는 것이 대단하다고 생각했겠지만 아까 본 것처럼 눈길도 제대로 받지 못하는 것을 보니 어땠나?"

"나는 이전에 회사의 오너들은 직원들을 사람취급 안 하는 것 많이 보고 겪어서 그러려니 생각했어.

"참, 똑같은 사람인데 돈 때문에 사람취급 못 받으니 좀 그렇다."

"그게 돈이 주원인이지만 다른 이유도 있을 것이야."

"뭘까?"

"아마, 자신이 아랫사람들을 인간대접하면 자신의 권위에 누가 된다고 생각하는 것 같아."

"나는 자기 직원이 아닌데?"

"어쨌든 자기가 돈을 주는 사람이잖아."

"짜증나는 인간들이구만!"

"화낼 거 없어. 그리고 저 사람들은 많은 사람들을 고용하고 어떤 일을 결정하는 입장에 있어서 온갖 청탁을 받게 되니 웬

만해서는 사람들을 아는 척 하고 싶지 않은 생활습관도 영향이
있을 거야. 우리가 이해해야지.”

"식당에서 모르는 사람에게도 먼저 악수를 청하는 국회의원
들하고는 다르네.”

"그 사람들이야 표를 구걸해야 하니 당연하고, 나중에 당선
되면 그 회장 같은 기업인들에게 삥 뜯기도 하겠지.”

"국민이 낸 세금으로 먹고사는 공무원도 계급이 올라가면 국
민을 개돼지 취급하는 나라인데 뭐.”

술이 어느 정도 오르자 나는 용기를 내어 요즘 정원씨와 무
슨 일이 있는지 물어보고 싶었다. 하지만 아무리 술의 힘을 빌
려도 참 말하기 어렵다.

"금교수, 정원씨 정말 볼수록 괜찮은 사람 같더라.” 둘 사이
에 무슨 일이 있는지 물어보려고 했는데 엉뚱하게 나의 감정을
이야기해 버렸다.

"나도 그렇게 생각해. 정원씨 정말 괜찮은 사람이더라. 알아
갈수록 지성이며, 인품이며 미술적 통찰력이 굉장히 뛰어난 사
람 같더라. 대학교수가 되었으면 학생들에게 가장 인기 있는
교수가 되었을 거야.” 금교수가 나의 의중을 알았는지 몰랐는
지 자기도 정원씨를 정말 좋아한다는 말투이다.

"내 말은 그게 아니고, 저 … ”

"왜? 말을 하다말고.”

"아니다. 내가 쓸데없는 생각을 했다.” 나는 술이 확 깨는 것

같아서 더 이상 정원씨와 금교수의 관계에 대해 묻지 않았다.

"민준아, 나 어제 정말 이상한 꿈을 꾸었다."
"뭔 꿈? 여자 나오는 꿈인가? 황홀했겠다."
"씰데 없는 소린 말고."
"재벌 건물에 왔으니 돈 꿈이네. 꿈이 정확하구먼."
"들어봐, 꽤 복잡하고 이상한 꿈이야. 꿈에서 나는 아주 적은 존재였어. 크기가 얼마만할까? 무어라 말할 수 없이 작은 것 같았어. 모래알보다도 작은 그냥 약간 말랑거리는 것이고 무엇을 느낄 수 있는 것도 없었다. 나의 주위는 희끄무레 하지만 그렇게 어두운 것은 아니었는데 갑자기 주변이 허옇게 밝아졌어. 그리고 말랑거리는 것을 감싸고 있는 껍질을 비집고 어떤 놈이 들어왔어. 그놈이 들어와서 자리를 잡자 오묘한 전기가 통하더니 말랑거리던 나의 몸은 갑자기 두 개로 나누어졌어. 다시 네 개로, 여덟 개로 계속해서 나누어졌어. 어느 시점부터인가 어느 한 점이 밝아지는 것을 느꼈고, 어떤 곳에서는 근질거리더니 무언가 자라기 시작했어. 그러다 내가 크게 몸을 뒤척이자 단단한 껍질이 찢어지더니 빛이 들어오는 곳을 통하여 이상한 것들이 보이기 시작하는데 모양이 가지각색이야. 그리고 주변에는 나와 같이 생긴 것들이 엄청나게 많았어. 그들은 나와 구분 지을 수 없을 정도로 비슷했어. 나는 어떤 곳을 떠다니는데 그것이 일렁일 때마다 내 몸도 일렁였어. 아래로 보니 어두운데 위를 보니 환했어."

"물고기 알이 깨어나는 과정이네."

"내 배에는 아직 혹 같은 것이 달려있는데 이것이 나를 움직이게 하는 힘이었어. 내 밥인가 봐. 밝았다 어두웠다 하기를 몇 번 있었고 그러는 사이 배 쪽에 달려있는 밥주머니가 없어져서 내 주위에 있는 나보다 아주 작은 것들을 내 입으로 가져가야 한다는 마음이 생겼다."

"대체로 물고기 새끼에는 난황낭이 달려있지."

"그렇지. 그리고 며칠이 지났을까. 물속에 떠다니는 아주 작은 것들을 비교적 쉽게 잡아먹고 나보다 작은 것에 대한 탐닉이 생길 즈음, 나와 무리들은 물 위를 떠다니며 옆구리에 난 작은 날개 비슷한 것이 있어서 푸드득거려 보았어. 아마 하늘을 날려는 본능이 있었는데 그게 옆구리를 건드린 것 같아. 아직은 그것은 미미한 몸짓에 지나지 않았지만 그것이 언젠가는 이루어진다는 것을 우리들 중 누구도 의심하지 않았어. 다시 얼마나 시간이 지났을까. 우리는 모두 몇 번의 시행착오를 거쳐서 물을 박차고 하늘을 날 수 있게 되었어."

"날치구나."

"우리들이 너무 많은 무리를 이루고 있어서인지 우리들을 잡아먹으려는 동굴같이 큰 입으로 물과 함께 우리 무리 전체를 빨아들이려는 무시무시한 놈, 날카로운 이빨을 가진 놈들이 우리들에게 달려드는 때가 많았어. 그때마다 셀 수 없이 많은 동료들이 사라졌지. 우리들 중 누가 공포스런 놈이 다가오니 조심하고 피하라는 신호를 보내는 친구가 생겼고, 우리는 늘 그 친구의 신호를 따라 움직이게 되었어. 그 친구의 신호에 따라 우리는 일사불란하게 어떤 때는 큰 물고기 같이, 어떤 때는 하늘에 있는 큰 구름과 같은 무리를 이루며 도망 다녔어. 물론 진짜로 하늘을 날기도 했어. 그런데 나는 우리 무리들 중 유독 행동통일을 하지 못하고 무리의 가장자리에서 헤매다가 잡아먹힐 뻔한 적이 많았어. 어떤 때는 친구들이 합심해서 무리 속으로 밀어 넣어 날카로운 이빨을 가진 그 놈으로부터 나를 구해주기도 했었어. 하여간 나는 무리 속에서 행동의 통일을 이루지 못하였고, 게다가 힘마저 없어서 간신히 간신히 무리를 따라 다니고 있었어. 그래서 앞장 서 무리를 이끄는 친구로부터 늘 눈총을 받았어."

"살짝 궁금해지네. 그런데 이렇게 자세히 말하는 것을 보니 꿈이 엄청 선명했나보다."

"이상하게 선명해. 그리고 얼마나 시간이 지났을까, 뱃속에서 이상한 느낌이 오더니 배가 불러오려했어. 그리고는 옛날 내가 처음 빛을 보았던 곳으로 가야한다는 생각이 일어나더니 나와 친구들의 몸은 저절로 그리로 향했어."

"물고기의 알은 교미 없이 뱃속에서 저절로 생기지. 알을 낳기 위해서 대체로 자기가 태어난 곳으로 회귀하지."

"몰라. 얼마나 먼 물길을 거슬러 갔는지 모르는 먼 곳에 도착하여 나는 뱃속에 가득한 것을 내뿜었어. 물속은 나와 친구들이 내뿜은 것들로 가득했어. 그리고 그 위에 또 다른 친구들이 하얀 물을 뿌렸어. 이제 우리들은 모두 힘이 빠지기 시작했어. 어떤 친구는 배를 하늘로 하고 누워서 숨을 가쁘게 몰아쉬었고. 무리를 이끌던 용감한 친구도 배에서 아주 작은 알갱이를 잔뜩 뿜어내고는 힘이 빠지는지 배를 하늘로 향하고 있었어. 나는 그의 옆으로 갔어. 그는 나를 쳐다보더니 여기까지 따라오다니 장하다고 했어. 나같이 부실한 놈이 거기까지 온 것이 믿어지지 않는다는 눈치였어. 우리는 이러한 대화를 나누었어.

'헉헉, 어이 친구, 용케도 여기까지 왔네. 장하다.'

'그러게, 이 부실한 놈이 예까지 왔네. 헉헉'

'그동안 나름 열심히 노력을 했나보네. 아직 기력이 많이 남아있는 것 같아.'

'뒤지지 않으려고 부지런히 날개짓 훈련을 많이 했어. 정말로 남몰래 훈련을 많이 했어.'

'그래, 뱃속에 있는 것은 다 쏟아 내었나?'

'응, 원래 우리가 하늘을 날도록 몸이 무겁지 않게 뱃속 창자가 짧지 않은가? 뱃속의 것들은 조금만 힘을 주니 쭉! 하고 빠지더군. 이제 뱃속엔 아무것도 없어.'

'입이 살아있는 것을 보니 아직 괜찮은가 보군.'

'그것을 뱃속에서 빼내고 나니 눈앞이 노오래지면서 온몸의 기운이 쭉 빠졌지만 아직 기력이 조금은 남았네.'

'내 몸이 말을 하는데, 우리는 어머니의 어머니, 아버지의 아버지 때부터 뱃속의 것을 빼내고 나면 다시는 하늘을 날지 못할 운명이라고 하네.'

'내 몸도 그런 말을 하고 있어. 그런데 뱃속의 것을 빼내는데 기분이 황홀한 것이 참으로 오묘하데.'

'그것은 조물주가 우리에게 준 가장 큰 행복이라네.'

'어떻게 그것이 가장 큰 행복이라는 것을 아는가?'

'그것도 내 몸이 말을 해준다네.'

'정말 이것보다 더 큰 행복이 없을까?'

'왜?'

'저 구름이 떠가는 하늘을 보니, 내가 모르는 것이 더 많을 것 같아서. 한때는 저 구름까지 가보려고 날개짓을 해 보았는데 아무리 세게 날개를 휘저어도 도저히 갈 수 없었어.'

'허허.'

'왜 웃어?'

'너는 참 엉뚱한 녀석이야. 그렇게 걱정을 끼치더니, 나도 모르는 엉뚱한 꿈을 꾸고 있었네.'

'왜? 다른 친구들은 그렇지 못한가?'

'저길 봐. 이미 다시는 숨을 쉬지 못하는 친구들이 많지 않은가. 그런데 너는 아직도 구름을 날고 싶어 하다니.'

'정말로 우리는 뱃속의 것을 쏟아낸 후 반드시 죽어야 할까?'

'약간의 시간차이는 있겠지만 그것은 피할 수 없는 섭리라고 내 몸이 말하네.'

'이봐!'

'왜?'

'우리 조금만 더 구경을 할까?'

'뭘 더 보고 싶은데?'

'아주 어릴 적, 마저 보지 못한 물가에 같이 가볼까?'

'위험할 텐데.'

'곧 죽을 몸인데 위험한 것이 무엇이 두려운가? 하하. 그렇게 씩씩했던 네가 그런 말을 하다니. 위험한 것을 보면 급히 위험 신호를 보내고 도망치던 습관이 죽음을 앞두고도 살아있네.'

'그런가?'

'같이 가보자.'

'너 혼자 가.'

"그 친구는 편안하게 눈을 감고는 더 이상 대꾸를 하지 않았어."

"꿈의 대화 내용이 너무 세세해서 지어낸 것 같다."

"살붙인 것은 있지만 거의 생각나는 이미지들이야."

"계속해."

"나는 간신히 몸의 중심을 가다듬고 물을 저어갔어. 나는 옆구리에 달린 날개를 움직여 보았어. 힘은 없지만 그래도 아직 움직일 힘이 남아 있었어. 수면 위로 머리를 내밀어 보았지. 내가 처음 물 밖으로 머리를 내밀었을 때 보았던 크고 푸른 산이 그대로 있었어."

"알을 낳고 죽어가면서도 날치의 본성은 살아있네."

"나는 날개에 힘을 주어보았어. 많이 힘이 들었다. 숨이 차고 어지럽기까지 했지. 다시 크고 푸른 산을 보았다. 더 희미하게 보였어. 지금까지 이 물속에서만 살아왔는데 저 푸른 산이 있는 곳은 어떤 곳일까 궁금해져서 불현듯 다시 날아야겠다는 생각이 들었어. 온 힘을 다하여 수면 위를 헤엄쳤다. 이제는 나를 잡아먹으려고 대드는 놈이 있어도 겁나지 않았다. 푸른 산이 조금씩 조금씩 가까워졌지만 좀처럼 물살을 가르는 속도가 나지 않았어. 일렁이는 수면에 몸을 맡기고 산을 보았다. 뿌연 것이 산을 감싸고 있었다. 구름 같았어. 학학거리는 아가미를 벌리고 힘이 빠져서 이미 물 위로 배를 드러낸 친구들처럼 누워 있었다. 참으로 편안했어. 하늘에는 구름이 흘러가는데 쉬엄쉬엄 가는 것이 그렇게 여유로워 보일 수 없었다. 배를 드러내고 눕는 것이 이렇게 편안한 것을 왜 몰랐을까? 이전에는 배를 드러내면 곧바로 날카로운 가시가 있는 입을 가진 놈이 득달같이 달려들어 바로 생채기를 낼 것 같아서 얼마나 두려웠는데."

"욕망을 내려놓고 죽음의 공포를 벗어버리면 정말로 마음이 편안하겠다."

"다시 산을 보았어. 산은 세 개가 겹쳐져 있었는데, 큰 산이 중간에 있고 그 뒤 양쪽으로 조금 작은 산들이 큰 산을 호위하듯이 서 있었어. 힘이 계속 빠지는데 이제 눈앞에 이상한 것들이 보였다 안 보였다 하고, 눈 속에서는 가늘게 번쩍번쩍하는 불꽃이 이곳저곳으로 찢어지기도 했어."

"생명의 마지막 불꽃들인가?"

"다시 산을 보는데 산 위로 지금까지 보지 못한 것이 보였어. 환한 색깔이 있는데 해가 질 때 하늘을 물들이는 빛나는 색과 비슷했어. 아니 그것보다 더 밝았어. 모양은 산을 닮았어. 내 마음속에서 그곳으로 가보고 싶다는 생각이 일어났어. 산 위의 그 밝은 산은 나에게 오라고 하는 듯 더 밝게 빛났어. 어떻게 저기까지 갈 수 있을까? 가슴날개를 세차게 움직여 보았다. 힘이 들어서 못갈 것 같았다. 그래도 가고 싶은 마음이 생겨서 날개를 움직였지. 도저히 날 수 있는 힘이 남아있지 않을 것 같았지만 몸이 부서져라 날개 짓을 한다면 어쩌면 갈 수 있을 지도 모른다는 생각이 들었다. 이제 죽음도 두렵지 않았어. 그런데 자꾸 배가 하늘로 향했어. 간신히 자세를 잡아 헤엄을 칠라면 금방 다시 뒤집히기를 반복했어. 그러는 사이 산에 점점 가까워지고 이제는 정말로 마지막 힘을 다하면 날아갈 수 있을 것처럼 가까워졌어."

"뭔가 막바지로 다가가는 느낌이다."

"계속 얘기할게. 자세를 바로잡아 날개로 헤엄을 쳤고, 몸을 좌우로 세게 움직여 뒤의 꼬리날개로 물을 치며 나아갔어. 이상하게 마음에 기쁨이 생기더니 몸에서 예상하지 못했던 힘이 났어. 더 빨리 날개 짓을 하니 몸 옆으로 스쳐가는 물살이 경쾌하게 뒤로 밀려나고 속도는 점점 빨라졌어. 그리고 이제 날 수 있겠구나 하는 생각이 드는 순간 세차게 몸을 물 밖으로 솟구치고 날개를 폈어."

"기적이 일어났네."

"그래 정말 기적인가? 몸이 하늘로 붕 날아올랐어. 몸 안에 있던 것들을 빼내어 가벼워졌는지 한창 힘이 넘칠 때보다 더 높이 하늘을 난 것 같았어. 이제 날개 짓을 더 세차게 해서 저

빛나는 산으로 가는 것이야. 순간, 내 몸에서 툭 하는 소리가 나면서 뭔가 떨어져 나가는 느낌이 왔고 공중을 나는 것이 더욱 가벼워지고 경쾌해졌어."

"뭐가 떨어져 나갔을까?"

"내 몸에서 형용할 수 없는 상쾌함이 일더니 더 높은 하늘로 올라갔어. 잠시 후, 물에서 철썩하는 소리가 났어. 궁금함이 들어 그곳을 쳐다보았어. 어느 친구가 나의 뒤를 따라오다 지쳤는지 배를 하늘로 향하고 꼼짝도 않았어. 죽은 것 같았어. 이제 나는 정말로 산 높이만큼 날아오른 것 같았어. 아니 정말로 날아올랐어. 다시 물에 떨어진 그 친구를 보았어. 정말로 나와 비슷하게 생긴 친구인데. 나는 이제 이렇게 잘 날고 있는데 저 가엾은 친구는 왜 물에 떨어져 죽었을까 궁금증이 생겼는데 나는 빛나는 산으로 점점 더 가까워지면서 기분이 상쾌해지는데 꿈에서 깨어났어. 어때, 좀 특이한 꿈이지?"

"잘은 모르지만 금교수의 황금산에 관한 작품적 고뇌가 꿈으로 나타난 거 같아. 육신을 벗고 영적 세계로 들어가는 것을 상징하는 것도 같고."

"나도 그렇게 생각해."

"그러고 보면 날치는 물고기의 비천 같다."

"진화의 역사를 보면 자고로 물속에 살던 종족은 뭍으로 오르려 했고, 뭍에 살던 것들은 하늘을 날아오르려 했어. 내가 꿈꾼 그 날치는 내가 생각지 못했던 나의 염원을 보여주는 것인지도 모르겠다."

맥주를 대작하며 금교수의 꿈 이야기를 듣다가 보니 시간이 꽤 늦었다. 잠이 오지 않아 TV를 켰다. 성인방송을 보다가 너무 저속하고 내용이 없어서 채널을 이리저리 바꾸다가 사자, 하이에나, 누 떼가 나오는 동물방송에 채널을 고정했다. 하이에나 떼가 살아있는 누를 잡아먹는 영상이 나왔다. 하이에나는 덩치가 작아서 사자나 호랑이처럼 먹잇감 동물을 질식시켜 죽이지 못하고 이빨로 찢어발겨 죽인다. 하이에나 떼에게 잡힌 누는 눈을 뜬 채로 자신의 가죽이, 뱃살이, 항문이, 창자가, 다리뼈가 탐욕스런 하이에나의 이빨에 의해 찢겨지고 으스러지는 시각적 고통과 육체의 고통을 동시에 느끼고 있다. 너무 고통이 크면 뇌에서 엔돌핀이라는 마약이 엄청나게 분비되어서 혹시 그 고통을 느끼지 못하는 것일까? 발이 있어도 그 발은 도망가고 달리는 데만 쓰는 것인지 자신을 뜯어먹는 하이에나를 한 번 걸어차지도 못하고 버둥대기만 한다. 질긴 풀은 잘도 뜯는 그 입은 그저 크게 벌리고 단발마의 신음만 뱉을 뿐 하이에나를 물지도 못하고 소리조차 내지 못한다. 신체의 거의 절반이 하이에나들의 입속으로 사라질 때까지 그저 눈을 껌뻑이며 그 고통 속에 있을 뿐이다. 그것이 지옥인가? 하이에나는 지옥의 사자인가? 그 누는 전생에 무슨 죄를 지어서 저리 고통을 당하며 죽어갈까? 하이에나에게 뜯어 먹힌 누의 전생은 아마도 누를 뜯어먹은 하이에나이지 않았을까 생각하니 새삼 업보가 몸서리쳐진다.

그날 나는 초라한 거리를 헤매는 꿈을 꾸었다. 늙음을 앞두고 있어서인지, 아직 풀지 못한 일들이 너무 많아서 마음이 불안해서인지 요즘 꿈을 많이 꾼다. 거의 매일 꾼다. 젊었을 때는 꿈은 상징이라 했는데 이제는 상징이 아니고 마치 현실인 것처럼 느껴지고 꿈속의 내용도 실감나는 것들이 많다. 금교수가 꿈의 내용을 그리 생생하게 기억하는 것도 아마 늙어가면서 추구하는 것에 대한 강한 열망의 표시가 아닐까?

다음날 화요일. 비교적 많은 뭉게구름이 하늘을 떠다니고 햇살이 상쾌하다. 아침에는 회장의 집무실에서 회의가 있다고 해서 금교수와 나는 점심을 먹고 오후 한시쯤 느지막이 회장의 집무실로 갔다. 우리가 집무실에 들어가니 회장은 역시 지팡이를 짚고 선체로 비서와 대화를 나누고 있다.

그런데 오늘은 회장이 우리를 보더니 눈길을 주며 고개를 끄덕이며 아는 체를 한다. 어제는 눈길도 주지 않을 정도로 거만했던 그다. 비서에게 이것저것 분부하고, 종종 큰 창문으로 세상을 내려다보는 표정에서 마치 하느님이 된 것 같은 거만함을 읽을 수 있다. 선입견인지 모르지만.

금교수가 작업을 시작하고 30분 정도가 지났을까. 회장은 비서를 밖으로 심부름 보내고 소파에 앉은 채 차를 마시면서 금교수에게 말을 건냈다.

"작가선생"

"네, 회장님."

"어떤 작가는 작품을 만들 때 대부분 조수를 시킨다고 들었는데, 선생은 아주 작은 일까지도 직접 합니까?"

"다른 사람의 손을 빌려야 할 만큼 몸이 늙지도 않았는데요."

"나이가 많지 않아도 조수에게 작품을 맡기는 사람들이 있지 않은가? 얼마 전 뉴스도 있었고."

"그 사람은 육체가 병들지 않았다면 마음이 병든 사람이겠지요."

" …… "

"회장님도 이제 연세가 있으신데 불편하신 곳은 없습니까?"

" …… "

회장은 잠자코 있다가 대답 대신 금교수에게 다른 질문을 한다.

"같이 온 사람은 작가선생의 작품 조수는 아닌 것 같은데."

"저의 친한 친구인데 혹시 손이 필요할까 해서 같이 오자고 했습니다."

"데리고 왔으면 일을 시켜야지 … "왜 혼자 일을 하느냐고 재차 질문하는 것 같다.

"제 작품이니 제가 직접 해야지요."

"그래도 이것저것 의견도 물어보고 … , 원래 작가들이 남의 말 잘 안 듣지."

"작품의 판단은 오롯이 작가의 몫인데 남의 말 듣는 것과는 관계가 없지 않나요?"

"내 말은 다른 사람의 의견도 들을 줄 알아야 한다는 뜻이기도 하지. 내가 선생의 얼굴을 보아하니 성격이 꼬장꼬장해 보이고 귀가 뒤로 젖혀진 것이 남의 말을 잘 안 듣게 생겼어."

"남의 말에 잘 휘둘리면 자기작품을 하기가 어려워요."

"허허, 말대꾸는 잘하네. 데리고 온 친구는 사람이 진중하니 세상을 아는 것 같은데."

나이 차이가 많다고 생각해서인지 회장은 거의 반말이다. 나는 금교수와 회장의 대화를 듣고 있다가 끼어들어 한마디 하려다가 여기에 온 것은 순전히 금교수의 일이지 나하고는 관계가 없으니 굳이 내가 나서서 이러쿵저러쿵해서 금교수에게 방해가 되거나 나 스스로 초라해지는 꼴이 되고 싶지 않아 조용히 듣기만 하였다.

"작가선생은 지금까지 살아오면서 깨달은 게 뭔가?"

"사람은 아부를 잘 해야 성공한다는 것입니다."

"예술가로서는 특이한 대답이구만."

"회장님에게 아부하는 사람이 많겠지요."

"그런 거 신경 안 써. 내 나름으로 사람을 판단하지."

"저 같은 예술가들은 아부를 잘 못해요."

"아부를 나쁘게 보는 것 같은데 세상을 살아가는 가장 뛰어난 처세술이라고 보는 것이 정확하지."

"그런 것 같아요. 저도 젊었을 땐 아무것도 모르고 까불었던 것이 후회됩니다."

"상황을 봐가며 정도껏 해야지 지나치면 해가 돼. 올 해 몇 살인가?"

"50대 중반입니다."

"보기보단 나이를 먹었군."

"아직 철이 들지 않아서 조금 젊어 보이지요."

"철들 나이도 되었 … "

회장은 말을 하려다가 스스로 쓸데없는 말을 한다고 생각했는지 입을 닫았다. 어쩌면 금교수의 약간 도발적인 대답에 마음이 상했을 수 있다. 그런데 이상한 것은 금교수에게 작품을 의뢰했으면서도 정작 작품에 관한 질문은 하지 않았다.

금교수가 작품의 액자를 분위기에 맞추어 조금 수정하던 것을 지켜보던 회장은 조금 덜 엄숙한 얼굴로 다시 말을 건넨다.

"작가선생"

"네."

"내가 선생의 작품 활동에 대한 정보를 보니 그동안 종교적인 일을 제법 했더군. 그래서 그런지 지금하고 있는 작품도 종교적 지향성을 많이 보이고."

"혹시 회장님은 종교가 있습니까?"

"선생은 종교가 무엇인가?" 회장은 대답대신 오히려 반문을 한다.

"저요? 그동안 다 섭렵했어요."

"무슨 뜻이지?"

"조상신, 하늘신, 부처님신 다 맛보았다는 것이지요."

"그럼, 아무것도 아니네."

"그렇지요. 아무것도 아닙니다."

"그래, 다 맛보니 그중에 무엇이 가장 마음에 들든가?"

"모르겠습니다."

"모르겠다니? 다 섭렵했다면서."

"아무리해도 모르니 모르는 것이지요? 이것도 저것도 의문만 줄뿐 속 시원한 대답은 주지 못했습니다."

"하나라도 제대로 공부하지 않아서 그렇군."

"그럴지도 모르겠습니다."

"대개 작가들은 종교나 철학에 대한 질문에는 난해하든 명쾌하든 달변으로 대답하던데."

"달변들 속에 진리라고 할 만한 것은 찾기가 쉽지 않습니다."

"무슨 뜻인가? 그래도 이 세상에서 큰 주류를 형성하고 있는 사람들의 강의를 들으면 고개가 끄덕여질 때가 많아. 세계관이 뚜렷이 정립되어있지."

"저는 여전히 헤매고 있습니다."

"작가선생의 예술관은 어느 정도 확고한가?"

"말씀드리기 어렵습니다."

"그 정도 예술 활동을 했으면 자신의 예술철학은 서 있을 것이 아닌가?"

"저는 그렇지 않습니다. 그냥 시간이 흐르면서 마음에 일어나는 현상에 순응할 따름입니다."

"그렇게 예술가로서의 줏대가 없어서야 어떻게 작가로 활동을 하지?"

"마음에 행하고자 하는 의지가 없는 것이 아니라 제가 '이것은 어디에 내세워도 자랑할 만하다'와 같은 정립된 예술철학이 없다는 것입니다. 확실한 것은 제 작품에는 빈틈이 너무 많다는 것입니다. 도대체가 말이 안 되지요."

"이전에 KJ그룹 회장님 댁에서 선생작품을 구입한 적이 있다고 하던데. 그 회장님께서는 미술안목이 상당한 것으로 알고 있는데 선생작품을 보고 무어라 평하셨나?"

"이야기 한 적이 없습니다. 그냥 근엄했습니다."

"나는 어떤 느낌인가?"

"이 거대한 빌딩의 느낌입니다."

여전히 회장과 금교수의 대화에는 특별한 예술론이나 인생론이 아닌 일상의 대화가 계속 이어졌다.

"회장님은 사무실이 아직 완전히 준비되지 않았는데도 여기서 자주 일을 보십니까?"

"여기는 나의 묏자리가 될 수 있기 때문이지."

"묏자리라니요?"

"허허, 행운그룹 회장님은 육십을 갓 넘겨 갑자기 돌아가셨고, 지금은 병상에 식물인간으로 계시지만 TS그룹 회장님도 갑자기 쓰러지신 거지. 내가 앞으로 이 방에서 지내는 시간이 제일 많을 지도 모르니 내가 갑자기 쓰러진다면 여기가 될 가능성이 많으니 여기가 내 묫자리지."

" ······ "

"일을 그만하게 되는 숨이 끊어지는 곳이 묫자리지 저 땅속이 무슨 ··· "

" ······ "

"여기서 일하다 죽을 수 있다면 행운이지. 이리 높이 있으니 하늘나라가 훨씬 가깝지 않은가."

"그럼 이 건물은 세상에서 가장 높은 무덤이 되겠네요. 저는 죽어서 저 우주를 날 수 있으면 좋겠습니다."

"선생이 가고 싶은 우주는 어딘가?"

"이왕 우주에 나갔는데 한 곳에 있을 이유가 있습니까? 자유롭게 날고 싶지요."

"무덤이 필요 없는 사람이구만."

"그럼요. 산 사람의 땅도 부족한데 죽은 시체에게 왜 그런 크고 호화로운 무덤이 필요합니까?"

"아직 덜 살아서 그런 소리를 하지."

"사람의 욕심은 죽어서도 사라지지 않으니 문제라는 뜻에서 말씀드렸습니다. 모든 집착을 버린다면 우주가 아니라 어딘들 가지 못하겠습니까. 탐욕의 덩이를 버리면 천국에도 갈 수 있고 죽음의 공포를 버리면 지옥에도 갈 수 있는 것 아닙니까?"

"흐음, 허황한 소리는 그만하고. 어쨌든 나의 자식들도 우주로 가고자 하는 도전정신을 가졌으면 좋겠네. 머지않아 반드시 그리 되겠지만."

  잠시 뒤 비서가 돌아왔고 두 사람의 대화도 중단되었다가 회
장이 비서를 다시 내보내자 두 사람의 대화도 다시 계속되었
다.
  "회장님, 이 빌딩을 완공하기까지 여러 문제들을 겪으셨는
데?"
  "세상에 문제가 없는 일이 어디 있어."
  "저 같은 일반인들은 상상 못할 일입니다."
  "그 돌아가신 회장님이 늘 하신 말이 있지 않은가. '해 보았
어?' 참 명언이야. 사람의 성공에 어느 정도 운이라는 것도 작
용하지만 도전정신과 치밀한 추진이 더 필요하지. 특히 도전정
신에서 오는 쾌감이 더 크지, 카타르시스랄까. 도전은 단순히
내가 어떤 곳에 이르겠다는 것만이 아니야. 도전에는 기존 세
력의 엄청난 반대와 저항이 있지. 큰 도전은 그 만큼 더 큰 문
제에 봉착하지. 하지만 누군가는 그 문제에 부딪혀 헤쳐가야만
신질서가 다시 형성이 돼. 이제 이 빌딩이 준공이 되고나면 이
어서 이것을 능가하려는 새로운 빌딩이 계속 들어설 것이고 아
마 지금 우리가 겪지 못한 새로운 도시환경이 창조될 것이야.
예술가들이 창조하는 것과는 차원이 다른 문명의 창조이지."
  "회장님에게 저와 같은 예술가들의 창작활동은 정말로 하찮
게 보이겠군요?"
  "예술도 필요해. 나도 젊었을 때는 예술에서 많은 영감을 얻

기도 했어. 그런데 기업인과 예술인은 추구하는 방향이 많이 다르지."

"회장님은 이 빌딩이 서게 된 연유를 도전정신 신도시문명의 창조와 같은 좋은 말씀을 하시지만 제 입장에서는 회장님 욕망의 거탑으로 보입니다." 금교수가 당돌한 질문을 한다.

"맞어. 욕망이 없으면 이루어지는 것이 무엇이 있는가? 작가 선생의 욕망이나 내 욕망이 다 같은 것이지. 다만 작가선생의 욕망은 기껏해야 선생자신과 몇 명을 위해서이지만 내 욕망은 무수한 사람들, 이 도시와 이 나라 전체의 변화를 이끌어내지. 보통 사람들은 실패에 대한 두려움의 심리가 더 크게 작용하지만 기업가들은 도전정신이 더 크게 작용하지. 그 도전정신이 욕망의 핵심이야."

"예술에 대한 욕망은 기업적 욕망보다 더 긴 역사를 추구합니다."

"예술가들은 왜 그렇게 허망한 것을 쫓는지."

"허망한 것이라니요?"

"자신을 너무 과대평가하는 버릇이 있는 것 같아. 허황한 것도 아니고 세상에 대한 무지인지 … "

"원래 꿈꾸는 사람들에게는 유아적 심리가 있죠. 기업인과는 다르지요. 제가 참 하찮게 느껴지겠습니다."

"사람마다 가야할 길이 다른데 뭘 신경을 쓰나."

"회장님께서는 거대한 기업을 이루었으니 여한이 없겠습니다."

"인생은 죽을 때까지 계속되는 것인데 끝이 있나?"

"그럼 아직도 하실 일이 많으신 겁니까?"

"젊었을 때와는 종류가 다르지. 가끔 눈앞에 하늘 문이 보이는데 어찌 젊은 사람의 일과 같을 수가 있는가."

"이 집무실에 계시면 정말로 하늘과 더 가깝다고 느끼시겠습니다."

"픽!"

"장자는 꿈에서 나비가 되어, 소동파는 취중에 우화등선으로 하늘을 날았는데 회장님은 이 건물을 통해서 하늘을 나는 셈인가요?"

"응? 그렇기도 하구먼. 하늘을 날지, 허허."

"회장님 삶에는 우여곡절이 참 많았지요?"

"내가 왜 작가선생과 이렇게 이야기를 하는 것인지 모르겠네."

"큰 강이 깨끗할 리가 없지 않겠습니까."

"무슨 뜻인가? 보통의 사람들에게 있어서는 부정이 없는 깨끗한 삶이 성공의 조건, 다른 말로 천국으로 가고 안 가고의 기준일지는 모르나 우리 기업인은 그런 것은 애시 당초 상관없는 일이지. 맞어, 큰 강이 어찌 깨끗하겠는가?"

"그래도 주위에 보면 기업을 하면서도 선한 일을 많이 하는 사람들이 얼마나 많은데요."

"그런 일은 나도 많이 했어. 기업인 인생에서 피 냄새와 시궁창 냄새는 피할 수 없는 운명의 일부분이야. 하늘이 기업인을 세상에 보낼 때 그의 손에 피의 운명도 함께 쥐어 보냈지. 그것은 세상의 순리지. 세상이 도덕적으로만 이루어진다면 그것은 이미 인간세상이 아니지."

"그 피는 어떻게 정화하셨습니까?"

"기업이 성공하면 저절로 정화되는 것이지."

"단종을 죽인 세조 같은 이는 자신의 업보를 정화하느라 종교에 귀의하지 않았습니까?"

"역사 전체를 보게, 어찌 그것이 세조 개인의 일인가. 그도 나름 왕조를 바로잡기 위해 혁명을 일으킨 것이지."

"기업가의 정신도 그렇게 잔인해야 합니까?"

"냉정하다는 말이 맞지."

"그래도 자신의 양심에 꺼리키면 정화하려는 것이 사람의 본능인데요?"

"인생은 죽음에 이르면 저절로 정화가 돼."

회장의 말에는 시종 자신의 인생역전에 자신감이 묻어났다. 감히 나와는 비교할 수 없음을 느낀다. 그런데 거대기업 회장과도 저렇게 당돌하게 대화를 하는 것을 보니 예술가는 정말 특이한 사고를 하는 사람들인 것 같다. 보통의 사람들은 주눅이 들어 숨도 제대로 못 쉴 것인데.

나는 저런 회장이 지휘하는 조직에 의해서 내가 인정할 수 없는 이유로 직장에서 쫓겨났다. 저런 사람들이 기업의 생존을 위해 휘두르는 거대한 힘과 공포에서 나와 같은 한낱 직원은 저들이 고용한 하이에나와 같은 행동대에게 산채로 뜯어 먹히는 초식동물마냥 비명도 지르지 못하고 버려지는 경우가 얼마나 많은가. 내가 회사에서 억울하게 내침을 당했을 때 대항할 용기와 끈기가 있었다면 나는 지금도 여전히 안정된 가정을 이루고 있을 것인데. 그때 나는 대항하는 본능이 없었다.

몇 시간이 지났는지, 뭉게구름을 헤치고 하늘을 가로지른 태양이 서쪽 하늘의 끝자락에 다다른 것인지 점차 하늘이 붉어진다. 이때까지 작품에 대해 아무런 반응이 없던 회장이 금교수에게 작품에 대한 자신의 생각을 말하며 약간의 수정을 요하기도 하였다. 금교수가 작품을 벽에 걸어놓고 회장에게 어떤지 물어보면 회장이 위치가 맞지 않다며 옮길 것을 요구하기도 하고, 그림 속의 황금으로 처리된 부분에 수정을 요구하기도 한다. 회장이 그동안 많은 미술품을 접하다보니 작품에 대한 안목이 높아져서 자신의 안목으로 수정을 요구하는 것 같다. 금교수는 작품의 전체 분위기에 방해가 되지 않는 범위에서 회장의 의사를 받아들여 수정을 하기도 하였다. 회장이 지금까지 금교수 작품에 대해 말을 않은 것은 아마 작품을 세심하게 살필 시간이 필요해서였나 보다.

회장의 집무실에는 금교수의 작품 세 점이 설치되었다. 집무실이 서울도심 서쪽으로 방향을 하고 있어서인지 노을이 시작되자 지상에서 느낄 수 없는, 몸이 온전히 노을 속으로 빨려 들어가는 특이한 느낌이다. 우주를 배경으로 산수화를 닮은 황금으로 그려진 금교수의 작품에 노을빛이 비치자 회장의 집무실 내부는 노을과 황금에 반사된 빛들로 묘한 분위기가 펼쳐진다. 특이한 정신적 세계를 연출하는 것 같기도 하고, 회장의 성공한 인생을 상징하는 것처럼 느껴진다. 회장이 작품을 고를 때 이를 고려했었나 보다.

　일을 끝내고 금교수와 나는 지하 주차장으로 바로 가지 않고 1층 현관으로 나와서 빌딩 바로 밑에서 빌딩을 올려다 보았다. 참으로 아득하게 높았다. 하늘 한가운데서 거대한 폭포가 쏟아지는 느낌이다. 거대한 위엄이 억누르는 느낌이다.

아무것도 아닌 관계처럼 아는 사람

3월 10일, 헌법재판소에서 마침내 대통령 탄핵이 인용되었다. 다음은 어떤 신문의 사설이다. 대통령은 자기가 한 허물이 탄핵을 당할 만한 사유가 안 된다고 줄곧 주장했지만 그동안 절대다수의 국민들이 보여준 분노, 국회의 압도적 탄핵안 소추, 이후 드러난 계속된 실정의 증거들이 대통령의 의무에 위배된다고 하여 헌법재판관 전원일치로 탄핵이 인용되었다. 재판관 누구 하나가 이견을 제시하는 것이 아닌 그들 모두 역사 앞에 함께 서기로 합의한 결과이다. 우리가 이렇게 타락한 국가였는지 일찍이 알지 못했다. 우리 스스로 이토록 깊이 타락해 있으면서 어떻게 민족의 비상을 노래했는가? 먼저 우리가 정화되어야 한다. 탄핵당한 이도 처절하게 뉘우쳐야 하지만 반성은 우리 모두의 것이다. 이제 대한민국은 새로운 길을 간다.

　2월 18일, 구름은 끼었으나 그런대로 좋은 날씨이다. 토요일이지만 집사람은 마트에 일하러 나가고 주식시황도 볼 일이 없어서 혼자 무료하게 TV를 보면서 시간을 보내고 있는데 전화가 왔다. 금교수가 가까운 산에라도 가자고 하는 걸까? 휴대폰을 보니 '모범직원 김부장'이라고 찍혀있다. 참 오랜만이다. 회사에 있을 때 내 바로 밑에서 참 성실하게 일했던 직원이다. 반갑다.

　"응 그래, 김부장 무슨 일인가? 간만에 전화를 주시고, 잘 지내지?"

　"네, 조이사님은 요새 어떻게 지내세요?"

　"그렇지 뭐. 무슨 일로 전화 주셨나?"

　"그냥 조이사님 생각이 나서 얼굴이나 한번 뵀으면 하고요."

　"좋지. 언제?"

　"오늘 저녁 괜찮으셔요?"

　"당근, 일부러라도 만들어야. 어디서 볼까?"

　"제가 조이사님 댁 근처로 가겠습니다."

　"그럽시다. 근처에 남해집이 있는데 6시쯤 거기서 보자고."

"이사님, 오랜만입니다. 그동안 자주 연락드렸어야 하는데, 죄송합니다."

"사는 것이 오죽 바쁜가? 다 그렇지 뭐. 김부장, 정말 오랜만 이다. 얼굴이 좋은 걸 보니 하는 일이 잘 풀리나 봐?"

"아휴, 사는 게 참 그렇습니다."

"왜? 참! 지금쯤 상반기 인사가 끝나지 않았나?"

"네, 최근 정국 때문에 질질 끌다가 지난주에야 발표 났습니다."

"3세가 들어선 지도 2년이 지났는데 회사형편은 나아졌나?"

"웬걸요. 창업자가 2세까지는 경영훈련을 잘 시켰는데 경험 없는 3세가 들어서고부터는 2세의 부인이 설치는 바람에 지금 은 조이사님이 계실 때보다 더 쪼그라들었습니다."

"왜 아무런 경영경험이 없는 것들이 금수저로 태어났다는 것 때문에 지랄을 떨다가 회사를 말아먹지? 에이! 그 전무이사는 아직 잘 붙어있나? 이번에 부사장이나 사장으로 진급하지 않았 나?"

"잘렸습니다. 이번에 피바람 엄청 불었습니다."

"그렇게 되었구나. 그 양반, 본인도 결국 부사장자리에 앉아 보지 못할 거면서 참 여러 사람 원망스럽게 하더니."

"다 그렇지요 뭘. 그 자리에서 원망 듣지 않을 사람 누가 있 겠습니까."

"하긴, 평이사인 나를 질시해서 씹어대는 사람도 꽤 있었는 데. 김부장은 이번에 어떻게 되었나? 이사승진 대상자 아닌가?"

"저도 지난 가을부터 느낌이 별로 좋지 않았는데 역시나 였습니다. 이번 주에 짐 싸서 나왔습니다."

"아직 몇 년 남지 않았나. 왜?"

"경기가 전반적으로 안 좋으니 구조조정을 더 빡세게 하는 것이지요."

"앞으로 어떻게 할 건가?"

"아무리 나름 준비를 했어도 마음은 많이 힘듭니다. 조이사님께 어떻게 해야 할지 여쭤보려고 … "

"내가 아는 게 뭐 있나. 그냥 이렇게 백수로 사는데."

"조이사님은 주식 실력만 해도 괜찮잖습니까?"

"그것도 다 운때가 있더라. 지금은 까먹을 때가 많다. 김부장은 어떤 계획을 세우고 있으신가?"

"이런 날이 올 것 같아 그동안 공들인 협력업체에 자리를 알아봤는데 그곳도 그렇네요."

"그럼 어떡하나. 걱정이 많겠다."

"이런저런 생각 중입니다. 그동안 알뜰살뜰 돈을 모아 조그마한 점포를 하나 마련해 놓았습니다."

"준비를 많이 했네. 김부장이 부럽다."

"그런데 가진 특별한 재주가 없으니 치킨집이나 김밥집 이외에는 특별히 생각나는 것이 없네요. 좋은 아이디어가 없을까요?"

"유행 따라 하다간 거의 망한다던데."

"그렇겠지요? 뭐 괜찮은 거 없을까요? 한 달에 삼백정도만 벌어도 좋은데."

"고정적으로 삼백을 벌 수 있으면 좋지. 개인사업 하면서 고정수입 삼백이 쉽지 않다던데. 월세 빼고 나면 거의 개털이라지만 김부장은 월세가 안 나가니 가능하기도 하겠다."

"그런데 어떤 아이템이 좋을지 결정을 내리기가 많이 힘이 듭니다. 아님 저도 그냥 점포를 세놓고 고향에 내려가서 건강을 위한 적당한 노동이 있으면서 경제적으로 쪼달리지 않는 노년을 준비할까 생각도 합니다."

"고향에 가는 것 제수씨가 허락할까?"

"쉽지 않을 것 같아요."

"너무 서두르지 말고 여행도 다니면서 신중하게 생각하시게."

"그래야겠지요. 서두르지 않고 당분간 찬찬히 생각만 할 겁니다."

"애들은 어떤가? 많이 큰 걸로 아는데."

"다행히 결혼을 일찍 한 보람이 있어서 자식들이 다 대학을 졸업해서 학비걱정은 없습니다."

"그건 정말 잘했다. 나는 애들 때문에 큰 걱정이다."

"저는 끝났지만 교육문제는 앞으로 나라 전체에서 문제가 심각해질 것 같습니다. 요즘 헬조선이다, 인구절벽이다, 소비절벽이다 말들이 많고, 결혼도 하지 않거나 늦게 하는데. 후~, 일자리는 점점 불안해지고 다들 나이 들어서 아이를 낳으면 어떡하려고 … "

"그러게, 내 친구인 대학교수조차도 요즘은 학생이 부족해서 큰일이라는데, 엎친데 덮쳐 사드니 탄핵이니 나라가 어떻게 돌아갈까? 걱정이다. 우리 애 한 놈은 아직도 고등학생인데, 막막하다."

"방법이 있겠지요. 힘내세요. 조이사님은 요새 주식 말고 따로 하시는 일은 없으세요?"

"없어. 조그만 알바를 하는데 그것도 이제 거의 끝나가."

"어떤 알바인데요?"

"공사장 십장."

"네? 무슨 공사장 십장입니까?"

"그리 되었어. 내가 생각해도 좀 그렇다네."

"이사님, 우리 자리 옮겨서 한잔 더 할까요?"

"됐어, 이제는 과음하면 다음 날이 너무 힘들어."

자리가 끝나고 내가 계산을 하려는데 김부장이 자기는 아직 퇴직금이 두둑하니 억지로 계산을 하겠단다. 할 수 없이 못이기는 척 김부장에게 계산을 양보해서 돈은 절약했지만 기분은 유쾌하지 않다. 하지만 오랜만에 회사의 후배를 만나니 기분이 좋았다. 김부장이 회사에서는 내 부하직원이었지만 지금은 나보다 형편이 훨씬 나은 것 같다. 특히나 애들이 대학을 다 졸업했으니 노년이 여유롭겠다. 참 부럽다. 나도 빨리 고정된 수입자리를 구해서 안정을 찾아야 하는데.

2월 하순으로 접어들면서 탄핵국면은 더욱 더 혼란스럽다. 최후 변론이 24일에서 27일로 연기되어 정해지자 촛불집회 측과 태극기 측이 세 대결을 벌인다. 많은 사람들은 우리가 알고 있었던 기존의 가치관이 실은 이기주의적 발상이었을 뿐 국가를 위한 어떠한 철학적 논거도 없었음을 알고 개탄해 마지않는다.

찻집공사는 보수공사까지 완전히 끝났다. 정원씨가 정성들여 살피고 주문한 가구들도 제자리에 배치되었고 작은 소품들도 제자리에 놓였다. 찻집이 되기 위한 커피머신, 가스렌지, 식기건조기, 등은 작동에 문제가 없는지는 이미 몇 차례 점검을 하였고 냉장고에는 커피와 차의 재료들이 빼곡히 들어찼다. 프렌차이즈라면 이 모든 과정을 본사에서 도움을 주겠지만 그것이 아니니 이곳저곳에 물어보고 준비해야 하는 것은 오롯이 정원씨의 몫이었다. 또한 조명조절장치와 오디오시스템 등등등 이루 말할 수 없이 세세한 준비를 해야 했다. 무거운 것을 들어주어야 하고, 못을 박아야 하고, 배치를 변경해야 하고, 또 필요하면 시장과 백화점도 둘러보아야 했다. 어떤 날은 새벽까지 일해야 했다. 그래서 정원씨에게 나의 도움이 정말로 필요한 단계였다. 어찌되었든 그 많은 일들도 시간이 지나니 다 해결되었다.

오픈 하루 전, 찻집 오픈 기념으로 비천을 주제로 작은 전시회를 열기로 한 약속대로 이관장이 작가들에게 부탁한 비천작품 5점이 도착하고 금교수가 선택한 크고 작은 비천사진액자 10여 점도 도착해서 정원씨가 적당한 위치를 골라서 걸었다. 어떤 작가가 그린 비천은 꼭 서양의 천사 같다. 의미가 같으니 관계없다. 나도 약속한대로 예쁜 천사가 어린 아기를 보호하는 사진액자를 준비했다. 정원씨가 직접 그린 남녀 비천 그림은 흰 벽돌로 된 벽에 걸렸다. 그리고 예쁘게 디자인 된 〈비천찻집〉 간판을 현관에 달았고, 도로에 접한 화단 울타리 한쪽에는 금교수의 비천상 이미지가 들어간 작은 입간판도 세웠다. 찻집입구 화단에 파릇파릇 돋아난 작은 새싹은 뭐가 그리 급한지 벌써 깨알 같은 꽃을 피웠다.

저녁을 먹고도 2시간 이상이나 더 열심히 움직여서야 정리가 끝났다. 조명을 켜보고, 음악도 틀어보고, 차를 우려낼 물도 끓여본다. 약간의 페인트 냄새가 나지만 정원씨가 건강을 고려해서 무독성을 선택해서 역하지 않고 원목내장재에서 나는 향긋한 나무냄새가 찻집 내부에 은은히 맴돈다. 작동되는 난방장치의 온기에 찻물을 끓이는 주전자의 열기가 더해져 실내가 매우 포근하다. 실내정리를 모두 마치고 정원씨는 입구의 벽에 설치된 작은 전시공간에 금교수의 비천상을 놓아 보는 것으로 마지막 점검을 끝냈다.

마침내 내일 있을 비천찻집의 오픈 준비를 완료했다. 3개월 정도의 짧은 시간에 오래된 가정집이 멋진 찻집으로 다시 태어난 것이다. 붉은 벽돌의 일부는 지중해식 창문을 가진 흰 벽으로 새롭게 리모델링되고, 집앞 대문과 담장은 없어지고 대신에 마당의 나무들과 나무들 사이에 놓인 탁자와 의자들을 둘러싼 아르데코 풍의 철 구조물은 네덜란드의 어떤 카페 이미지가 나면서도 유리가 끼워져 온실처럼 포근한 느낌이다.

9시가 지나서야 정원씨와 나는 지중해식 흰 벽 앞에 놓인 탁자에 포도주와 유리잔을 놓고 아직 신상품의 은은한 향이 빠지지 않은 포근한 소파에서 마주 앉았다. 정원씨가 갑자기 무슨 생각이 난 듯 자리에서 일어나더니 입구에 놓은 비천상을 들고 와서 우리가 마주 앉았던 소파에서 가까운 벽에 놓고 등불을 켰다. 실내조명을 끄고 오디오의 불륨을 약하게 조절하고 다시 소파로 돌아왔다. 분위기가 묘하다.

"민준씨, 그동안 고마웠어요. 민준씨 덕분에 큰 어려움 없이 공사가 마무리되었습니다. 축하하는 의미에서 우리 둘이 한잔 해요."

"저야 알바를 한 것인데. 덕분에 답답한 집에서 나와 바람을 쐬어서 좋았습니다. 정원씨도 수고가 많았습니다."

"이제 이 찻집이 제 인생에서 제일 소중한 장소가 될 것 같아요. 손님이 많이 찾아줘서 돈을 많이 벌면 좋겠지만 그러지 않아도 관계없어요. 덜 벌면 덜 쓰면 되고 아니면 민준씨, 금교수님, 이관장의 사랑방으로 사용하더라도 크게 손해 보지는 않을 것 같습니다."

"공짜 손님이 너무 자주 오면 사업에 방해가 될 것인데요."

"제가 팔자에 돈복은 있는지 그 정도는 문제없어요. 대개 돈이 부족한 이유는 두 가지입니다. 하나는 낭비하는 것 또 하나는 욕심이 많은 것. 저는 욕심도 없고 낭비도 잘 할 줄 모르니 제 걱정은 마세요."

"저도 낭비도 않고 욕심도 없는데 늘 돈이 부족하군요. 세상 참 불공평합니다."

"이제 공사는 끝이 났고, 민준씬 일자리 없으면 계속 여기에 나오셔서 찻집 운영에 도움을 주시겠어요?"

"제가 어떻게 합니까. 찻집에서는 어여쁜 아가씨가 손님을 맞이해야 오는 손님들이 기분이 좋지, 저 같은 반늙은이가 맞으면 좋겠어요?"

"저는 그렇게는 생각하지 않아요. 민준씨의 인상은 부드럽고 온화해서 사람들에게 긴장감을 불러일으키지 않아요. 민준씨가 중년신사로서의 품격을 유지하고 손님을 맞는다면 그것이 오히려 좋을지도 모릅니다. 찻집의 이미지에서 중요한 것이 편안한 인상이라고 생각하거든요."

"저를 그렇게 보아주시니 감사합니다. 생각은 해보겠습니다."

"그렇게 하시는 겁니다."

"정원씨 하고 이렇게 단둘이 술을 마시니 우리가 전생에 특별한 인연이 있지 않았나 하는 생각이 듭니다."

"저도 그런 생각이 들었어요. 전생에 어떤 사이였을까요? 부부, 연인, 아니면 마님과 마당쇠?"

"이생은 전생의 업보라니 제가 마님이었고 정원씨가 마당쇠
가 아니었을까요? 하하"

"그 마님은 무척이나 인색했나 봐요. 이렇게 알바밖에 보답
을 못하니."

"그래도 다시 만났다는 것이 중요한 것 아닙니까. 그리고 이
관장님과 금교수는 어떤 인연이었을까요?"

"향단이와 방자? 호호호"

"맞아요. 전생에서도 주인공은 우리 둘이네요. 정원씨, 전생
의 관계가 손금에 나타나 있다는 거 아십니까?"

"난생 처음 듣는 말인데요. 설마?"

"아니요, 진짜 있어요. 손금의 애정선을 서로 마주해서 간격
과 방향이 일치하면 전생에 애정관계가 있다고 하더라고요."

"아무래도 못 믿겠는데. 괜히 손잡아 보려고 그러지요?"

"아니라니까요. 사람이 속고만 살았나."

"좋아요. 미심쩍지만 속는 셈치고. 자! 내손"

나는 정원씨의 손을 잡고 애정선을 맞대어 보았다. 물론 금
방 지어낸 말이다. 공사가 마무리되어 정원씨의 수고로움을 위
로해 주고 싶었고, 나에게 계속 나와서 일을 하라고는 하지만
어쩌면 볼 수 없게 될지도 모른다는 아쉬움이 솟구쳐 마지막으
로 정원씨의 손이라도 꼭 잡아보고 싶어서 였다. 손금을 맞대
보기 위해 내가 정원씨의 옆으로 건너가 앉았다.

"여기 보세요. 우리 둘의 애정선 간격과 방향이 비슷하지 않

습니까?"

"대부분 사람들의 이 손금 방향은 비슷한 것 아닙니까?"

"맞아요. 다 비슷하지요. 하지만 이렇게 손을 대어보고 손금이 비슷함을 확인하는 사람들은 많지 않습니다. 그러니 인연이지요."

나는 정원씨의 손을 꼭 잡았다. 분명 젊은 여성의 곱고 매끄러운 손이 아니고 약간 거칠어진 느낌이 오는 중년 여인의 손이다. 하지만 이상하게 정원씨의 손이 그렇게 포근하게 느껴질 수가 없다.

"역시, 속았군요." 정원씨가 손을 빼려고 하는데 강한 힘이 느껴지지 않는다.

"느낌이 참 좋은데 조금 더 잡고 있어요."

나는 더 힘을 주어 정원씨의 손을 잡았다. 정원씨도 굳이 빼려하지 않았다. 비천상의 등불이 일렁거리고 정원씨가 선곡한 곡들이 은은히 흘러나온다. 크리스마스 때 정원씨 작업실에서 금교수, 이관장과 같이 비슷한 상황을 연출한 적이 있었는데 이번에는 정원씨와 단둘이 손을 잡고 있으니 가슴이 쿵쾅거린다. 내가 어떤 용기로 정원씨의 손을 잡고 있는지 모르지만 분명히 꿈이 아닌 현실이다. 조용히 실내를 흐르는 느낌이 날 정도로 볼륨을 낮춘 감미로운 음악이 계속해서 흘러나왔다. 정원씨는 손만 잡고 있기가 무안한지 머리를 내 어께에 기대어 왔다. 그녀의 머릿결이 내 뺨을 간질이고 향긋한 냄새가 코로 들어왔다. 가슴이 더욱 쿵쾅거린다. 갑자기 다리에 주체 못할 힘이 뻗치더니 몸이 비틀어지는 느낌이 왔다. 나는 한손으로 정원씨의 손을 잡은 체 다른 한손으로 정원씨의 어깨를 쓰다듬고 머리를 쓰다듬었다. 약하지만 정원씨의 가슴에도 울림이 있다는 느낌이 왔다. 둘이 마주잡은 손은 어느새 땀이 나서 끈적거릴 정도가 되었지만 놓을 생각이 없다. 나는 정원씨의 머리에 가볍게 키스를 했다. 그러자 정원씨는 약간 놀란 표정을 하더니 이내 미소를 띠고는 나머지 한손을 나의 가슴에 얹었다. 나의 심장소리를 들으려는 걸까? 나는 숨을 깊게 들이쉬고 용기를 내어 정원씨의 입술에 가볍게 키스를 해보았다. 정원씨는 눈을 감았다. 참으로 부드럽고 달콤하였다. 다시 키스를 하고, 다시 키스를 하고. 이번에는 나의 혀를 살짝 정원씨의 입속으로 넣어보았다. 처음엔 거부하는 것 같더니 이내 나의 혀를 받아들였다. 입안의 혀와 혀가 온전히 하나가 되는 뜨겁고 깊은 키스가 한동안 이어졌다. 그리곤 우리는 거친 숨소리와 함께 서로의 머리와 몸을 쓰다듬으며 거친 호흡을 나누며 격렬한 키스를 나누었다. 등불도 더 일렁이고 음악도 더 리드리컬해지는 것 같다. 나는 정원씨를 소파에 눕히고 더 강력하게 키스를 하고 그녀의 뺨이며, 목이며, 귓볼이며 온갖 정성을 다하여 정원씨를 자극하였다. 순간 정원씨의 입에서 컥! 하는 소리가 나더니 몸에서 전율이 느껴졌다. 나는 정원씨의 윗도리 속으로 떨리는 손을 넣어서 가슴을 애무했다. 탱탱한 아가씨의 가슴은 아니지만 적당한 크기의 부드러운 가슴이 손안에 가득 들어왔다. 너무나 따뜻하였다. 키스를 계속하면서도 손으로는 계속 가슴을 부드럽게 애무하자 정원씨는 두 손으로 내 머리를 잡아 마구 부벼댄다. 내 손끝이 정원씨의 유두를 스칠 때마다 정원씨의 몸이 부르르 떤다. 이번엔 입으로 그녀의 가슴을 애무하니 정원씨의 입에서 신음이 흘러나온다. 그런 격렬한 애무의 와중에 나의 남성은 터질듯이 서있다. 최근에 이런 적이 없었다. 나는 바로 정원씨의 치마를 걷어 올렸다. 정원씨는 이미 작정한 듯 조금의 거부도 없다. 오히려 기다리는 듯했다. 팬티 속으로 손을 넣어 그녀의 여성에 손을 대어 보았다. 이미 젖어 있다. 입으로 그녀의 가슴에 계속 키스를 하며 손으로는 팬티를 벗기면서 그녀의 육체를 샅샅이 애무하다가 자세를 바꾸어 입으로 음미하듯이 여성을 애무하였다. 순간 그녀가 내 머리를 밀었다. 아마 씻지 않아서 불결하다는 생각인 것 같다. 관계없다. 정원씨는 창녀가 아니니 정결하게 느껴졌다. 정원씨가 몸을 비틀었다. 나는 바지를 벗었다. 그리고 나와 정원씨는 여러 자세를 바꿔가며 뱀처럼 뒤엉켜 서로를 애무하기 시작했다. 얼마 후, 정원씨가 더 이상 못 참겠는지 나를 당겨서 자신의 위로 올라오게 했다. 나는 그녀의 몸에 완전히 나의 몸을 포개고 나의 남성을 그녀의 여성으로 밀고 들어갔다. 아~! 하는 소리가 그녀의 입에서 나왔다.

내 눈 앞은 몽환의 장면을 보는 것 같다. 비천등불의 일렁임을 따라 곳곳에 걸린 그림들 속의 비천들이 모두 살아 나와 찻집 안을 날아다니는 것 같다. 특히 은은한 색감과 부드러운 자태의 정원씨가 그린 악기를 연주하는 남녀 비천도는 우리의 사랑을 축하하는 것 같다. 정원씨는 이미 폐경이 되었는지는 모르지만 애액이 넘쳤다. 가볍게 깊게, 빠르게 느리게, 좌로 우로, 지금까지 살아오면서 경험한 모든 방법을 동원하여 정원씨를 공략했다. 정원씨는 더욱 세차게 나를 끌어안더니 으흐흑 으흐흑 소리를 낸다. 그녀의 여성이 파도를 치는 듯 나를 빨아들인다. 나의 남성은 젊은 야생마가 되어 그녀의 여성을 달리고 정원씨는 소녀가 된 듯 교성을 내며 몸부림을 친다. 우리가 정말 50대인가 의심이 들 정도이다. 다시 정원씨의 입속에 깊은 키스를 하고, 가슴을 핥으며 애무를 하고, 그녀의 엉덩이를 세차게 잡아당겨서 나에게 밀착을 시켰다. 정원씨도 나의 등을 세차게 안으며 또다시 으흐흑 소리를 낸다. 정원씨의 여성에서 나온 애액이 달리는 나의 남성을 더욱 자극하였다. 얼마나 시간이 흘렀을까, 우리 두 사람의 몸에는 땀이 쏟아지고 흥분에 거친 숨을 몰아쉰다. 정원씨의 숨소리가 더 가빠지며 울음에 가까운 신음이 나오고, 나의 남성에 더욱 자극이 심해오는 것을 보니 이제 절정이 오는 것 같다. 나는 이제 죽어도 좋다는 듯 더욱 격렬하게 몸을 움직여 그녀의 여성을 파고들었다. 그리고 나의 남성에서 무엇이 세차게 빠져나갔다. 나는 으윽! 하면서 그대로 몸을 고정시켰다. 정원씨도 나를 안은 체 미동도 않는다. 나의 남성은 정원씨의 여성 속에서 마지막 숨을 헐떡이고 정원씨의 여성도 나를 잡고 놓아주려고 하지 않는다. 그런 자세로 우리는 숨을 고르고 있었다.

"정원씨." 나는 한참 만에 정원씨를 불러보았다.

"네,"

"좋았습니까?"

"피, 남자들은 항상 좋았냐고 묻는다 던데."

"좋았냐고요? 저는 너무 좋았습니다."

"좋았어요. 언제였는지 모를 정도로 오래되어서 여성을 잃어
버린 줄 알았는데 아직 살아있네요. 저는 어땠어요? 늙은 여자
의 느낌이 아니든가요?"

"아니요. 내 인생 가장 멋진 사랑이었어요."

"저를 위로하는 것은 아닙니까?"

"정말로 최고였어요."

"그럼 이제 어떻게 해야 하지요."

"뭘 말입니까?"

"여성을 찾았는데, 앞으로 아무 남자하고 관계를 가질 수 없
으니 … "

"가끔 저하고 하면 되지요."

"이런 관계를 이어가는 것이 민준씨의 가정이나 저에게 문제
를 일으키지는 않을까요?"

"조심해야지요. 은밀하게."

"그런데 실은 저는 정말로 오랜만에 민준씨와의 관계를 통해
서 환락을 느껴보았지만 억지로 이것을 탐하거나 그러지는 않
을 거예요."

"많이 좋았잖아요."

"좋았지만 빠져들지는 않아요. 어쩌면 이번 한 번으로 저는

온전히 만족했을 수도 있어요."

"그것은 … ?"

"아마, 이 상황이 소설이라면 우리의 사랑이 결정적 계기임을 증명하기 위해서 보통의 사람이 생각할 수 없는 뭔가의 이유를 갖다 붙이겠지만 사실은 육체적 사랑을 할 수 있는 남녀에게 그냥 일어날 수 있는 문제이고 그것에 굳이 얽매일 수는 없는 것 아니겠습니까."

"단 한 번의 낯선 남자와의 관계가 얼마나 충격이었는지 자신이 죽으면 남편이 아닌 그 남자의 추억이 있는 곳에 묻히고 싶다는 내용의 영화에 얼마나 많은 새로운 사랑을 꿈꾸는 사람들이 열광을 했습니까?"

"그러니 소설이고 영화이겠지요. 작가의 아름다운 글의 유혹에, 일상의 사람이 아닌 스크린 속의 우상에 빠져든 것이지 실제로 소설처럼 행동하는 이들은 많지 않아요."

"그래도 사람들은 그 스토리에서 자신의 가상의 사랑을 설정하고 심리적 위안과 현실로부터의 구원을 얻기도 하지 않습니까."

"우리 일상의 어느 한 순간이라도 우리에게 구원이 아닌 것이 있습니까?"

"저의 일상은 고해 그 자체인데요."

"지금은 어제의 우리를 구원하였고, 내일은 오늘의 우리를 구원하는 것 아닙니까?"

"그야말로 소설 같은 억지입니다."

"조금 전의 우리의 관계는 어제의 민준씨에게는 상상 못할 구원이 아니었겠습니까. 그것은 저에게도 마찬가지입니다."

"비천은 남과 여의 사랑에 의한 절정이라는 말은 생각이 나는데, 혹시 우리가 한 사랑이 비천의 사랑이 아닐까요? 그리고 다시 청춘의 생명을 얻은 구원."

"후훗, 그렇게도 생각할 수 있겠네요."

"정원씨, 이전에 새싹이 돋고 꽃이 피면 3개월간 연애를 해보자고 했지요. 그런데 오늘 화단 울타리에 간판을 세우면서 보니 화단에 꽃이 피었던데요."

"그런 것은 잘 기억하시네요."

나는 흐트러진 정원씨의 옷을 가다듬어주고 나도 바르게 고쳐 입었다. 정원씨는 나의 팔베개에 머리를 올리고 여전히 등불이 타고 있는 비천상을 바라보았다.

"민준씨, 저 비천을 보세요. 공양자의 모습을 하고 있는 저 비천이 건달바일까요, 압사라스일까요? 그리고 무릎을 꿇고 경건하게 바치는 저 공양물이 무엇일까요?"

"저는 비천에 대해 잘 몰라요."

"저 비천은 자신의 가장 소중한 것을 바치지 않을까요?"

"자신의 소중한 것을 바친다. 무엇일까요?"

"소중한 것을 바친다는 것은 버린다는 것이고 버림을 통해서 구원을 얻는다는 그런 내용."

"지금 우리가 바치고 버린 것이 무엇일까요. 도덕, 정조?"

"체면이나 위선과 같은 것일 수도 있어요. 우리를 속박하는 것들."

"정원씨, 오늘 우리 사랑의 행위가 어쩌면 이 찻집을 위한 제의의 행위가 아닐까요? 정말로 건달바와 압사라스의 사랑을 바치는 제의식."

"풋! 둘러대는 핑계치고는 멋있네요."

내 품에서 행복한 미소를 짓고 있는 정원씨를 보니 도대체 우리가 무슨 인연이기에 지금 이러고 있을까 궁금해진다. 나는 정원씨의 어깨를 어루만지며 그녀의 체취를 음미하고 있었다.

"민준씨, 혹시 언제부터 저를 공략해보겠다고 마음먹었어요?"

"한번 안아보았으면 하는 감정이 들 때는 있었지만 전혀 그런 생각을 해 본 적 없습니다."

"저도 전혀 생각하지 못한 일이 오늘 벌어졌네요. 그렇지만 기분 나쁘거나 후회스럽다 그런 것은 없어요."

"그냥 한 순간 우발적 사건인가요?"

"모르지요. 어떤 인연의 법칙이 작용했는지. 그리고 앞으로의 일은 알 수가 없겠지만 결국에는 민준씨는 민준씨의 가정으로, 저는 …"

"정원씨는 어디로 돌아가지요?"

"아마, 저도 저의 집으로 가겠지요."

"어느 집? 가족이 있는 곳?"

"저도 가족을 기다려요. 특히 나의 아들을. 어쩌면 저는 여기 찻집에서 쭉 아들을 기다릴지 몰라요. 이리저리 옮겨 다니면 혹시라도 나의 아들이 이 엄마를 찾는데 힘들지도 모르니까요."

"저와 같이 있는 것이 아들을 기다리는 어머니의 마음에는 죄책감이 될지도 모르겠네요?"

"육체적으로 더 이상 아이를 가질 수 없게 늙었고, 내가 용서받아야 할 식구가 없는데 무슨 자책감입니까?"

"그래도 막상 아들을 생각하거나 아니면 정말로 아들이 정원씨를 찾아오면 생각이 달라질 것인데요. 남자들도 자식들 앞에 서면 본능적으로 내가 무슨 잘못한 것은 없는지 반성하는 마음이 드는데 … "

"아직은 겪어보지 않아서 모르겠습니다."

"아마 제가 정원씨를 계속 사랑할 것 같습니다."

"저도 정말로 민준씨가 좋지만 앞으로도 이런 사랑을 계속 해야 된다는 가정은 하지 마세요."

"걱정 마세요. 저도 이미 육체적 사랑에 탐닉할 나이는 아닙니다. 마지막이 될지도 모르지만 제가 느낀 최고의 생의 환희인 것은 분명합니다. 진심입니다."

"민준씨의 진심은 압니다. 사람이 가식이라면 아무리 미사여구가 뛰어나더라도 우리 나이의 사람들은 금방 알게 되지 않습니까? 저도 전 남편과의 사이에서 전혀 느낄 수 없었던 열락을 오늘 맛보았습니다."

"정원씨, 시간이 흘러 오늘 저와의 육체적 관계가 수치로 남을 것 같습니까 아니면 한때의 스친 인연이라고 생각할 것 같습니까?"

"그런 생각은 하지 마세요. 만약 어느 순간 내가 종교적 고백을 해야 된다면 이것은 내가 회개하거나 참회를 해야 되는 것이고 또, 별처럼 많은 사람들과의 만남들 속에서라면 민준씨는 그중 하나의 별이 되겠지만 절대로 그럴 일은 없을 거예요. 남은 저의 인생에서 너무나 소중한 기억이고 위안입니다. 오십대가 지나고 육십대가 되어 인생의 도전과 아름다움이 쇠락한다고 생각한다면 한낱 스친 인연이 되고 말겠지만 이후의 인생이 정말 멋질 거라고 생각한다면 오늘의 일은 아름다운 노년을 위한 멋진 활력소가 되겠지요."

"왜 그렇게 생각합니까?"

"저는 앞으로 할 일이 많이 남아있어요. 특히 아들이 엄마를 찾아오면 저의 노년은 무척이나 행복한 시간이 될 것입니다. 민준씨도 앞으로 아이들을 대학에 보내야 하고 가정을 유지시켜야 하니 지금 내몰려 있는 상황을 어떻게든 해결해야 하지 않겠습니까. 당연히 그래야 하고, 마땅히 민준씨도 이후의 삶에서 아름다운 생을 누려야 하지 않겠습니까."

"정원씨는 노년이 행복할 것입니다. 아들만 돌아오면 되니까. 정원씨의 아들은 반드시 엄마를 찾아올 것이라고 저는 확신합니다. 하지만 저의 경우는 달라요. 젊은이들도 일자리가 없어서 허덕이는데 저 같은 반늙은이를 어디에서 써주겠습니까? 주식에 조금씩 투자하며 매일매일 그날의 행운을 피 말리며 기다리는 노년의 인생이 행복해질 수 있다는 것이 이루어질까요?"

"민준씨, 그런 무기력한 말은 하지 마세요. 제가 사회를 잘은 모르지만 그래도 빈구석이 많은 것 같습니다. 젊은이들의 일자리가 없는 것이 아니고 모두가 정신적 귀족이 되어서 있는 일자리를 다 걷어차 버리기 때문이지요. 민준씨도 과거의 화이트칼라 직장에의 추억과 도시생활을 벗어나는 두려움 때문에 그렇지 다른 시선으로 보세요. 아직 빈곳이 많다고 생각해요. 전도유망한 회사의 간부였던 민준씨가 이렇게 어느 조그만 찻집의 공사장 일을 돕는다고 상상이나 하셨어요? 저는 이 찻집이 민준씨에게 희망이 되기를 빌어요. 저를 보아서라도 절대로 희망을 버리지 말아주세요."

"알겠습니다. 우리 또래 어떤 사람들은 벌써 대낮부터 등산복 입고 술 먹고 대중교통 속에서 악취를 풍기며 다른 사람들에게 피해를 입히면서 자신의 인생을 소모하고 있습니다. 저의 부모님은 지금 비록 구십을 바라보시지만 자식들에게 짐이 되지 않으시려고 노력하십니다. 아니, 단순히 짐이 되기를 거부하시는 것이 아닙니다. 그것이 그분들의 남은 삶의 희망입니다. 젊은 사람들처럼 뭔가를 성취하려는 희망이 아니라 관조하는 초월의 희망인 것 같습니다. 제 삶의 가장 훌륭한 스승들입니다. 헤밍웨이가 『노인과 바다』에서 말했나요, 인생에서 희망을 잃는 것은 죄를 짓는 것이라고."

"그럼요. 만약에 제가 희망을 잃고 아무런 준비 없이 나약한 여인으로 삶을 허비하다가 정말로 아들이 왔을 때 제가 그저 아들의 인생에 짐으로 남게 된다면 아들에게 죄를 짓는 것입니다. 민준씨, 저는 민준씨 앞날에 민준씨가 생각하지 못한 멋진 인생이 있을 것이라고 믿어요."

"그렇게라도 응원해 주시니 감사합니다. 저도 오늘의 이 일이 일순의 육체적 쾌락이 아닌 오십대를 넘어 희망을 잃지 않게 하는 멋진 내 노년의 자극제가 되었으면 합니다. 정원씨의 응원도 절대 잊지 않겠습니다."

"오늘은 여기서 끝내야죠. 내일이 설레입니다."

"저도 내일 아침 일찍 나와서 일을 돕겠습니다."

"당연하죠. 멋진 중년신사의 모습을 보여주세요."

3월 1일 삼일절. 내 천사 정원씨의 〈비천찻집〉이 문을 열었다. 금교수의 비천상이 입구 유리로 된 전시공간에 완전히 자리를 잡았고, 정원씨가 그린 비천도는 소파가 놓인 그 흰 벽 위에서 나와 정원씨의 사랑의 행위를 기념하고 있다. 내가 가져온 천사 액자도 벽의 한쪽에 걸리어 찻집분위기를 살리는데 일조하고 있다. 동양의 천사와 서양의 천사가 한 곳에 모인 것 같다. 어떤 이들이 보내왔는지 꽤 많은 개업축하 화분들이 왔고, 나도 간만에 양복을 꺼내 입고 향이 깊은 작은 난초화분을 하나 가지고 왔다. 정원씨는 떡을 해서 이웃들에게 나누며 인사를 했다. 멀지 않은 대학의 앳된 여학생을 알바생으로 구해놓았다.

영업시간은 오전 9시 30분부터 저녁 9시 30분까지 하기로 했다. 첫날의 잔칫집 분위기가 있어서인지, 개업기념 할인행사를 해서인지 찻집을 찾는 사람들이 꽤 많았고, 정원씨가 고른 쓴맛이 너무 진하지 않고 향이 좋은 커피콩 때문인지 사람들의 칭찬이 자자했다.

개업을 한다는 것은 설레는 것이다. 정원씨의 얼굴은 밝게 빛나고 축하해 주는 사람들의 얼굴도 기뻐 보인다. 앞으로 나의 천사 정원씨의 비천찻집이 널리 알려지고 여기서 만들어진 따뜻한 추억들이 많은 사람들의 마음을 어루만져 주었으면 좋겠다.

오후 5시, 찻집 오픈 기념 비천그림 전시를 기념하는 간단한 다과회가 준비되었다. 다시 옷을 갈아입은 정원씨가 눈부시게 우아한 모습으로 손님들을 맞았다. 이관장이 품위 있는 우아한 옷차림으로 왔고, 금교수도 평소의 캐주얼 복장과는 달리 말쑥한 신사의 모습을 하고 왔다. 작품을 출품한 작가들도 와서 축하를 했다. 예의 그 서양화가도 빠지지 않고 왔는데 역시나 정원씨에게 또다시 찝쩍거리는 것이 밥맛이다. 내가 공사과정의 내용을 간추려서 사람들에게 설명을 하고 이관장과 금교수, 그림을 출품해 준 5명의 작가들 그리고 홀에 있던 손님들도 〈비천찻집〉이 잘되기를 기원하는 축하의 말들을 한마디씩 하였다. 마지막으로 정원씨가 인사를 하였다.

"오늘 저의 〈비천찻집〉 개업을 축하하기 위해 작품을 출품해주신 작가님들에게 감사하고 이관장님, 금교수님께 감사드립니다. 특히 공사기간 동안 제 옆에서 하나하나 세심히 보살펴주신 조민준 선생님에게 한없는 감사를 표합니다. 저는 이 찻집에서 제 능력이 되는 한 작은 문화행사도 마련하여 이곳을 단순히 차를 마시는 곳이 아니라 지역의 문화공간이 되도록 하겠으며 무엇보다 사람들의 따스한 정이 오가는 곳이 되도록 노력하겠습니다. 비천, '하늘에 오르다'라는 뜻처럼 어쩌면 제가 하늘나라로 가기 전까지 제 마음이 머무는 곳이 되도록 아끼고 가꾸겠습니다. 여러분들의 지도와 도움을 부탁드립니다. 감사합니다."

다음날, 저녁 9시 30분이 넘어도 찻집의 분위가 너무 좋다며 더 머물기를 원하는 손님들에게 양해를 구하고 찻집 문을 닫았다. 정원씨와 나는 가까운 호프집에 가서 간단히 치맥이나 하려고 다정한 연인처럼 가까이 붙어서 카페의 거리를 걷고 있었다. 그런데 정원씨가 갑자기 후다닥 나에게서 떨어졌다. 엊그제의 일을 누군가에게 들킨 것처럼 정색을 하며 놀란다.

"누가 우리 뒤를 미행하는 것 같아요."

"네?" 나는 주위를 유심히 둘러보았지만 그냥 아무렇지 않게 거리를 걸어가는 사람들뿐이다.

"누가 우리를 미행합니까? 우리가 무슨 죄를 지은 사람도 아닌데."

"아까 분명히 누가 따라오는 듯한 이상한 육감이 들었어요."

"공사비 덜 준 것 있어요?"

"아니요. 수고했다고 보너스까지 주었는데요."

"그럼 누가 정원씨를 미행하죠? 제가 모르게 정원씨를 짝사랑하는 사람이 있나? 그 이상한 서양화가도 꽤나 껄떡대든데. 아니면 다른 사람? 솔직히 말해보세요. 그런 사람 있지요?"

"농담도 때가 있는 겁니다."

"여자의 육감도 나이가 들면 틀리기도 하지 않나요?"

"어쨌든 이따가 제가 작업실에 들어가서 문을 잠글 때까지 옆에서 지켜줘야 합니다."

"그렇게 무서우면 찻집을 어떻게 운영합니까? 찻집에는 별의 별 사람들이 다 올 것인데."

"그때는 그때고, 오늘은 그렇게 해주셔야 해요. 알았어요?"

"네! 마님."

3월 둘째 주, 정원씨의 사업수완이 좋아서인지, 주변 아파트 단지에 커피가 맛있다고 소문이 나서인지 벌써 단골손님이 꽤 늘었다. 그런데 요 며칠사이 정원씨의 태도가 약간 이상하다. 하루에 한두 번은 전화가 오면 발신자를 확인하고는 아무도 보이지 않는 곳으로 가서 조용히 이야기한다. 일을 하다가도 멍하니 서있을 때도 가끔 있다. 정말로 나 말고 다른 사람이 생겼나?

그날의 관계 이후, 우리는 다시는 그것에 대해 야야기 하지 않았지만 내심으로는 부담을 가지고 있는지도 모르겠다. 정원씨가 나보고 그만 나오라고 하지는 않지만 그렇다고 내가 굳이 짐이 되면서 계속 나올 수는 없는 것이다. 그리고 지난주에는 지방에서 작은 공장을 하는 친구 정식이로부터 연락이 왔다. 친구는 나를 채용하기로 했으니 내가 빨리 결정을 내려달라고 했다.

"정원씨, 요즘 고민이 있습니까? 안색이 평소와 달라 보이는데."

"아닙니다. 다음 특별한 전시의 도슨트를 위해 여러 조사를 하는데 잘 풀리지 않은 부분이 있어서요."

"여자만 육감이 있는 것 아닙니다. 남자도 있어요."

"네, 맞습니다. 말씀드릴게요. 무슨 일이 있습니다."

"아주 중요한 일인가 보네요?"

"아들이 왔어요."

"역시! 정원씨에게 가장 중요한 일이 일어났군요."

"네, 이전의 제 삶과 이후의 제 인생은 완전히 달라질 것입니다."

"어떻게 정원씨의 소재를 알았답니까?"

"아직 그것까지 소상하게 말하지 않았어요."

"아드님이 엄마가 있는 곳을 어떻게 알았을까요? 어쩌면 강제로 헤어지고 난 후 줄곧 엄마의 그림자를 밟았을 수도 있고, 유치하지만 바보 같은 대통령의 표현처럼 아들의 간절함에 온 우주가 도왔을 수도 있겠네요."

"어쨌든 아들이 나에게 왔어요. 남자들은 모를 거예요. 엄마가 얼마나 기쁜지."정원씨는 눈물을 흘렸다. 너무 좋아서 흘리는 눈물일까? 지난 세월의 서러움에 대한 눈물일까?

"아버지의 집에서 어떻게 허락을 받고 왔다던가요?"

"이제 아버지의 허락과 도움 없이도 사회적 독립을 할 수 있어서 그냥 엄마를 찾아왔다고 하더군요. 그동안 몇 번을 왔었데요. 처음엔 혹시나 하고 살펴보기만 했답니다."정원씨는 계속 흐느끼면서 말을 하였다.

"그 만남의 순간이 얼마나 가슴 벅찬 건지는 상상할 수 없네요. 진심으로 축하를 드립니다."

"고마워요."

"돈도 버는 것보다 잃어버린 돈을 다시 찾을 때가 더 좋지 않습니까? 하물며 잃어버렸던 아들인데 오죽하겠습니까."

"네, 너무 기뻐서 어찌해야 할지 모르겠어요. 이제 설사 제가 죽음을 맞더라도 내 영혼이 의지할 수 있는 기둥이 생긴 것입니다."

"아들은 어디에서 지내나요?"

"제 아파트에 있기도 하고, 작업실 2층에도 아들의 방이 있어요."

"아! 2층 문이 잠겨있던 그 방이군요."

"네, 맞아요. 그곳에는 항상 아들의 사진을 걸어 놓았고, 언제라도 돌아오길 기다리면서 침대와 책상을 준비해 놓았어요."

나는 갑자기 머릿속이 하얘지는 것 같더니 정신이 번쩍 들었다. 정원씨의 아들이 왔다. 정원씨가 그렇게 기다리던 아들이 돌아왔다. 그럼 이제 나는? 내가 더 이상 〈비천찻집〉에 나올 수 없는 것 아닌가? 그렇게 기다리던 아들과 함께하는 정원씨의 멋진 노년에 내가 끼어들어 방해가 될 이유가 없는 것이다. 나 또한 나의 노년과 가족의 삶을 위해서 돌아가야 한다. 그리고 정원씨 말처럼 내 습관의 울타리를 벗어나 새로운 희망을 찾아야 한다. 나는 곧바로 결정을 내렸다.

"오늘은 저도 정원씨에게 중요한 말씀을 드려야 할 것 같습니다."

"무슨 중요한 … ?"

"저, 〈비천찻집〉을 그만 두어야 할 것 같습니다."

"왜요? 여기서 일하는 것이 불편하신가요. 아니면 무슨 좋은 일이 생겼어요?"

"저도 일자리가 생겼습니다. 친구가 운영하는 다른 지방의 작은 회사인데 마침 재무를 믿고 맡길 직원이 필요한데 제가 놀고 있는 것을 알고 좀 적은 봉급이지만 일해 줄 수 있냐고 해서 그리하겠노라고 했습니다. 그리고 제가 이전에 회사에 다닐 때 거래하던 회사가 많았는데 그 회사들과 거래를 터주면 인센티브도 다른 곳보다 많이 주겠다고 해서 새로운 희망이 생겼고, 무엇보다 회사가 망하지 않고 제 건강이 허락하는 한 일하게 해준다니까 얼마나 좋습니까. 정원씨를 못 보는 것이 서운하지만 저는 이제 아내의 눈치를 보지 않아도 되고 아들에게 용돈을 줄 수도 있게 되었습니다. 그리고 친구의 영업을 도우면서 혹시라도 작은 기회가 온다면 정말 멋지게 도전해 볼 것입니다."

"아, 그래요, 정말 잘 되었네요. 진심으로 축하드려요. 다른 지방에 가면 자주 볼 수는 없겠네요. 그래도 이곳에 올 기회가 있으면 부담 없이 들러주세요."

"지금 가면 한동안 회사의 업무를 익히느라 너무 바빠서 시간이 날지 모르겠습니다."

"그래도 다음 달 이관장 화랑에서 열리는 금교수님의 전시회에는 꼭 오셔야지요. 그날 금교수님의 작품세계에 대한 주제 발표자가 저입니다. 금교수님의 전시회는 워낙 신경이 쓰여서 그동안 금교수님과 작품에 대해 심도 있는 토론을 하였고 금교수님의 작업공간에도 다녀왔어요."

"아-?! 그랬었군요. 손정원 도슨트 선생님."

"민준씨! 건강하세요!"

그리고 정원씨는 나의 목을 부드럽게 감싸 안았다. 정말로 포근하였다. 나락으로 추락하는 절망의 시기 나를 구원해 준 천사의 포옹이었다.

글을 마치며

『대왕의 종』출판 이후 미술에만 매진하겠다고 다짐했다. 그런데 작년 12월 초 방송계의 PD 한 분이 비천에 관해 나를 취재 나왔다가 내가 소설을 썼다는 것을 알고는 비천에 대해서도 써보라고 했다. 쓰지 않을 것이라고 대답을 했는데 그 다음 주부터 글을 쓰고 있는 나를 발견하고 깜짝 놀랐다.

졸작『갓바위 무지개』,『하늘돌에 새긴 사랑』,『대왕의 종』은 불교라는 콘텐츠와 역사적 배경을 근거로 하였지만 비천은 순수한 사랑의 소설을 쓰고 싶었다. 하지만 그야말로 소설 같은 사랑을 해보지도 못한 내가 쓸 수 있을까 두려움이 있었다. 그것은 독자들과의 극적인 사랑의 공감을 어떻게 해결해야 하는가의 문제이기 때문이다. 그런데 주인공들의 처지에 있는 몇 사람들을 취재 하고나니 의외로 술술 풀리는 것이었다. 애매하던 주인공의 캐릭터가 비온 뒤 죽순처럼 자라났다.

글을 쓰기 시작한 때, 우리 사회는 대통령 비선실세의 국정농단이라는 희대의 사건이 나라를 혼란으로 몰아가고 있어서 조금이라도 언급하고 싶었다. 정치적 견해를 밝히고자 함이 아니라 광장의 거대한 함성 속에 우리 국민들이 꿈꾸는 정의가 실현되는 새로운 미래가 있고 이는 우리 모두의 희망이기 때문이다.

책을 출판한다는 것이 천형이 된 이 시대에 본인의 졸저 『아무것도 아닌 관계처럼 아는 사람』를 출판하기로 결정한 종문화사 임용호 대표님에게 감사하고, 많이 부족한 것은 알지만 또다시 운명처럼 새로운 발걸음을 내딛는 것 같아 작은 흥분을 느낀다.

아무것도 아닌 관계처럼 아는 사람 〈소설〉

초판 1쇄 인쇄 2017년 3월 10일 | 초판 1쇄 출간 2017년 3월 15일 | 저자 도학회 | 펴낸이 임용호 | 펴낸곳 도서출판 종문화사 | 편집 디자인오감 | 인쇄·제본 우진테크 | 출판등록 1997년 4월 1일 제22-392 | 주소 서울시 은평구 연서로34길2 3층 | 전화 (02)735-6891 팩스 (02)735-6892 | E-mail jongmhs@hanmail.net | 값 15,000원 | ⓒ 2017, Jong Munhwasa printed in Korea | ISBN 979-11-87141-21-1 03810 | 잘못된 책은 바꾸어 드립니다.